ANA
de la
ISLA

ALMA CLÁSICOS ILUSTRADOS

ANA
de la
ISLA

L. M. MONTGOMERY

Traducción de Catalina Martínez Muñoz

Ilustrado por
Giselfust

Título original: *Anne of the Island*

© de esta edición:
Editorial Alma
Anders Producciones S.L., 2023
www.editorialalma.com

 @almaeditorial

© de la traducción: Catalina Martínez Muñoz, 2023

© de las ilustraciones: Giselfust, ilustradora representada por IMC Agencia Literaria.

Diseño de la colección: lookatcia.com
Diseño de cubierta: lookatcia.com
Maquetación y revisión: LocTeam, S.L.

ISBN: 978-84-18933-47-9
Depósito legal: B20553-2022

Impreso en España
Printed in Spain

Este libro contiene papel de color natural de alta calidad que no amarillea (deterioro por oxidación) con el paso del tiempo y proviene de bosques gestionados de manera sostenible.

ÍNDICE

Capítulo 1

LA SOMBRA
DEL CAMBIO

«Ya se acabó la cosecha y el verano se marchó», citó Ana Shirley, contemplando con añoranza los campos segados. Había estado recogiendo manzanas en el huerto de Tejas Verdes con Diana Barry y en ese momento descansaban las dos en un rincón soleado, donde las flotillas aéreas de vilanos volaban en un viento que aún conservaba la dulzura estival y el olor a incienso de los helechos del Bosque Encantado.

Pero a su alrededor todo el paisaje hablaba de otoño. El mar rugía a lo lejos con un sonido hueco; los campos secos y desnudos lucían una orla de varas de oro; el valle del arroyo, a los pies de Tejas Verdes, era una delicada alfombra de ásteres lila; y el Lago de Aguas Centelleantes tenía un color azul... azul... azul. No el azul cambiante de la primavera ni el pálido azul celeste del verano, sino un azul sereno, firme y claro, como si el agua, después de haber pasado por todos los estados de ánimo y las tensiones de la emoción, se instalara por fin en una tranquilidad indiferente a los sueños caprichosos.

—Ha sido un verano bonito —dijo Diana con una sonrisa, dando vueltas al anillo que llevaba en la mano izquierda—. Y la boda de la señorita Lavendar fue el broche de oro. Supongo que el señor y la señora Irving ya estarán en la costa del Pacífico.

—A mí me parece que se fueron hace tanto que ya podrían haber dado la vuelta al mundo —suspiró Ana.

—Cuesta creer que solo lleven una semana casados. Todo ha cambiado. La señorita Lavender se ha ido y los Allan también: ¡qué solitaria está la casa parroquial con las persianas cerradas! Pasé por delante ayer por la noche y tuve la sensación de que todos se habían muerto.

—No volveremos a tener un párroco tan bueno como el señor Allan —dijo Diana, con sombría certeza—. Seguro que este invierno tendremos un buen desfile de sustitutos de toda clase y la mitad de los domingos nos quedaremos sin sermón. Y Gilbert y tú os vais: va a ser muy aburrido.

—Estarás con Fred —dijo Ana pícaramente.

—¿Cuándo se muda la señora Lynde? —preguntó Diana, como si no hubiera oído a su amiga.

—Mañana. Me alegro de que venga... aunque eso también será un cambio. Marilla y yo vaciamos ayer la habitación de invitados. ¿Sabes que me dio mucha rabia? Sé que es una tontería, pero me pareció como si estuviéramos cometiendo un sacrilegio. Ese cuarto siempre ha sido para mí como un altar. De pequeña me parecía la mayor maravilla del mundo. ¿Te acuerdas de que me moría por dormir en una habitación de invitados? Pero en la de Tejas Verdes... ¡Nunca! Habría sido terrible: no habría podido pegar ojo de asombro. En realidad era como si no entrase ahí cuando Marilla me mandaba a hacer algún recado: andaba de puntillas y aguantando la respiración, como si estuviera en la iglesia, y ¡cuánto me alegraba al salir! Veía los retratos de George Whitefield y el duque de Wellington a los lados del espejo, que me observaban siempre con el ceño fruncido, sobre todo si me miraba en el espejo, que era el único de la casa en el que no me veía la cara ligeramente torcida. Nunca entendí cómo a Marilla no le daba miedo limpiar esa habitación. Y ahora además de limpia está completamente vacía. A George Whitefield y al duque de Wellington los hemos relegado al pasillo del piso de arriba. «Así pasa la gloria del mundo», concluyó Ana con una carcajada en la que había una leve nota de pesar. Nunca es agradable profanar nuestros viejos altares, ni siquiera cuando se nos han quedado pequeños.

—Me voy a sentir muy sola cuando te vayas —se lamentó Diana por enésima vez—. ¡Y te vas la semana que viene!

—Pero aún estamos juntas —dijo Ana alegremente—. Que la próxima semana no nos robe la alegría de esta. A mí tampoco me apetece irme: me gusta tanto esta casa... ¡Hablando de soledad, soy yo quien debería quejarse! Tú seguirás aquí con tus amigos de siempre y con Fred! Yo estaré rodeada de extraños, sin conocer a nadie.

—Aparte de Gilbert... y de Charlie Sloane —dijo Diana, imitando el énfasis y las insinuaciones de Ana.

—Charlie Sloane será una inmensa fuente de consuelo —asintió Ana con sarcasmo. Y las dos irresponsables señoritas se echaron a reír. Diana sabía perfectamente lo que pensaba Ana de Charlie Sloane, pero aunque había tenido más de una conversación confidencial con Ana, seguía sin saber qué pensaba su amiga exactamente de Gilbert Blythe. En realidad, la propia Ana no lo sabía—. Es posible que los chicos se alojen en la otra punta de Kingsport —añadió—. Me alegro de ir a Redmond, y estoy segura de que con el tiempo me gustará, pero sé que las primeras semanas no. Ni siquiera tendré el consuelo de venir a casa los fines de semana, como cuando estaba en Queen's. Y tendré la sensación de que faltan mil años para las Navidades.

—Todo está cambiando, o va a cambiar —dijo Diana con tristeza—. Algo me dice que las cosas nunca volverán a ser como ahora, Ana.

—Supongo que hemos llegado a ese punto en el que los caminos se separan —reflexionó Ana —. Era inevitable. ¿Tú crees, Diana, que hacerse mayor en realidad es tan bonito como nos imaginábamos cuando éramos pequeñas?

—No lo sé: tiene sus cosas buenas —respondió Diana, acariciándose una vez más el anillo con esa sonrisa que a Ana siempre le hacía sentir inexperta y ajena—. Pero también hay muchas cosas desconcertantes. A veces tengo la sensación de que me da miedo ser mayor... y daría cualquier cosa por volver a la infancia.

—Supongo que con el tiempo nos acostumbraremos a hacernos mayores —dijo Ana alegremente—. Poco a poco las cosas ya no nos sorprenderán tanto, aunque en el fondo las sorpresas son la sal de la vida. Tenemos dieciocho años, Diana. Dentro de dos años serán veinte. Cuando tenía diez, la gente de veinte me parecía casi vieja. Pronto te convertirás en un ama de casa formal, de mediana edad, y yo seré la tía soltera que viene a visitarte en vacaciones. ¿Verdad que siempre reservarás un rincón para mí, querida Di? No cuento con la habitación de invitados: las solteronas no pueden aspirar a eso, y yo seré tan pobre como Uriah Heep y me conformaré con un cuartito encima del porche o al lado de la salita.

—Qué tonterías dices, Ana. Te casarás con un hombre espléndido, guapo y rico, y no habrá ninguna habitación en Avonlea que te parezca ni medio bonita... y mirarás por encima del hombro a tus amigos de la juventud.

—Eso sería una lástima, porque tengo una nariz bastante bonita y si os mirara por encima del hombro no se me vería —dijo Ana, tocándose la nariz en cuestión—. Tengo tan pocas cosas bonitas que no puedo permitirme el lujo de no lucirlas; así que, aunque me casara con el rey de Manitoba, te prometo que no te miraré por encima del hombro, Diana.

Se despidieron con una alegre carcajada, y Diana volvió a El Bancal mientras Ana iba a la oficina de correos. Allí la esperaba una carta, y cuando Gilbert Blythe la alcanzó en el puente del Lago de Aguas Centelleantes, vio que Ana estaba radiante de emoción.

—Priscilla Grant también viene a Redmond —anunció—. ¿Verdad que es estupendo? Yo tenía la esperanza de que viniera, pero ella creía que su padre no le dejaría. Pero sí, y nos alojaremos juntas. Teniendo al lado a una chica como Priscilla me veo capaz de enfrentarme a un ejército con sus estandartes o a todos los profesores de Redmond en una falange letal.

—Creo que nos gustará Kingsport —dijo Gilbert—. Me han dicho que es una ciudad antigua y bonita, con el parque natural más precioso del mundo. Dicen que las vistas desde el parque son magníficas.

—No sé yo si será... si puede ser... más bonito que esto —murmuró Ana, mirando alrededor con los ojos enamorados de aquellos para quienes nunca habrá en el mundo nada más precioso que su casa, más que cualquier lugar de ensueño que pudiera existir en estrellas desconocidas.

Se apoyaron en el puente del viejo estanque, profundamente absortos en el encanto del atardecer, justo en el punto por donde trepó Ana cuando se hundió su barca ese día en que era Elaine e iba flotando a Camelot. Los delicados tonos violetas del atardecer seguían tiñendo el cielo a poniente, pero la luna ya asomaba, iluminando el agua como un sueño de plata. Los recuerdos tejieron un dulce y sutil hechizo que envolvió poco a poco a los jóvenes.

—Estás muy callada, Ana —dijo Gilbert al cabo de un rato.

—No me atrevo a hablar ni a moverme, por miedo a que toda esta belleza maravillosa se desvanezca como un silencio roto —susurró Ana.

Gilbert posó entonces una mano sobre la mano blanca y delgada que Ana tenía apoyada en la barandilla del puente. Mirando en la oscuridad con sus ojos de color avellana, entreabrió los labios, todavía de niño, para hablar del sueño y la esperanza que llenaban su alma de ilusión, pero Ana apartó la mano y se volvió rápidamente. El hechizo del atardecer se había roto para ella.

—Tengo que irme a casa —dijo con una naturalidad muy forzada—. A Marilla le dolía la cabeza esta tarde y seguro que los gemelos estarán haciendo alguna travesura. No debería haber estado tanto tiempo fuera.

Siguió hablando sin parar, de cualquier cosa, hasta que llegaron al camino de Tejas Verdes. El pobre Gilbert apenas tuvo oportunidad de meter baza y Ana se alegró mucho cuando se despidieron. Guardaba con pudor en su corazón un secreto nuevo, relacionado con Gilbert, desde aquel instante fugaz de revelación en el jardín del Pabellón del Eco. Algo desconocido había invadido el mundo perfecto de su camaradería... algo que amenazaba con estropearla.

«Antes nunca me alegraba de ver que Gilbert se iba —pensó, con una parte de rencor y otra de pena, mientras subía por el camino sola—. Va a estropear nuestra amistad si sigue con estas tonterías. No puedo permitir que la estropee: no lo permitiré. ¡Ay! ¿Por qué los chicos no pueden ser sensatos?»

Ana tenía la inquietante sospecha de que no era estrictamente sensato seguir sintiendo en la mano la tibia presión de la mano de Gilbert con la misma claridad con que la había sentido por espacio de un segundo veloz, mientras se posó ahí; y era aún menos sensato que la sensación estuviera lejos de resultarle desagradable, muy distinta de la que le había producido una demostración similar por parte de Charlie Sloane solo tres noches antes, cuando fueron a un baile en White Sands y salieron a sentarse en el jardín. Se estremeció con este recuerdo incómodo. Pero todas las preocupaciones relacionadas con admiradores enamorados se esfumaron de sus pensamientos al verse en el ambiente práctico y hogareño de la cocina de Tejas Verdes, donde un niño de ocho años lloraba desconsoladamente en el sofá.

—¿Qué pasa, Davy? —preguntó Ana mientras lo cogía en brazos—. ¿Dónde están Marilla y Dora?

—Marilla ha ido a acostar a Dora —sollozó Davy—, y yo estoy llorando porque Dora se ha caído de cabeza por las escaleras del sótano y se ha llenado la nariz de arañazos y...

—Ay, no llores por eso, cielo. Ya sé que lo sientes por ella, pero llorando no la ayudarás nada. Mañana estará perfectamente. Llorar nunca ayuda a nadie, Davy, y...

—No lloro porque Dora se haya caído por las escaleras —dijo Davy, cortando en seco el bienintencionado sermón de Ana con creciente desesperación—. Lloro porque no estaba delante para ver la caída. Siempre que pasa algo divertido me lo pierdo.

—¡Pero Davy! —Ana se aguantó una carcajada improcedente —. ¿Te parece divertido ver que la pobre Dora se cae por la escalera y se hace daño?

—No se ha hecho tanto daño —dijo Davy en tono desafiante—. Si se hubiera matado me habría dado mucha pena, por supuesto, pero a los Keith no se les mata tan fácilmente. Supongo que son como los Blewett. Herb Blewett se cayó del henar el miércoles pasado, salió rodando por la rampa de los nabos hasta el establo y fue a parar debajo de los cascos de un caballo muy bravo que estaba enfadadísimo. Y aun así salió con vida: solo se rompió tres huesos. La señora Lynde dice que a algunos no se les mata ni con un hacha de carnicero. ¿Viene mañana la señora Lynde, Ana?

—Sí, Davy, y espero que seas siempre bueno y amable con ella.

—Seré bueno y amable. Pero ¿me llevará ella a la cama alguna vez, Ana?

—Puede. ¿Por qué?

—Porque —explicó con mucha decisión— si me lleva no podré rezar delante de ella como rezo delante de ti.

—¿Por qué no?

—Porque no creo que me apetezca hablar con Dios delante de desconocidos. Dora puede rezar delante de la señora Lynde si quiere, pero yo no pienso hacer eso. Esperaré a que se vaya y rezaré después. ¿Te parece bien, Ana?

—Sí, Davy, siempre que no te olvides de rezar.

—No me olvidaré, descuida. Me divierte mucho rezar. Aunque rezar solo no será tan divertido como rezar contigo. Ojalá te quedaras en casa, Ana. No entiendo por qué quieres irte y dejarnos.

—No es que quiera exactamente, Davy, pero creo que tengo que hacerlo.

—No tienes por qué irte si no quieres. Ya eres mayor. Cuando sea mayor no pienso hacer ni una sola cosa que no me apetezca, Ana.

—En la vida, Davy, tendrás que hacer muchas cosas que no te apetecen.

—Yo no —contestó tajantemente—. ¡Que me pillen! Ahora tengo que hacer cosas que no me apetecen, porque si no las hago Marilla y tú me mandáis a la cama, pero cuando sea mayor ya no podréis obligarme, y nadie me dirá que no puedo hacer algo. ¡Pienso pasármelo en grande! Oye, Ana, Milty Boulter dice que su madre dice que te vas a la universidad a buscar novio. ¿Es verdad, Ana? Me gustaría saberlo.

Ana ardió de rabia unos segundos. Luego se echó a reír, al recordar que una mujer tan vulgar como la señora Boulter, en su pensamiento y en su forma de hablar, no podía hacerle daño.

—No, Davy, no es verdad. Voy a estudiar, a crecer y a aprender muchas cosas.

—¿Qué cosas?

Y Ana citó:

> Zapatos y navíos y lacre
> y coles y reyes.

—Pero ¿qué harías si quisieras encontrar novio? Me gustaría saberlo —insistió Davy, para quien era evidente que el asunto tenía cierta fascinación.

—Mejor se lo preguntas a la señora Boulter —dijo Ana con desenfado—. Creo que ella lo sabe mejor que yo.

—Se lo preguntaré la próxima vez que la vea —asintió Davy, muy serio.

—¡Davy! ¡Ni se te ocurra! —le advirtió Ana, dándose cuenta de su error.

—Pero ¡si acabas de decirme que se lo pregunte a ella! —protestó Davy, ofendido.

—Ya es hora de que te vayas a la cama —ordenó Ana para salir del apuro.

Cuando Davy ya se había acostado, Ana fue paseando hasta la isla Victoria y se sentó a solas, bajo un velo sutil de triste luz de luna, rodeada por las risas del agua del arroyo en su dúo con el viento. A Ana siempre le había encantado este arroyo. Eran muchos los sueños que había tejido sobre el destello de sus aguas en días pasados. Se olvidó de los jóvenes con mal de amores, de los comentarios mordaces que hacían ciertas vecinas con malas intenciones y de todas las preocupaciones de su existencia juvenil. Con su imaginación y con la guía de la estrella de la tarde, navegó por los mares legendarios que bañaban las costas refulgentes del «olvidado país de las hadas», donde se encuentran el Elíseo y la desaparecida Atlántida, hasta la tierra de los Deseos del Corazón. Y en sus sueños todo era más intenso que en la vida real, porque las cosas que se ven con los ojos pasan y se alejan, pero las cosas que no se ven son eternas.

Capítulo II
GUIRNALDAS
DE OTOÑO

La semana siguiente pasó volando y abarrotada de «últimas cosas», como decía Ana. Tenía que hacer y recibir visitas de despedida, tanto las que le apetecían como las que no, según si las personas en cuestión simpatizaban sinceramente con las aspiraciones de Ana o la tomaban por una engreída que se iba a la universidad y se creían en el deber de «bajarle un poco los humos».

En la Asociación para la Mejora de Avonlea organizaron una fiesta en honor de Ana y Gilbert en casa de Josie Pye, en parte porque la casa del señor Pye era grande y cómoda, y en parte porque tenían la grave sospecha de que las hermanas Pye no querrían saber nada de la fiesta si los demás no aceptaban el ofrecimiento de la casa. Pasaron un rato muy agradable, porque las hermanas Pye eran educadas y no dijeron nada que pudiera estropear la armonía de la ocasión, a pesar de que no fuera de su gusto. Josie estaba especialmente amable, tanto que le señaló a Ana con condescendencia:

—Ese vestido nuevo te sienta muy bien, Ana. La verdad es que con él pareces casi guapa.

—Qué amable de tu parte —contestó Ana con cierta ironía en los ojos. Empezaba a desarrollar su sentido del humor, y ciertos comentarios que a los catorce años le habrían dolido, ahora se los tomaba como una oportunidad para reírse. Josie sospechó que Ana se estaba riendo, al ver que ponía unos ojillos traviesos, pero se conformó con susurrarle a Gertie, mientras bajaban las escaleras, que Ana Shirley se daría más aires que nunca ahora que iba a estudiar en la universidad: ¡ya lo verían!

Todos los de la antigua pandilla asistieron a la fiesta, rebosantes de alegría, diversión y juvenil despreocupación. Diana Barry, con sus hoyuelos y su piel sonrosada, seguida de cerca por su fiel Fred; Jane Andrews, pulcra, sensata y sencilla; Ruby Gillis, guapísima y resplandeciente, con una blusa de seda de color crema y geranios rojos en el pelo dorado; Gilbert Blythe y Charlie Sloane, los dos empeñados en acercarse lo más posible a la esquiva Ana; Carrie Sloane, pálida y melancólica porque, según decían, su padre no permitía a Oliver Kimball acercarse a su casa; Moody Spurgeon MacPherson, con la cara tan redonda y las orejas tan feas como siempre; y Billy Andrews, que se pasó toda la noche sentado en un rincón, se reía cada vez que alguien le decía algo y observaba a Ana Shirley con una sonrisa de placer en la cara ancha y pecosa.

Ana había oído hablar de la fiesta, pero no sabía que a Gilbert y a ella, como fundadores de la Asociación, iban a ofrecerles un «discurso» y unos «obsequios en señal de respeto»: a ella un volumen que reunía varias obras de Shakespeare y a él una pluma estilográfica. Estaba tan contenta y sorprendida con las cosas tan bonitas que dijeron en el discurso, que Moody Spurgeon se encargó de leer en su tono de sacerdote más solemne, que las lágrimas casi le empañaron el brillo de los ojos grandes y grises. Había trabajado en la Asociación con ahínco y lealtad, y le llegó a lo más hondo que sus compañeros apreciaran tan sinceramente sus esfuerzos. Además, eran todos tan amables, alegres y cordiales... Hasta las Pye tenían sus méritos. En ese momento, Ana quería al mundo entero.

Disfrutó enormemente de la noche, aunque el final lo estropeara todo. Gilbert cometió una vez más el error de ponerse sentimental con ella mientras cenaban en el porche, a la luz de la luna, y Ana, para castigarlo, estuvo muy amable con Charlie Sloane y le dejó que la acompañara a casa. Comprobó, sin embargo, que la venganza no hiere a nadie tanto como a

quien se propone infligirla. Gilbert se marchó alegremente con Ruby Gillis, y el eco de sus risas y su animada conversación llegó hasta los oídos de Ana en el aire terso y sereno del otoño. Era evidente que lo estaban pasando de maravilla mientras ella se moría de aburrimiento con Charlie Sloane, que no paraba de hablar y nunca, ni por casualidad, decía nada que valiese la pena. Ana respondía de vez en cuando, distraída, con un sí o un no, y pensaba en lo guapa que estaba Ruby esa noche, y en los ojos saltones de Charlie a la luz de la luna —aún peores que de día— y en que, por alguna razón, el mundo no era tan bonito como le parecía unas horas antes.

«Estoy cansada: eso es lo que me pasa», se dijo cuando por fin se encontró a solas en su dormitorio. Y lo creía sinceramente. Pero un leve borboteo de alegría que parecía brotar de una fuente desconocida y secreta bulló en su corazón cuando, al día siguiente, a la caída de la tarde, vio pasar a Gilbert por el Bosque Encantado, con su característico andar firme y rápido, y cruzar por el tronco que hacía las veces de puente. ¡Al final, Gilbert no iba a pasar la última tarde con Ruby Gillis!

—Pareces cansada, Ana —dijo.

—Lo estoy, y peor todavía, disgustada. Estoy cansada porque me he pasado el día entero cosiendo y preparando el equipaje. Y disgustada porque han venido a despedirse seis vecinas, y todas han conseguido hacer algún comentario que le quitaba el color a la vida y la volvía tan gris, lúgubre y triste como una mañana de noviembre.

—¡Viejas envidiosas! —fue la elegante observación de Gilbert.

—¡Qué va! —contestó Ana, muy seria—. Eso es lo malo. Si fueran unas viejas envidiosas no le daría importancia, pero todas ellas son buenas personas, mujeres amables y maternales que me aprecian y a las que aprecio. Por eso lo que han dicho, o insinuado, me ha pesado tanto. Me han hecho pensar que estaba loca por ir a Redmond y aspirar a una licenciatura, y ahora pienso que a lo mejor lo estoy. La señora Sloane suspiró y dijo que ojalá no me fallaran las fuerzas, y de repente me vi al final del tercer curso, definitivamente postrada de puro agotamiento. La señora Wright señaló que debía de costar un dineral pasar cuatro años en Redmond, y me hizo sentir que era imperdonable despilfarrar los ahorros de Marilla y los míos en semejante disparate. La señora Bell dijo que ojalá no me estropeara en la universidad, como les pasa a algunos, y sentí en los huesos que al final de mi cuarto año en Redmond me habría convertido en un ser insufrible que cree saberlo todo y mira por encima del hombro a todo y a todos en Avonlea; la señora Wright tenía entendido que las chicas de Redmond, sobre todo las de Kingsport, «vestían de muerte y eran estiradísimas», y creía que no iba a sentirme cómoda con ellas; y me vi como una campesina mal vestida, despreciada y humillada en los nobles pasillos de Redmond con mis botas de cuero.

Ana terminó con una carcajada y un suspiro a la vez. En su carácter sensible cualquier reproche hacía mella, incluso el de personas por cuya opinión sentía poco respeto. De momento, la vida había perdido su sabor y la ambición se había apagado como una vela de un soplido.

—No puedes dejar que te afecte lo que digan —protestó Gilbert—. Sabes perfectamente que tienen una visión del mundo muy estrecha, aunque sean personas excelentes. Hacer algo que ellas no han hecho nunca es para ellas un sacrilegio. Eres la primera chica de Avonlea que va a la universidad, y ya sabes que a las pioneras siempre las tienen por locas perdidas.

—Sí, ya lo sé. Pero una cosa es saberlo y otra sentirlo. El sentido común me dice lo mismo que a ti, pero hay veces en que el sentido común no me sirve de nada. La tontería se apodera de mi espíritu. La verdad es que, cuando se fue la señora Wright, casi no me quedaban fuerzas para terminar de hacer el equipaje.

—Solo estás cansada, Ana. Anda, olvídate de todo y ven a dar un paseo conmigo... por los bosques de detrás de las marismas. A lo mejor hay algo que me gustaría enseñarte.

—¿A lo mejor? ¿No sabes si está?

—No. Solo sé que podría estar, por algo que vi esta primavera. Vamos. Haremos como si volviéramos a ser niños y nos dejaremos llevar.

Echaron a andar alegremente. Ana, recordando la incómoda sensación de la noche anterior, estuvo muy simpática con Gilbert; y Gilbert, que empezaba a aprender a ser más sabio, procuró ser únicamente el compañero de otros tiempos. La señora Lynde y Marilla los vieron desde la ventana de la cocina.

—Esos dos se emparejarán algún día —dijo la señora Lynde con satisfacción.

Marilla se estremeció ligeramente. En el fondo lo esperaba, pero le disgustó que la señora Lynde lo dijera en un tono tan chismoso y prosaico.

—Todavía son unos niños —contestó escuetamente.

La señora Lynde se rio sin mala intención.

—Ana tiene dieciocho. Yo a esa edad ya me había casado. Lo que pasa, Marilla, es que las viejas como nosotras tendemos demasiado a creer que los niños nunca crecen. Ana es una mujercita y Gilbert es un hombre, y salta a la vista que venera el suelo que ella pisa. Es un buen chico: Ana no encontraría a nadie mejor. Espero que en Redmond no se le llene la cabeza de tonterías románticas. Nunca me han parecido bien los centros de enseñanza mixta, y siguen sin parecérmelo, te lo aseguro. Creo que en las universidades mixtas —concluyó la señora Lynde en tono solemne— los jóvenes hacen poco más que coquetear.

—Seguro que algo estudian —dijo Marilla con una sonrisa.

—Poquísimo —resopló la señora Rachel—. De todos modos, creo que Ana estudiará. Nunca ha sido coqueta. Lo que pasa es que no ve cuánto vale Gilbert. ¡Yo conozco a las chicas! Charlie Sloane también está loco por ella, pero yo nunca le aconsejaría que se casara con un Sloane. Los Sloane son gente buena, honrada y respetable, por supuesto. Pero en el fondo siguen siendo Sloane.

Marilla asintió. Para un extraño, decir que los Sloane eran Sloane tal vez no fuera muy iluminador, pero Marilla lo entendía. En todos los pueblos hay una familia así; pueden ser buenas personas, honradas y respetables, pero son Sloane y lo serán siempre, aunque hablen las lenguas de la gente común y de los ángeles.

Gilbert y Ana, felices y ajenos a cómo predecía su futuro la señora Rachel, paseaban por el Bosque Encantado. Más adelante, las laderas segadas disfrutaban del resplandor ambarino del atardecer bajo un cielo de tenues y vaporosos tonos azules y rosas. A lo lejos, los bosques de píceas eran bronce bruñido, y sus sombras alargadas dibujaban franjas en los prados altos. Alrededor, la brisa cantaba entre las borlas de los abetos con la voz del otoño.

—Este bosque ahora está encantado de verdad... con viejos recuerdos —dijo Ana, agachándose para cortar un manojo de helechos a los que el hielo había dado finalmente la blancura de la cera—. Tengo la sensación de que las niñas que éramos Diana y yo todavía siguen jugando aquí, y al atardecer vienen a la Burbuja de la Dríade a reunirse con los espíritus. ¿Sabes que nunca puedo hacer este camino al atardecer sin sentir parte del miedo y el estremecimiento de esos tiempos? Nos inventamos un fantasma espeluznante: el fantasma del niño asesinado que te perseguía y te tocaba la mano con sus dedos fríos. Confieso que aún me imagino que me sigue con paso furtivo cuando vengo de noche. No tengo miedo de la dama blanca, del decapitado o de los esqueletos, pero ojalá nunca me hubiera imaginado el fantasma de ese niño. ¡Cómo se enfadaron Marilla y la señora Barry! —zanjó Ana, con una risa cargada de recuerdos.

Los bosques que rodeaban la entrada de las marismas estaban llenos de vistas violetas y entretejidos de telarañas. Dejando atrás una triste plantación de píceas retorcidas y un valle soleado, bordeado de arces, encontraron por fin lo que buscaba Gilbert.

—Ah, aquí está —dijo con satisfacción.

—¡Un manzano... tan apartado! —exclamó Ana, maravillada.

— Sí, un manzano cargadito de manzanas, entre los pinos y las hayas, a casi dos kilómetros de cualquier huerto. Lo descubrí un día, esta primavera, cubierto de flores blancas, y decidí volver en otoño para ver si había manzanas. Mira cuántas hay. Y tienen buena pinta: con vetas ocres como las rojas, pero de un rojo más oscuro. Los silvestres normalmente dan manzanas verdes y poco apetecibles.

—Supongo que brotó hace años, de alguna semilla que germinó por casualidad —dijo Ana con aire soñador—. ¡Y ha crecido y florecido aquí solo, entre seres extraños! ¡Qué valentía y determinación!

—Aquí hay un tronco con un cojín de musgo. Siéntate, Ana: será un trono en el bosque. Voy a subir a por manzanas. Están todas muy arriba. El árbol ha tenido que buscar la luz del sol.

Las manzanas estaban riquísimas. La piel ocre envolvía una carne blanca, blanca, con ligeras vetas rojas; y además de su propio sabor a manzana tenían un toque silvestre, fuerte y delicioso, del que carecían las manzanas de huerto.

—Seguro que la fatídica manzana del Edén no tenía un sabor más jugoso que esta —dijo Ana—. Pero es hora de volver. Mira, hace tres minutos aún quedaba algo de luz crepuscular y ahora ya hay luz de luna. Qué lástima que nos hayamos perdido la transformación. Aunque supongo que es imposible pillar esos momentos.

—Vamos bordeando la marisma y luego seguimos por el Paseo de los Enamorados. ¿Sigues tan disgustada como hace un rato, Ana?

—No. Esas manzanas han sido como el maná para un alma hambrienta. Creo que me va a encantar Redmond y que voy a pasar cuatro años estupendos.

—¿Y después de esos cuatro años?

—Después habrá otro recodo en el camino. No tengo ni idea de lo que hay al otro lado: no quiero saberlo. Es más bonito no saberlo.

El Paseo de los Enamorados estaba precioso esa noche, envuelto en una penumbra serena y misteriosa a la pálida luz de la luna. Lo recorrieron en grato silencio, sin ganas de hablar ninguno de los dos.

«Qué bonito y sencillo sería todo si Gilbert fuera siempre como esta noche», pensó Ana.

Gilbert la estaba observando: con su vestido ligero, esbelta y delicada, parecía un iris blanco.

«¿Conseguiré algún día que se interese por mí?», se preguntó con un escalofrío de desconfianza.

Capítulo III
RECIBIMIENTO Y DESPEDIDA

harlie Sloane, Gilbert Blythe y Ana Shirley salieron de Avonlea por la mañana, el lunes siguiente. Ana confiaba en que hiciera buen día. Diana la llevaría a la estación, y querían que su viaje juntas, el último por algún tiempo, fuese agradable. Pero el domingo por la noche, cuando Ana se acostó, el gemido del viento del este alrededor de Tejas Verdes anunciaba la siniestra profecía que se vería confirmada a la mañana siguiente. Al despertarse, las gotas de lluvia golpeaban la ventana y dibujaban círculos concéntricos en la superficie gris del estanque; la niebla ocultaba los cerros y el mar, y el mundo parecía un lugar sombrío y tenebroso. Ana se vistió a la luz triste y gris del amanecer, porque tenía que madrugar para coger el tren en el puerto. Intentó combatir las lágrimas que, sin querer, le llenaban los ojos. Estaba a punto de dejar la casa que tanto quería, y algo le decía que se marchaba de allí para siempre, que solo volvería a refugiarse en vacaciones. Las cosas nunca serían como antes: pasar las vacaciones no sería lo mismo que vivir allí. ¡Y cuánto aprecio y cariño sentía por todo! Por su cuartito blanco en la buhardilla, consagrado a los sueños de la infancia, con la Reina de las Nieves en la ventana, el arroyo en la vaguada, la Burbuja de la Dríade, el Bosque Encantado y el Paseo de los Enamorados... Mil rincones queridos donde dejaría sus recuerdos de los últimos años. ¿De verdad podría ser feliz en otra parte?

Esa mañana, el desayuno en Tejas Verdes fue un tanto triste. Davy, puede que por primera vez en la vida, no podía comer y se puso a gimotear sin ningún pudor encima de las gachas. Los demás tampoco tenían mucho apetito, menos Dora, que se tomó su ración tranquilamente. Dora, como la inmortal y prudentísima Charlotte, que «siguió cortando pan y mantequilla» cuando se llevaron en parihuelas el cadáver de su pretendiente enloquecido, era una de esas personas afortunadas que rara vez se inquietaba por algo. Incluso a los ocho años, algo muy grave tenía que pasar para alterar la placidez de Dora. Naturalmente, le daba pena que Ana se marchara, pero ¿era eso un motivo para no disfrutar de su tostada con huevos revueltos? En absoluto. Y, viendo que Davy no se comía la suya, Dora lo hizo por él.

Diana llegó puntual con el caballo y la calesa. La cara resplandeciente y sonrosada le asomaba por el cuello del impermeable. Era el momento de decir adiós. La señora Lynde salió de su habitación para darle a Ana un cálido abrazo y advertirle que cuidara su salud por encima de todo. Marilla, brusca y sin lágrimas, le pellizcó la mejilla y dijo que esperaba recibir noticias suyas cuando se hubiera instalado. Un desconocido habría podido pensar que sentía muy poco que Ana se marchara, salvo que por casualidad se hubiera fijado en sus ojos. Dora se despidió de Ana dándole un beso en la mejilla, con delicadeza, y se secó dos decorosas lagrimitas; pero Davy, que estaba llorando en las escaleras del porche desde que se levantaron de la mesa, se negó a decirle adiós. Cuando vio que Ana se le acercaba, se levantó de un salto, desapareció por las escaleras de atrás y se escondió en un ropero del que se negó a salir. Sus berridos, amortiguados, fueron lo último que oyó Ana al dejar Tejas Verdes.

Llovió con fuerza y sin parar hasta la estación de Bright River. Tenían que ir hasta allí porque el ramal de Carmody no enlazaba con el ferry. Charlie y Gilbert se encontraban en el andén cuando llegaron las chicas, y el tren ya estaba silbando. Ana tuvo el tiempo justo de comprar el billete, facturar el baúl, despedirse apresuradamente de Diana y subir corriendo. Le entraron ganas de volver a Avonlea con su amiga: sabía que iba a morirse de nostalgia. ¡Y ojalá dejara de llover a cántaros, como si el mundo entero llorase por el fin del verano y las alegrías perdidas! Ni siquiera le consoló la presencia de Gilbert, porque también estaba Charlie Sloane, y el estilo Sloane solo era tolerable con buen tiempo. Con lluvia resultaba definitivamente insufrible.

Pero cuando el vapor salió del puerto de Charlottetown, las cosas dieron un giro a mejor. Dejó de llover, y el sol dorado estallaba de vez en cuando entre las nubes rasgadas, dando al mar gris un resplandor cobrizo e iluminando el velo de bruma que bordeaba las costas rojas de la isla con unos destellos de oro que auguraban finalmente un buen día. Además, Charlie Sloane enseguida se mareó tanto que tuvo que irse abajo, mientras Gilbert y Ana se quedaban a solas en cubierta.

«Cuánto me alegro de que los Sloane se mareen en cuanto ponen un pie en un barco —pensó Ana, sin piedad—. Seguro que no habría podido despedirme de mi tierra querida con Charlie a mi lado, fingiendo que él también se ponía sentimental.»

—Bueno, nos vamos —dijo Gilbert sin sentimentalismo.

—Sí, me siento como Childe Harold en el poema de Byron, solo que lo que estoy contemplando no es «mi costa natal» —dijo Ana, parpadeando enérgicamente con sus ojos grises—. Supongo que eso es Nueva Escocia. Pero la tierra natal de una persona es aquella que más quiere, y para mí es la Isla del Príncipe Eduardo. Me cuesta creer que no he vivido aquí siempre. Los once años anteriores ahora me parecen una pesadilla. Hace siete años que llegué en este barco: la tarde que la señora Spencer me trajo de Hopetown. Aún me veo con mi vestido horrible y viejo, y mi sombrero de marinero descolorido, explorando los camarotes y las cubiertas, llena de ilusión y curiosidad. Hacía una tarde preciosa. ¡Cómo brillaban al sol las costas rojas de la isla! Ahora vuelvo a cruzar el estrecho. Ay, Gilbert, espero que me gusten Redmond y Kingsport, pero estoy segura de que no me van a gustar.

—¿Qué ha sido de tu filosofía, Ana?

—Está sumergida en una enorme ciénaga de soledad y nostalgia. Llevo tres años queriendo ir a Redmond, y ahora que por fin voy, preferiría no ir. ¡Da igual! Volveré a estar contenta y filosófica después de una buena llantina.

La necesito, como despedida, y tendré que esperar hasta esta noche, cuando esté en la cama de la pensión, ni siquiera sé dónde. Entonces volveré a ser Ana. ¿Seguirá Davy encerrado en ese armario?

Eran las nueve de la noche cuando el tren llegó a Kingsport y se encontraron en el resplandor azulado del andén abarrotado de gente. Ana estaba perdidísima, y entonces se vio envuelta en el abrazo de Priscilla Grant, que había llegado a Kingsport el sábado anterior.

—¡Ya estás aquí, querida! Y me imagino que estarás tan cansada como yo cuando llegué el sábado por la noche.

—¡Cansada! ¡Ni lo nombres, Priscilla! Además de cansada me siento provinciana y novata, como si tuviera solo diez años. Por favor, lleva a esta pobre y hundida amiga tuya a algún sitio con menos ruido.

—Te llevaré directamente a la pensión. Tengo un coche esperando en la puerta.

—Qué suerte que estés aquí, Prissy. Si no estuvieras, creo que ahora mismo me sentaría en la maleta y me echaría a llorar amargamente. ¡Qué consuelo encontrar una cara familiar en esta selva llena de aullidos y de extraños!

—¿Ese de ahí es Gilbert, Ana? ¡Cuánto ha crecido en el último año! Era un colegial cuando yo estaba de maestra en Carmody. Y ese es Charlie Sloane, claro. Él no ha cambiado nada: es imposible. Ya era así cuando nació, y con ochenta años seguirá igual. Por aquí, cielo. Dentro de veinte minutos estaremos en casa.

—¡En casa! —refunfuñó Ana—. Quieres decir que estaremos en una pensión horrible, en un dormitorio más horrible todavía, con vistas a un patio sórdido.

—No es una pensión horrible, Ana. Aquí está nuestro coche. Sube: el cochero cargará tu baúl. Pues sí, la pensión en realidad es muy bonita, como tú misma reconocerás mañana, cuando el sueño te quite las penas y vuelvas a verlo todo de color de rosa. Es una casona antigua, de piedra gris, y está en un sitio muy bonito: en la calle St. John, muy cerca de Redmond. Antes era un barrio de gente importante, pero ya no está de moda, y las casas solo sueñan con tiempos mejores. Son tan grandes que la gente que aún vive allí necesita huéspedes para llenarlas. Al menos esa es la impresión que se empeñan en dar las dueñas de nuestra casa. Son encantadoras, Ana: las dueñas de la casa, digo.

—¿Cuántas son?

—Dos. La señorita Hannah Harvey y la señorita Ada Harvey. Son gemelas y tienen alrededor de cincuenta años.

—Parece que no puedo librarme de los gemelos —dijo Ana, con una sonrisa—. Los encuentro en todas partes.

—Ya no son idénticas. Al cumplir los treinta dejaron de serlo. La señorita Hannah ha envejecido sin demasiada dignidad, y la señorita Ada sigue teniendo treinta y aún menos dignidad. No sé si la señorita Hannah puede sonreír o no; de momento no la he visto sonreír, pero la señorita Ada sonríe a todas horas, y eso es mucho peor. De todos modos, son amables y buenas personas. Acogen dos huéspedes todos los años, porque la señorita Hannah, que tiene un gran espíritu de ahorro, no soporta «desperdiciar espacio»; no porque lo necesiten ni porque les venga bien: eso me ha dicho la señorita Ada siete veces ya desde el sábado por la noche. Y reconozco que nuestras habitaciones son estrechas y que la mía da al patio de atrás. La tuya da a la calle, con vistas al cementerio de St. John, que está justo enfrente.

—Eso suena muy macabro —se estremeció Ana—. Casi preferiría las vistas al patio.

—No creo. Ya lo verás. El cementerio de St. John es una preciosidad. Es tan antiguo que ya no es un cementerio, y se ha convertido en uno de los sitios más visitados de Kingsport. Ayer lo recorrí entero y el paseo fue muy agradable. Está rodeado por un muro de piedra y una hilera de árboles enormes, y las lápidas son antiquísimas y rarísimas, con unas inscripciones de lo más pintorescas y curiosas. Seguro que te vas ahí a estudiar. Ahora ya no entierran a nadie, pero hace unos años levantaron un monumento precioso, en memoria de los soldados de Nueva Escocia caídos en la guerra de Crimea. Está justo a la entrada, enfrente de las verjas, y ofrece mucho «espacio a la imaginación», como decías tú antes. Por fin traen tu baúl... y los chicos vienen a dar las buenas noches. ¿De verdad tengo que darle la mano a Charlie Sloane, Ana? Siempre tiene las manos frías y escurridizas como un pez. Tenemos que invitarlos a venir de vez en cuando. La señorita Hannah me dijo, muy seria, que podemos recibir «visitas de caballeros» dos tardes en semana, siempre y cuando se marchen a una hora razonable; y la señorita Ada, sonriendo, me pidió por favor que no se sentaran en sus preciosos cojines. Le prometí que estaría atenta; pero no sé dónde narices van a sentarse, como no sea en el suelo, porque hay cojines por todas partes. La señorita Ada incluso ha puesto uno, de encaje blanco, encima del piano.

Ana ya se estaba riendo. La alegre conversación de Priscilla tuvo el efecto de animarla, tal como era la intención. La nostalgia se esfumó por el momento y ni siquiera cuando Ana se vio por fin a solas en su dormitorio volvió con toda la plenitud de su fuerza. Ana se acercó a la ventana. La calle estaba sumida en el silencio y la penumbra. Al otro lado, la luna iluminaba los árboles del cementerio, justo detrás de la enorme cabeza oscura del león del monumento. A Ana le costaba creer que hubiera salido de Tejas Verdes esa misma mañana. Tenía la sensación de que había pasado mucho tiempo, como sucede siempre tras un día de viaje y cambio.

«Supongo que esa misma luna ahora está contemplando Tejas Verdes —reflexionó—. Pero no quiero pensar en esas cosas, porque así es como viene la nostalgia. Ni siquiera voy a permitirme la llantina. La dejaré para un momento más oportuno, y ahora me iré a dormir tranquilamente.»

Capítulo IV

LA DAMA
DE ABRIL

Kingsport es una ciudad antigua y pintoresca de principios de la época colonial y envuelta en el ambiente de esa época, como una anciana elegante que aún viste al estilo de su juventud. Aunque en algunas zonas ya brota la modernidad, el corazón de Kingsport sigue intacto, lleno de reliquias y envuelto en el halo romántico de numerosas leyendas del pasado. En su origen fue una simple estación de frontera, en el margen de las tierras vírgenes, cuando la presencia de los indios rompía la monotonía de la vida de los pobladores. Más adelante se convirtió en un foco de disputas entre británicos y franceses, que en sus ocupaciones sucesivas dejaron en la ciudad alguna cicatriz de sus batallas.

Cuenta, en el parque, con una torre de vigilancia circular en la que escriben su nombre los turistas; un fuerte francés desmantelado en los montes cercanos, y varios cañones antiguos en las plazas públicas. Cuenta asimismo con otros lugares históricos que pueden explorar los curiosos, pero ninguno tan peculiar y encantador como el viejo cementerio de St. John, en el mismo centro de la ciudad, bordeado de calles tranquilas con viviendas de tiempos pasados y otras vías bulliciosas y muy concurridas. En todos los habitantes de Kingsport inspira este cementerio la emoción y el orgullo de lo que uno siente como propio, pues, al margen de cualquier otra consideración, todos tienen a algún antepasado enterrado en él, con su lápida torcida en la cabecera, cuando no caída sobre la sepultura, como si quisiera protegerla, y en esta lápida se registran los principales momentos de la vida de cada persona. No hay en la mayoría de estas lápidas antiguas un especial derroche de arte o habilidad. En general son de talla tosca y piedra de la zona, de arenisca marrón o gris, y solo en algún caso se observa cierto afán de ornamentación. Algunas, decoradas con una calavera y unas tibias, combinan este tétrico adorno con la cabeza de un querube. Muchas están caídas y en ruinas. Todas están roídas por los dientes del tiempo, hasta el punto de que algunas inscripciones se han borrado por completo y otras solo se descifran con dificultad. El cementerio está superpoblado y cubierto de vegetación, intercalado y rodeado de hileras de olmos y sauces bajo cuya sombra quienes allí duermen seguramente no sueñan nada, eternamente arrullados por los vientos y las hojas, y ajenos al clamor del tráfico de la ciudad.

Ana dio el primero de sus muchos paseos por el cementerio de St. John la tarde siguiente. A media mañana estuvo en Redmond con Priscilla, para registrarse como alumnas, y no tenía nada más que hacer en todo el día. Se alegraron de escaparse enseguida de la universidad, como si no supieran dónde encajar, incómodas entre aquella multitud de personas desconocidas y con un aire en su mayoría un tanto extraño.

Las «novatas» se quedaban aparte, de dos en dos o de tres en tres, mirándose con desconcierto. Por su parte, los chicos de primero, más sabios por experiencia y edad, se habían amontonado en la escalinata del vestíbulo de la entrada y gritaban a pleno pulmón, llenos de alegría y con toda la fuerza de la juventud, como si pertenecieran a una especie distinta, desafiando a sus enemigos tradicionales, los de segundo, que en algunos casos se paseaban por el vestíbulo con altivez y observaban con abierto desdén a los cachorros sin pulir que ocupaban la escalinata. No había ni rastro de Gilbert y Charlie.

—Quién me iba a decir que algún día me alegraría de ver a un Sloane —dijo Priscilla mientras cruzaban el campus—, pero sería casi divino ver los ojos saltones de Charlie. Al menos me resultarían familiares.

—Uf —suspiró Ana—. No sé describir cómo me he sentido mientras hacía la cola: insignificante como la gota más diminuta en un barril enorme. Si ya es malo sentirse insignificante, ver que llevas grabado en el alma que nunca serás nada más que insignificante es insoportable, y así es como me he sentido, como si fuera invisible y alguno de los veteranos pudiera pisarme. Vi que me iría a la tumba sin que nadie me llorase, sin honores ni cánticos.

—Espera al curso que viene —la consoló Priscilla—. Nos habremos vuelto tan aburridos y mundanos como ellos. Desde luego que es horrible sentirse insignificante, pero creo que es mejor que sentirse tan grande y torpe como yo: como despatarrada por encima de todo Redmond. Así me he sentido: supongo que porque les sacaba a todos más de cinco centímetros. Yo no tenía miedo de que un veterano me pisara. Mi temor era que me tomasen por un elefante o un espécimen de isleña descomunal, alimentada con patatas.

—Me imagino que lo que nos pasa es que no perdonamos que Redmond no sea tan pequeño como Queen's —dijo Ana, envolviéndose con los jirones de su antigua y alegre filosofía para cubrir la desnudez de su espíritu—. Cuando salimos de Queen's conocíamos a todo el mundo y ya teníamos allí nuestro sitio. Supongo que inconscientemente esperábamos emprender la vida en Redmond tal como la dejamos en Queen's, y ahora tenemos la sensación de que el suelo se ha movido. Me alegro de que ni la señora Lynde ni la señora Wright lleguen a saber nunca cuál es mi estado de ánimo en este momento. Les encantaría recordarme: «Te lo dije». Y estarían convencidas de que esto es el principio del fin, cuando en realidad solo es el fin del principio.

—Exactamente. Eso me suena más propio de Ana. Enseguida nos habremos acostumbrado y familiarizado, y nos encontraremos bien. Ana, ¿te has fijado en la chica que se ha pasado toda la mañana sola en la puerta del ropero de las alumnas? ¿Una guapa, con los ojos castaños y la boca torcida?

—Sí. Me he fijado, porque parecía la única que se sentía tan sola y perdida como yo. Y eso que yo te tenía a ti, pero ella no tenía a nadie.

—Yo también creo que se sentía muy perdida. He visto varias veces que hacía ademán de acercarse a nosotras, pero al final no se decidía: supongo que por timidez. Ojalá se hubiera acercado. Si no me hubiera sentido tan elefante como te decía me habría acercado yo a ella. Pero no me atrevía a cruzar ese vestíbulo enorme, con tantos chicos aullando en las escaleras. Era la más guapa de las novatas que he visto hoy, aunque puede que el gusto me engañe y hasta la belleza sea inútil el primer día en Redmond —concluyó Priscilla con una carcajada.

—Voy a dar un paseo por el cementerio de St. John después de comer —dijo Ana—. No sé yo si un cementerio es un buen sitio para animarse, pero parece el único sitio con árboles que tenemos a mano, y necesito a los árboles. Me sentaré en una de esas lápidas, cerraré los ojos y me imaginaré que estoy en los bosques de Avonlea.

Sin embargo, Ana no llegó a hacer lo que pensaba, porque encontró en el viejo cementerio abundantes motivos de interés para tener los ojos bien abiertos. Cruzaron las verjas y pasaron por debajo del imponente arco de piedra coronado por el gran león de Inglaterra.

—«Y aún hoy en Inkerman siguen las zarzas ensangrentadas, y serán para siempre famosas esas cumbres desoladas» —citó Ana, contemplando el monumento con un escalofrío.

Se encontraban en un espacio de penumbra, verde y fresca, donde a los vientos les gustaba ronronear. Pasearon por los largos pasillos cubiertos de hierba, leyendo los largos y curiosos epitafios tallados en una época con más tiempo de ocio que esta nuestra.

—«Aquí yace el hidalgo Albert Crawford» —leyó Ana en una lápida gris y erosionada—, «por largos años Custodio del Arsenal Militar de su Majestad el Rey en Kingsport. Sirvió en el Ejército hasta la paz de 1763, cuando se retiró por su mala salud. Fue un oficial valeroso, el mejor de los maridos, el mejor de los padres y el mejor de los amigos. Murió el 29 de octubre de 1792, a la edad de 84 años.» Ese sería un buen epitafio para ti, Prissy. Además, abre el espacio para la imaginación. ¡Qué vida tan llena de aventuras debió de ser la suya! Y en cuanto a sus cualidades personales, seguro que no hay mayor elogio. No sé yo si le dirían tantas cosas bonitas mientras estaba vivo.

—Aquí hay otro —dijo Priscilla—. Mira: «En memoria de Alexander Ross, fallecido el 22 de septiembre de 1840, a los 43 años, como muestra de afecto de la persona a quien sirvió a lo largo de 27 años con tanta lealtad que llegó a ser para ella un amigo, merecedor de su plena confianza y cariño».

—Un epitafio muy bueno —observó Ana pensativa—. No esperaría nada mejor. Todos somos servidores en cierto modo, y si en nuestra lápida se puede grabar sin faltar a la verdad que hemos sido fieles, no hay necesidad de añadir nada más. Aquí hay una sepultura pequeña, Prissy: «En memoria de un hijo predilecto». Y aquí otra «erigida en memoria de alguien que está enterrado en otra parte». ¿Dónde estará esa tumba desconocida? La verdad, Pris, es que los cementerios nuevos nunca serán tan interesantes como este. Tenías razón: vendré aquí muy a menudo. Ya me encanta. Veo que no estamos solas: hay una chica al final de este pasillo.

—Sí, y creo que es la misma que vimos en Redmond esta mañana. Llevo cinco minutos observándola. Ha echado a andar hacia nosotras exactamente seis veces y las seis ha dado media vuelta. O es tímida a más no poder o tiene mala conciencia. Vamos a saludarla. Me parece más fácil conocerse en un cementerio que en Redmond.

Echaron a andar por la larga galería de verdor hacia la desconocida, que estaba sentada en una lápida gris, a los pies de un sauce enorme. Era sinceramente muy guapa, de una guapura hechizante, irregular y llena de vida. Tenía el pelo liso como la seda y reluciente como las castañas, y las mejillas redondas, de un tono suave, como la fruta madura. Los ojos grandes, castaños y aterciopelados asomaban por debajo de unas cejas negras y curiosamente arqueadas en punta, y la boca torcida era de un color rosa casi rojo. Llevaba un elegante vestido marrón y unos zapatitos muy a la moda; y el sombrero de paja rosa oscuro, adornado con una corona de amapolas entre ocres y doradas, tenía el aire tan inconfundible como indescriptible de las creaciones de un artista del sombrero. Priscilla cayó de pronto en que el suyo lo había confeccionado el sombrerero del almacén del pueblo, y Ana se preguntó con incomodidad si la blusa que se había hecho ella misma, con ayuda de la señora Lynde, no resultaba demasiado casera y campesina al lado del elegante atuendo de la desconocida. Por unos momentos, las dos chicas quisieron dar media vuelta.

Pero ya habían girado hacia la lápida gris. Era demasiado tarde para retroceder, pues saltaba a la vista que la chica de los ojos castaños había llegado a la conclusión de que venían a hablar con ella. Se levantó al instante y se acercó con una mano tendida y una sonrisa alegre y cordial en la que no había rastro alguno ni de timidez ni de mala conciencia.

—Ah, qué ganas tengo de saber quiénes sois —dijo con entusiasmo—. Me muero por saberlo. Os vi en Redmond esta mañana. ¿Verdad que fue horrible? Me arrepentí de no haberme quedado en casa para casarme.

Ana y Priscilla respondieron a esta confesión inesperada con una carcajada incontenible. La chica de los ojos castaños también se echó a reír.

—Lo digo en serio. Podría haber hecho eso. Venid, vamos a sentarnos en esta lápida para conocernos. No creo que sea difícil. Estoy segura de que nos caeremos fenomenal: lo supe nada más veros en Redmond esta mañana. Me entraron unas ganas enormes de acercarme a abrazaros.

—¿Y por qué no lo hiciste?

—Porque no me decidía. Nunca me decido por nada: siempre me asalta la indecisión. En cuanto me decido a hacer algo, siento en los huesos que no es lo más conveniente. Es una desgracia horrible, pero soy así de nacimiento, y es inútil culparme por eso, como hacen algunos. El caso es que no me decidía a hablar con vosotras, a pesar de las ganas que tenía.

—Pensamos que eras muy tímida —dijo Ana.

—No, no. La timidez no está entre los muchos defectos… o virtudes… de Philippa Gordon: Phil, para abreviar. Llamadme Phil desde ahora mismo. ¿Cómo os llamáis vosotras?

—Ella es Priscilla Grant —señaló Ana.

—Y ella Ana Shirley —dijo Priscilla, señalando a su vez.

—Y venimos de la isla —explicaron a dúo.

—Yo soy de Bolingbroke, de Nueva Escocia —dijo Philippa.

—¡De Bolingbroke! —exclamó Ana—. ¡Pero si yo nací allí!

—¿En serio? Entonces también eres Nariz Azul.

—No —replicó Ana—. ¿No fue Dan O'Connell quien dijo que el hecho de nacer en un establo no convierte a un hombre en caballo? Soy de la isla hasta la médula.

—Bueno, me alegro igualmente de que hayas nacido en Bolingbroke. En cierto modo somos vecinas, ¿no? Eso me gusta, porque así cuando os cuente un secreto no será como contárselo a un desconocido. Yo necesito contar los secretos. No me los puedo guardar, por más que lo intento. Ese es mi peor defecto: ese y la indecisión, como ya he dicho. ¿Os podéis creer que he tardado media hora en decidir qué sombrero ponerme para venir aquí? ¡A un cementerio!? Al principio me inclinaba por el marrón con una pluma, pero en cuanto me lo puse pensé que este rosa con el ala caída sería más adecuado. Cuando por fin me lo sujeté con los alfileres creí que el marrón era mejor. Al final los puse encima de la cama, cerré los ojos y pinché con un alfiler. El alfiler atravesó el rosa, y ese me puse. Queda bien, ¿no? Decidme, ¿qué os parece mi aspecto?

Esta inocente pregunta, hecha en un tono tan serio, hizo que Priscilla volviera a reírse. Pero Ana le apretó la mano a Philippa impulsivamente.

—Esta mañana pensamos que eras la chica más guapa de Redmond.

La boca torcida de Philippa se transformó al instante en una encantadora sonrisa torcida, con unos dientecillos muy blancos.

—Yo pensé lo mismo —fue su asombrosa respuesta—, pero necesitaba que alguien me lo confirmara. Ni siquiera en eso soy capaz de decidirme. En cuanto llego a la conclusión de que soy guapa empiezo a tener la terrible sospecha de que no lo soy. Además, tengo una tía abuela horrorosa que siempre me dice, con un suspiro triste: «¡Qué guapa eras de pequeña! Es raro cómo cambian los niños al crecer». Me encantan las tías, pero no soporto a las tías-abuelas. Por favor, decidme con frecuencia que soy guapa, si no os molesta. Yo seré igual de amable con vosotras si queréis: os lo puedo decir con la conciencia limpia.

—Gracias —contestó Ana, riéndose de nuevo—, pero Priscilla y yo estamos tan convencidas de que somos guapas que no necesitamos que nadie nos lo confirme, así que puedes ahorrarte el esfuerzo.

—Ah, te estás riendo de mí. Seguro que te parezco una vanidosa abominable, pero no lo soy. En realidad no tengo ni una pizca de vanidad. Y no me cuesta nada hacer cumplidos a otras chicas cuando se lo merecen. Me alegro mucho de conoceros. Llegué el sábado y casi me muero de nostalgia desde entonces. ¿Verdad que es un sentimiento horrible? En Bolingbroke soy un personaje importante, ¡y en Kingsport no soy nadie! A ratos he notado que me invadía una leve tristeza. ¿Dónde os alojáis?

—En el treinta y ocho de la calle St. John.

—Mejor que mejor. Yo estoy justo a la vuelta de la esquina, en la calle Wallace. Aunque no me gusta mi pensión. Es oscura y solitaria, y mi habitación da a un patio trasero espantoso. Es el sitio más feo del mundo. Y los gatos... en fin, no creo que todos los gatos de Kingsport puedan reunirse ahí de noche, pero estoy segura de que la mitad sí. Me encantan los gatos en una alfombra, dormitando delante de un fuego acogedor, pero los gatos de noche y en patios traseros son animales totalmente distintos. La primera noche me la pasé llorando, y los gatos también. Tendríais que haberme visto la nariz por la mañana. ¡Qué ganas de haberme quedado en casa!

—No sé cómo conseguiste tomar la decisión de venir a Redmond si de verdad eres tan indecisa —dijo Priscilla, divertida.

—Qué inocente eres, cielo. No fui yo. Era mi padre el que quería que viniese. Estaba empeñado: ¿por qué? No lo sé. Es totalmente ridículo imaginarme estudiando una licenciatura, ¿verdad? No es que no sea capaz, ni mucho menos. Doy un cerebrito.

—¡Ah! —fue la ambigua exclamación de Priscilla.

—Sí. Pero cuesta mucho utilizarlo. Y la gente que consigue una licenciatura es tan solemne, sabia, digna y culta... Tienen que serlo. No. Yo no quería venir a Redmond. Lo he hecho solo por complacer a mi padre, que es un amor. Además, sabía que si me quedaba en casa tendría que casarme. Es lo que quería mi madre: está decidida. Mi madre tiene mucha decisión. Pero yo no soportaba la idea de casarme antes de unos años. Quiero pasarlo en grande antes de sentar la cabeza. Y si la idea de ser licenciada es ridícula, la de ser una mujer casada es más absurda todavía, ¿no? Solo tengo dieciocho años. Al final llegué a la conclusión de que prefería venir a Redmond a casarme. Además, ¿cómo habría podido decidir con quién casarme?

—¿Tantos pretendientes tienes? —preguntó Ana, riéndose.

—Montones. A los chicos les gusto muchísimo... es verdad. Pero solo había dos que valieran la pena. Todos los demás eran demasiado jóvenes y demasiado pobres. Tengo que casarme con un hombre rico.

—¿Y eso por qué?

—Cielo, ¿tú me imaginas casada con un hombre pobre? No sé hacer nada útil y soy muy derrochadora. Ah, no, mi marido tiene que tener dinero a montones. Eso reducía la decisión a dos. Pero me costaba tanto decidir entre dos como entre doscientos. Sabía perfectamente que, eligiera al que eligiera, me arrepentiría toda la vida de no haberme casado con el otro.

—¿No estabas enamorada de ninguno de los dos? —preguntó Ana, con cierta vacilación. No era fácil para ella hablar con una desconocida del gran misterio y la gran transformación de la vida.

—No, por favor. Yo no podría enamorarme de nadie. Eso no va conmigo. Además, no querría. Creo que estar enamorada te convierte en una esclava. Y eso le daría a un hombre mucho poder para hacerte daño. Me daría miedo. No, no. Alec y Alonzo son encantadores, y me gustan tanto que en realidad no sé cuál de los dos me gusta más. Ese es el problema. Alec es más guapo, desde luego, y yo no podría casarme con un hombre que no fuera guapo. También tiene buen carácter y un pelo precioso, negro y rizado. Pero es demasiado perfecto y creo que no me gustaría un marido perfecto, alguien a quien nunca pudiera encontrarle un defecto.

—Entonces, ¿por qué no te casas con Alonzo? —preguntó Priscilla, seria.

—¡Cómo voy a casarme con alguien que se llame Alonzo! —dijo Phil con tristeza—. No me veo capaz de soportarlo. Aunque tiene una nariz clásica y sería una tranquilidad tener una nariz fiable en la familia. De la mía no me puedo fiar. Por ahora sigue el modelo de los Gordon, pero me temo mucho que desarrolle tendencias de los Byrne a medida que me haga mayor. Me la examino todos los días, con preocupación, para asegurarme de que sigue siendo de los Gordon. Mi madre era Byrne y tiene una nariz Byrne en grado sumo. Ya veréis. Me encantan las narices bonitas. La tuya es preciosa, Ana Shirley. La nariz de Alonzo casi inclina la balanza en su favor. Pero ¡ese nombre! No, no podía decidirme. Si pudiera hacer lo mismo que he hecho con los sombreros... ponerlos juntos, cerrar los ojos y pincharlos con un alfiler... sería facilísimo.

—¿Qué les parece a Alec y Alonzo que te hayas ido? —preguntó Priscilla.

—Ah, no pierden la esperanza. Les dije que tenían que esperar hasta que consiguiera decidirme. Están dispuestos a esperar. Es que los dos me adoran. Mientras tanto tengo intención de divertirme. Espero conocer a montones de chicos guapos en Redmond. Sin ellos no puedo ser feliz, la verdad. Pero ¿no os parece que los de primero son horribles? Solo he visto a uno guapo que se marchó antes de que vosotras llegarais. Oí que su compañero lo llamaba Gilbert. El compañero tenía los ojos muy saltones. No os vais ya, ¿verdad? Quedaos un rato.

—Tenemos que irnos —dijo Ana con bastante frialdad—. Se está haciendo tarde y tengo cosas que hacer.

—Pero vendréis a verme, ¿sí? —preguntó Philippa, levantándose, y las abrazó a las dos—. Y me dejaréis que vaya a veros. Quiero que seamos amigas. Me habéis caído muy bien. ¿No os habré molestado con mi frivolidad?

—Para nada —dijo Ana, recuperando la cordialidad y respondiendo al gesto cariñoso de Phil.

—Que sepáis que no soy ni la mitad de tonta de lo que parezco. Vosotras aceptad a Philippa Gordon tal como es, con todos sus defectos, y creo que llegará a gustaros. ¿Verdad que este cementerio es precioso? Me encantaría que me enterraran aquí. En esa tumba no me había fijado, esa de la verja de hierro. Ay, chicas, mirad. En la lápida dice que era un guardia de marina al que mataron en la batalla naval entre las fragatas Shannon y Chesapeake. ¡Imaginaos!

Ana se detuvo al lado de la verja y observó la lápida vieja con el pulso acelerado de emoción. El antiguo cementerio, con su galería de árboles y sus largos pasillos de sombras, desapareció de golpe. En su lugar vio el puerto de Kingsport casi un siglo antes. De la niebla surgió poco a poco una enorme fragata en la que resplandecía la bandera de las Trece Colonias americanas. Detrás de ella había otra, con una silueta heroica y serena, y su bandera estrellada caída en el alcázar: el valeroso Lawrence. Los dedos del tiempo habían vuelto hacia atrás las páginas de la historia, y ahí estaba la Shannon, surcando triunfalmente la bahía con su trofeo, la Chesapeake.

—Vuelve, Ana Shirley, vuelve —dijo Philippa, riéndose y tirándole del brazo—. Estás a cien años de nosotras. Vuelve.

Ana volvió con un suspiro y un leve brillo en los ojos.

—Siempre me ha encantado esa historia —dijo—. Y aunque los ingleses ganaron esa batalla, creo que es por el bravo y derrotado comandante por lo que a mí me encanta. Esta sepultura le da a todo un aire muy cercano y muy real. Este pobre guardia de marina solo tenía dieciocho años. «Herido de muerte en valeroso combate», dice su epitafio. Tal como quizá ambicione un soldado.

Antes de irse, Ana se desprendió el ramito de pensamientos violetas que llevaba y lo dejó con cuidado sobre la sepultura del muchacho que perdió la vida en la gran batalla naval.

—Bueno, ¿qué piensas de nuestra nueva amiga? —preguntó Priscilla cuando Phil ya se había ido.

—Me gusta. Tiene algo que despierta mucha ternura, a pesar de sus tonterías. Creo que, como dice, no es ni la mitad de tonta de lo que parece. Es como una niña encantadora, te dan ganas de besarla... Y no creo que crezca nunca.

—A mí también me gusta —aseguró Priscilla—. Habla de los chicos tanto como Ruby Gillis. Pero cuando oigo a Ruby siempre me pongo enferma o de mal humor, mientras que con Phil solo tenía ganas de reírme. ¿Por qué será?

—Hay una diferencia —señaló Ana con aire pensativo—. Creo que es porque Ruby es muy consciente de los chicos. Le gusta jugar al amor y al cortejo. Además, cuando presume de sus pretendientes, da la sensación de que lo dice para restregarte que tú no tienes ni la mitad que ella. Pero cuando Phil habla de los suyos, da la impresión de que habla solo de sus amigos. En el fondo ve a los chicos como buenos compañeros, y le encanta que la persigan a docenas, simplemente porque le gusta ser popular y sentirse popular. Incluso a Alex y Alonzo... ya nunca podré pensar en estos dos nombres por separado... los ve como a dos compañeros de juegos que quieren jugar con ella para toda la vida. Me alegro de haberla conocido y me alegro de haber ido al cementerio. Creo que esta tarde he echado una diminuta semilla del alma en el suelo de Kingsport. Eso espero. No soporto la sensación de que me han trasplantado.

Capítulo v

CARTAS
DE CASA

Las tres primeras semanas, Ana y Priscilla siguieron teniendo la sensación de ser extrañas en un país extraño. Luego, poco a poco, todo empezó a encajar: Redmond, los profesores, las clases, los alumnos, los estudios y las actividades sociales. La vida volvió a ser un todo, en vez de estar hecha de fragmentos aislados. Los de primer curso dejaron de ser una serie de individuos dispares para convertirse en un grupo, con un espíritu de grupo, un aullido de grupo, intereses de grupo, antipatías de grupo y ambiciones de grupo. Ganaron a los de segundo el día del concurso anual de Artes, y con ello el respeto de todas las clases y una enorme confianza en sí mismos. Los de segundo llevaban tres años siendo los ganadores del concurso. Que la victoria de este año fuera para quienes enarbolaban el estandarte de primero se atribuyó a la visión estratégica del general Gilbert Blythe, que dirigió la campaña introduciendo prácticas novedosas con las que desmoralizó a los de segundo y llevó al triunfo a los de primero. Como recompensa al mérito, fue elegido delegado de primero, un cargo de honor y responsabilidad —al menos desde el punto de vista de los novatos— codiciado por muchos. También lo invitaron a sumarse a los «Lamba» —la hermandad Lamba Theta—, un privilegio que rara vez se ofrecía a un alumno de primero. Como prueba de iniciación tuvo que desfilar un día entero por las calles más concurridas de Kingsport con una pamela y un aparatoso delantal de calicó estampado con flores de colores chillones. Y desfiló tan contento, levantándose la pamela con gracia y cortesía cuando se cruzaba con señoritas a las que conocía. Charlie Sloane, a quien no invitaron a unirse a los Lamba, le dijo a Ana que no entendía que Blythe pudiera hacer una cosa así, que él nunca consentiría en rebajarse de ese modo.

—Imagínate a Charlie Sloane con delantal de calicó y una pamela —dijo Priscilla, muerta de risa—. Sería idéntico a su abuela Sloane. En cambio, Gilbert seguía pareciendo un hombre normal y corriente.

Ana y Priscilla se zambulleron en la vida social de Redmond. Que esto ocurriera tan deprisa se debió en gran medida a Philippa Gordon. Philippa era hija de un hombre rico y muy conocido, y venía de una importante y selecta familia de Nueva Escocia. Esto, sumado a su belleza y su encanto —un encanto reconocido por todos los que trataban con ella— le abría inmediatamente las puertas de todos los grupitos, clubs y clases de Redmond, y donde ella iba, iban Ana y Priscilla. Phil las «adoraba», sobre todo a Ana. Era una chica leal, sin dobleces y sin una pizca de esnobismo. «Queredme a mí y quered a mis amigas» parecía ser su lema inconsciente. Y sin esfuerzo alguno las introdujo en su círculo social, cada vez más amplio, de manera que resultó muy fácil y agradable para las chicas de Avonlea abrirse camino en Redmond, para asombro y envidia de las demás alumnas de primero que, sin el patrocinio de Philippa, estaban condenadas a quedarse en los márgenes ese primer año de universidad.

Para Ana y Priscilla, que tenían una visión más seria de la vida, Phil seguía siendo la misma niña adorable y divertida del primer día. Aunque, como decía ella, «soy un cerebrito». Dónde y cuándo encontraba tiempo para estudiar era un misterio, porque siempre necesitaba alguna diversión y su casa, por las tardes, estaba llena de visitas. Tenía todos los pretendientes que quisiera, porque nueve de cada diez chicos de primero y gran parte de los de otros cursos competían por su sonrisa. A ella le encantaba, en su inocencia, y daba el parte alegremente a Ana y Priscilla de cada nueva conquista con comentarios que habrían hecho ruborizarse al pobre enamorado hasta las orejas.

—No parece que Alec y Alonzo tengan por ahora ningún rival peligroso —decía Ana en broma.

—Ni uno —asentía Philippa—. Les escribo a los dos todas las semanas y les hablo de mis amigos de aquí. Estoy segura de que les hace gracia. Claro que el que más me gusta no me hace caso. Gilbert Blythe solo se fija en mí para mirarme como a un gatito al que le gustaría acariciar. Y sé perfectamente por qué lo hace. ¡Qué envidia me das, reina Ana! En realidad tendría que odiarte, pero te quiero con locura y sufro si no te veo todos los días. No te pareces a ninguna chica que haya conocido. Cuando me miras de cierta manera, tengo la sensación de que soy una bestia insignificante y frívola, y me gustaría ser mejor, más sabia y más fuerte. Entonces me lleno de buenas intenciones, pero el primer chico guapo que se cruza en mi camino me las quita todas de la cabeza. ¿Verdad que la vida en la universidad es magnífica? Tiene gracia pensar que el primer día me horrorizó. Pero si no hubiera sido por eso quizá no habría llegado a conoceros. Ana, por favor vuelve a decirme que te gusto un poquito. Necesito oírlo.

—Me gustas un poquito bien grande, y creo que eres un gatito dócil, aterciopelado, adorable, dulce y precioso —dijo Ana, riéndose—, aunque no entiendo de dónde sacas tiempo para estudiar.

Phil debía de sacar tiempo de alguna parte, porque iba al día en todas las asignaturas. Ni siquiera el profesor de matemáticas, un viejo cascarrabias que aborrecía la educación mixta y se había opuesto rotundamente a la admisión de las chicas en Redmond, conseguía asustarla. Era la primera en todo, menos en lengua, donde Ana Shirley la aventajaba con creces. También a Ana le resultaba muy fácil el primer curso, gracias, en parte, a lo mucho que Gilbert y ella habían estudiado los dos últimos años en Avonlea. Gracias a eso tenía más tiempo para la vida social y disfrutaba a conciencia, aunque ni por un momento se olvidaba de Avonlea y de sus seres queridos. Los momentos más felices de la semana eran cuando llegaban cartas de casa. Hasta que recibió las primeras cartas no empezó a creer que Kingsport podía llegar a gustarle, a sentirse allí como en casa. Al principio tenía la sensación de encontrarse a miles de kilómetros de Avonlea, pero esas cartas consiguieron acercar y unir la vida antigua a la nueva de tal modo que poco a poco parecieron una sola, en lugar de dos existencias irremediablemente separadas. En la primera remesa recibió seis cartas, de Jane Andrews, Ruby Gillis, Diana Barry, Marilla, la señora Lynde y Davy. La de Jane era un modelo de caligrafía, con las «tes» bien cruzadas, las «íes» con su punto bien puesto y ni una sola frase de interés. No decía ni una palabra de la escuela, un asunto del que Ana estaba impaciente por tener noticias; tampoco respondía a una de las preguntas que Ana le había hecho en su carta. En vez de eso, le contaba cuántos metros de encaje había tejido a ganchillo, y qué tiempo hacía en Avonlea, y que pensaba hacerse un vestido nuevo, y cómo se sentía cuando le dolía la cabeza. La carta de Ruby Gillis parecía escrita a borbotones: lamentaba la ausencia de Ana, le aseguraba que la echaban muchísimo de menos para todo, le preguntaba cómo eran los chicos de Redmond y a continuación pasaba a hablar de sus tormentosas experiencias con sus muchos admiradores. Era una carta inofensiva y tonta, y Ana se habría reído de no haber sido por la posdata. «Parece que Gilbert lo está pasando muy bien en Redmond, por lo que cuenta en sus cartas —decía Ruby—. Creo que a Charlie no le gusta tanto.»

¡O sea que Gilbert escribía a Ruby! Muy bien. Estaba en su perfecto derecho, por supuesto. Sin embargo… lo que Ana no sabía era que Ruby había escrito la primera carta y Gilbert contestó por pura cortesía. Ana apartó con desprecio la carta de Ruby, pero necesitó toda la frescura y las noticias de la deliciosa carta de Diana para sacarse el aguijón de la posdata de Ruby. En su carta, Diana hablaba un poco demasiado de Fred, pero aparte de eso estaba llena de cosas interesantes y, mientras la leía, Ana casi se sintió como si estuviera en Avonlea. La de Marilla era una carta más bien sosa y remilgada, rigurosamente libre de chismes y emociones, pero de algún modo evocó en Ana el recuerdo de la vida sana y sencilla en Tejas Verdes, su ambiente de paz de otros tiempos y el amor incondicional que siempre la esperaría allí. La señora Lynde daba muchas noticias de la iglesia. Ahora, sin tantas obligaciones domésticas, tenía más tiempo que nunca para dedicarse a los asuntos de la parroquia, y en ello se había volcado en cuerpo y alma. En ese momento estaba muy preocupada por los mediocres sustitutos que pasaban por el púlpito vacante de Avonlea.

«Me parece a mí que hoy solo entran en el sacerdocio los más tontos —decía con pesar—. ¡Ni te imaginas los candidatos que han enviado y las cosas que predican! La mitad de ellas no son ciertas y, lo que es peor, no parecen doctrina cristiana. El que tenemos ahora es el peor de todos. Normalmente lee un texto y luego habla de otra cosa. Y dice que no cree que los paganos estén perdidos irremediablemente. ¡Qué idea! Si no lo estuvieran, todo el dinero que estamos dando a las misiones sería un gasto inútil, sin más. El domingo por la noche anunció que el sermón del próximo domingo sería sobre la cabeza del hacha que flotó. Yo creo que sería mejor que se ciñera a la Biblia y se olvidara de asuntos sensacionalistas. Creo que cuando un sacerdote no encuentra en las Sagradas Escrituras asuntos suficientes para el sermón es que las cosas se han pasado mucho de la raya. ¿A qué iglesia vas, Ana? Espero que vayas a menudo. La gente a veces pierde el interés por ir a la iglesia cuando está lejos de casa, y se conoce que los universitarios son grandes pecadores en este sentido. Me han contado que muchos estudian los domingos. Espero que tú nunca caigas tan bajo, Ana. Recuerda cómo te han educado. Y ten mucho cuidado con qué amistades haces. Nunca se sabe qué clase de personas hay en la universidad. Por fuera pueden parecer sepulcros blanqueados y por dentro ser lobos salvajes, tenlo en cuenta. Mejor que no te relaciones con ningún chico que no sea de la isla.

»Se me olvidaba contarte lo que pasó el día que llegó el párroco. Fue lo más divertido que he visto en la vida. Le dije a Marilla: "¡Cómo se habría reído Ana si hubiera estado aquí!". Hasta Marilla se rio. Resulta que es un hombre muy bajito y gordo, con las piernas arqueadas. Pues bien, el cerdo del señor Harrison —el alto y grande— volvió a escaparse ese día, entró en el patio y se metió por el porche de atrás sin que nos diéramos cuenta; y justo en ese momento el párroco llegaba a nuestra puerta. El cerdo echó a correr para salir, pero no había manera como no fuese entre las piernas arqueadas del pobre hombre. Y por allí pasó, pero como es un cerdo tan grande, y el hombre es tan bajito, lo levantó del suelo y se lo llevó encima. El sombrero del párroco salió volando por un lado y el bastón por el otro justo cuando Marilla y yo salimos a la puerta. Nunca olvidaré la cara que tenía. Y el pobre cerdo parecía muerto de miedo. Ya nunca podré volver a leer ese relato de la Biblia, el de la cerda que sale corriendo como loca y se mete en el mar, sin ver al cerdo del señor Harrison bajar la cuesta con el párroco encima. Supongo que pensó que mejor se lo echaba al lomo que al estómago. Menos mal que no estaban aquí los gemelos. No habría estado bien que vieran al párroco en una situación tan indigna. Justo cuando llegaban al arroyo, el párroco saltó o se cayó. Y el cerdo cruzó el arroyo como loco y subió por el bosque a todo correr. Marilla y yo bajamos deprisa para ayudar al párroco a levantarse y sacudirse la chaqueta. No estaba herido, pero se puso como una fiera. Por lo visto nos echaba la culpa de todo a Marilla y a mí, por más que le explicamos que el cerdo no era nuestro y que llevaba todo el verano fastidiándonos. Además, ¿por qué entró por la puerta de atrás? El señor Allan nunca haría eso. Nos va a costar mucho encontrar un párroco como el señor Allan. Pero no hay mal que por bien no venga, porque desde entonces no hemos vuelto a verle el pelo a ese cerdo y me parece que así seguirá siendo.

»Las cosas están muy tranquilas en Avonlea, y en Tejas Verdes no me siento tan aislada como esperaba. Creo que este invierno empezaré a tejer otra colcha de algodón. La señora Sloane tiene un dibujo nuevo, muy bonito, de hojas de manzano.

»Cuando necesito un poco de emoción, leo los juicios por asesinato en ese periódico de Boston que me manda mi sobrina. Antes nunca los leía, pero son muy interesantes. Estados Unidos es un país horrible. Espero que no vayas nunca, Ana. Aunque es horroroso ver cómo viajan hoy las chicas por el mundo. Siempre me hace pensar en Satanás en el Libro de Job, que no para de dar vueltas. Yo no creo que Dios tuviera esos planes para ellas, así te lo digo.

»Davy se ha portado muy bien desde que te fuiste. Un día se portó mal y Marilla lo castigó a llevar puesto todo el día el delantal de Dora. Y al chico se le ocurrió entonces coger unas tijeras y cortar el delantal en pedazos. Le di un par de azotes, y después se puso a perseguir a mi gallo hasta que lo mató.

»Los MacPherson se han mudado a mi casa. Ella es un ama de casa muy exigente. Ha arrancado todos mis lirios de junio porque dice que le dan al jardín un aire descuidado. Thomas plantó esos lirios cuando nos casamos. Su marido parece un buen hombre, pero ella es de lo más quisquillosa: no lo puede evitar.

»No estudies demasiado y ponte la ropa interior de invierno en cuanto empiece a refrescar. Marilla está preocupadísima por ti, pero yo le digo que tienes mucho más sentido común de lo que me imaginaba, y que no te pasará nada malo.»

La carta de Davy empezaba con una queja.

«Querida ana, por favor escribe y dile a marilla que no me ate a la barandilla del puente cuando voy a pescar porque los chicos se ríen de mí. Esto está muy solitario sin ti pero en el *colejio* lo paso muy bien. Jane andrews se enfada más que tú. Anoche le di un susto a la señora lynde con una *bela* en una calabaza. Se enfadó mucho y también se enfadó porque perseguí a su gallo por el patio hasta que se cayó muerto. Yo no quería que se muriera. Me gustaría saber por qué se murió, ana. la señora lynde se lo echó a los cerdos en vez de vendérselo al señor blair. el señor blair ahora paga los gallos muertos a cincuenta *centabos* por cabeza. *E* oído que la señora lynde le pedía al párroco que rece por ella. Me gustaría saber qué cosa tan mala *abrá* hecho. Tengo una cometa con una cola magnífica, ana. Milty bolter me contó *aller* una historia muy buena. Y es verdad. Joe Mosey y Leon estaban jugando a las cartas en el bosque una noche la semana pasada. Tenían las cartas encima de un tocón y un hombre grande más grande que los árboles *bino* y se las llevó y el tocón desapareció con un ruido como un trueno. Seguro que se dieron un buen susto. Milty dice que el negro era el viejo Harry. ¿tú crees ana? me gustaría saberlo. El señor kimbal de spenservale está muy enfermo y tendrán que llevarlo al *ospital.* espera un momento por favor que voy a preguntarle a marilla si lo he escrito bien. Dice marilla que se lo llevan al asilo no al otro sitio. El cree que tiene una serpiente dentro del cuerpo. ¿cómo es tener una serpiente dentro del cuerpo ana? me gustaría saberlo. la señora bell ESTÁ enferma y la señora lynde dice que lo que le pasa es que piensa demasiado en sus entresijos.»

—No sé yo —dijo Ana, mientras doblaba sus cartas— qué pensaría la señora Lynde de Philippa.

Capítulo VI
EN EL PARQUE

—¿Qué vais a hacer hoy, chicas? —preguntó Philippa un sábado por la tarde cuando pasó un momento por la habitación de Ana.

—Vamos a ir al parque a pasear —dijo Ana—. Yo debería quedarme y terminar mi blusa, pero no puedo estar aquí cosiendo con este día que hace. Hay algo en el aire que se me mete en la sangre y me engrandece el alma. Me temblarían los dedos y me saldría la costura torcida. Así que, al parque y al pinar.

—¿El «vamos» incluye a alguien más aparte de Priscilla y tú?

—Sí, incluye a Gilbert y Charlie, y nos encantaría que te incluyera también a ti.

—Pero —dijo Philippa con pesar— si voy me tocará hacer de carabina, y esa será una experiencia nueva para Philippa Gordon.

—Bueno, las nuevas experiencias amplían la perspectiva. Ven y así puedes compadecerte de la pobre gente que hace de carabina tantas veces. Pero ¿dónde están tus víctimas?

—Estoy harta de todos y hoy no me apetecía estar con ellos. Además, estoy un poco triste... Tengo un poquitín de resquemor. Nada grave. La semana pasada escribí a Alec y Alonzo. Metí las cartas en los sobres y puse la dirección, pero no los cerré. Esa noche pasó una cosa divertida. Bueno, a Alec le parecería divertida pero a Alonzo probablemente no. Tenía prisa, y saqué del sobre la carta de Alec —eso creía— para añadir una posdata. Luego envié las cartas. Esta mañana me ha llegado la respuesta de Alonzo. Resulta, chicas, que puse la posdata en su carta, y está muy enfadado. Se le pasará, seguro… y si no se le pasa me trae sin cuidado… pero me ha estropeado el día. Se me ocurrió venir a veros para que me animéis. Cuando empiece la temporada de fútbol no tendré ni una sola tarde libre los sábados. Me encanta el fútbol. Me he comprado una gorra y un jersey de rayas precioso, con los colores de Redmond, para ir a los partidos. La verdad es que de lejos pareceré el poste andante de una barbería. ¿Sabíais que a vuestro Gilbert lo han elegido capitán del equipo de fútbol de primero?

—Sí, nos lo contó ayer —dijo Priscilla, al ver que Ana, indignada, no iba a contestar—. Estuvo aquí con Charlie. Como sabíamos que vendrían, tomamos la precaución de apartar de la vista todos los cojines de la señorita Ada. Ese tan recargado, el de los bordados en relieve, se me cayó al suelo en un rincón, debajo de la silla en la que estaba puesto. Pensé que ahí estaría a salvo. Pero no te lo vas a creer… Charlie Sloane eligió esa silla, vio el cojín debajo, lo pescó con mucha ceremonia y se pasó toda la tarde encima. ¡Lo dejó destrozado! La señorita Ada me ha preguntado hoy, sin perder la sonrisa pero con reproche, por qué dejé que alguien se sentara en su cojín. Le dije que no fui yo, sino el destino, combinado con ese don infalible que tienen los Sloane; que yo ante semejante combinación no podía hacer nada.

—Francamente, los cojines de la señorita Ada me empiezan a sacar de quicio —dijo Ana—. La semana pasada terminó otros dos, bordados hasta el último centímetro. Como no quedaba ni un solo hueco donde colocarlos, los ha puesto de pie en la pared del rellano. Casi siempre están caídos, y cuando bajamos o subimos a oscuras tropezamos con ellos. El domingo pasado, cuando el doctor Davis rezó por quienes se exponen a los peligros de la mar, yo añadí mentalmente: «Y por quienes viven en casas donde se quiere a los cojines sin prudencia ni medida». ¡Hala! Podemos irnos. Veo que los chicos ya vienen por el cementerio. ¿Nos acompañas, Phil?

—Voy si puedo pasear con Priscilla y Charlie. Así será más llevadero hacer de carabina. Tu Gilbert es un encanto, Ana, pero ¿por qué va siempre con el de los ojos saltones?

Ana se puso tensa. No sentía especial simpatía por Charlie Sloane, pero era de Avonlea, y ningún forastero tenía derecho a burlarse de él.

—Charlie y Gilbert siempre han sido amigos —dijo con frialdad—. Charlie es un buen chico. No es culpa suya tener esos ojos.

—¡No me digas eso! Sí que lo es. Debió de hacer algo horrible en otra vida para que lo hayan castigado con esos ojos. Pris y yo nos vamos a divertirnos mucho con él esta tarde. Voy a reírme de él a la cara y ni se dará cuenta.

Naturalmente, «las alocadas Pes», como llamaba Ana a Priscilla y a Phil, cumplieron con su inocente plan, pero el feliz Sloane ni se enteró. Se sentía atractivo paseando con dos compañeras, en especial con Philippa Gordon, que era la belleza y el bombón de la clase. Seguro que conseguía impresionar a Ana. Así vería que algunas personas sabían apreciar su valía.

Gilbert y Ana iban algo rezagados, disfrutando de la belleza silenciosa y serena de la tarde de otoño en el pinar del parque, por el camino que subía y rodeaba la orilla del puerto.

—¿Verdad que aquí el silencio es como una oración? —dijo Ana, con la cara vuelta hacia el cielo resplandeciente—. ¡Cuánto me gustan los pinos! Parece que hunden sus raíces en el misterio de todos los tiempos. Es muy reconfortante escaparse de vez en cuando a charlar con ellos. Aquí siempre me siento feliz.

Gilbert citó entonces:

> Y así, en aquellos cerros solitarios,
> como envueltos en hechizo divino,
> caen sus penas entre rachas de viento,
> igual que las agujas de los pinos.

—¿No crees que nuestras pequeñas ambiciones parecen insignificantes a su lado, Ana?

—Creo que si algún día tengo una pena muy grande, vendré a buscar el consuelo de los pinos —contestó Ana con aire soñador.

—Espero que nunca tengas una pena muy grande, Ana —dijo Gilbert, incapaz de relacionar la idea de la pena con la joven alegre y llena de vida que tenía a su lado, sin saber que quienes pueden volar a las cumbres más altas también pueden hundirse en las simas más hondas, y que el espíritu que encuentra la alegría más profunda es también el que sufre más intensamente.

—Seguro que llegará... algún día —murmuró Ana—. Ahora mismo la vida me parece una espléndida copa de felicidad que me acercan a los labios. Pero seguro que algo de amargura tiene... como todas las copas. Algún día probaré el sabor de la mía. En fin, espero ser valiente y fuerte para afrontarlo. Y espero que ese día, si llega, no sea por mi culpa. ¿Te acuerdas de lo que dijo el doctor Davis el domingo pasado: que las penas que nos manda Dios traen consigo consuelo y fortaleza, mientras que las que nos causamos nosotros mismos, por ignorancia o por maldad, eran mucho más duras de soportar? Pero no hablemos de penas una tarde tan bonita. Está hecha para la pura alegría de vivir, ¿no crees?

—Si pudiera, haría que en tu vida solo hubiese felicidad y placer, Ana —dijo Gilbert en ese tono que significaba «peligro a la vista».

—Eso sería muy poco sensato —contestó Ana atropelladamente—. Estoy segura de que ninguna vida se desarrolla y se completa del todo sin pruebas ni penas, aunque supongo que eso solo lo pensamos cuando no nos falta ninguna comodidad. Vamos, nos están haciendo señas desde el pabellón.

Se sentaron todos en el pequeño pabellón a contemplar el atardecer de otoño, rojo como el fuego y pálido como el oro. A su izquierda estaba Kingsport, con sus tejados y sus campanarios cubiertos por un delicado velo de humo violeta. A su derecha estaba el puerto, que iba cobrando tonalidades rosadas y cobrizas, tendido al sol poniente. Delante centelleaba el agua, lisa como la seda y gris como la plata; y al fondo, totalmente pelada, la isla de William asomaba entre la niebla, custodiando la ciudad como un robusto bulldog. La baliza del faro resplandecía en la niebla como una siniestra estrella, y otra baliza respondía desde el horizonte.

—¿Habíais visto alguna vez un sitio tan imponente? —dijo Philippa—. No me gusta especialmente esa isla, pero estoy segura de que no podría conquistarla aunque quisiera. Mirad ese centinela en la cima del fortín, justo al lado de la bandera. ¿No parece como si acabara de salir de una novela de aventuras?

—Hablando de aventuras —dijo Priscilla—, hemos estado buscando brezo, pero por supuesto no hemos visto nada. Supongo que ya ha pasado la temporada.

—¡Brezo! —dijo Ana—. En América no crece el brezo, ¿o sí?

—Solo en un par de franjas en todo el continente —explicó Phil—. Una está aquí, en el parque, y la otra en Nueva Escocia. No recuerdo dónde. El famoso regimiento de las Tierras Altas, la Guardia Negra, acampó aquí un año, y al sacudir la paja de los jergones en primavera, las semillas de brezo que venían mezcladas con ella echaron raíces.

—¡Qué maravilla! —dijo Ana, encantada.

—Vamos a casa por la avenida de Spofford —propuso Gilbert—, para ver las mansiones donde vivían los nobles ricos. Es la calle residencial más elegante de Kingsport. Nadie puede construir ahí si no es millonario.

—Sí, vamos —dijo Phil—. Hay una casita para morirse que quiero enseñarte, Ana. No la construyó un millonario. Es la primera a la salida del parque, y debió de brotar cuando la avenida Spofford seguía siendo un camino rural. Os digo que brotó: no la construyeron. Las mansiones de la avenida me traen sin cuidado. Son demasiado nuevas y tienen demasiado cristal. Pero ese rinconcito que os digo es un sueño... Y su nombre... Ya veréis.

La vieron cuando subían por la ladera del parque, entre los pinos. Justo en la cima, donde la avenida Spofford se convertía en una simple carretera, había una casita de madera blanca, flanqueada de pinos que tendían sus brazos por encima del tejado, como si quisieran protegerla. Estaba cubierta de parras doradas y rojas entre las que asomaban las persianas verdes. Delante tenía un jardincito cercado por un murete de piedra. El jardín seguía precioso a pesar de que ya estaban en octubre, lleno de flores y de plantas antiguas, como de otro mundo: madroño rastrero, artemisa, hierba luisa, alisos, petunias, tagetes y crisantemos. Un diminuto sendero de ladrillo en espiga llevaba de la verja al porche. La casa y el jardín parecían trasplantados de algún pueblecito lejano, y al mismo tiempo tenían algo que daba un aire ostentoso, chabacano y vulgar a la casa del vecino: el palacio

de un rey del tabaco rodeado por un amplio césped. Como señaló Phil, ahí estaba la diferencia entre lo que se es de nacimiento y lo que se fabrica.

—Es el sitio más bonito que he visto en la vida —observó Ana, maravillada—. Me da uno de esos antiguos pálpitos míos, tan raros y deliciosos. Es incluso más bonito y original que la casa de piedra de la señorita Lavendar.

—Es el nombre lo que quería enseñarte especialmente —dijo Phil—. Mira: en letras blancas, alrededor del arco de encima de la verja. «La Casa de Patty». ¿No es para morirse? Sobre todo en esta avenida donde viven los Pinehurst y los Elmwold y los Cedarcroft. La Casa de Patty. ¡Por favor! Me encanta.

—¿Sabes quién es Patty? —preguntó Priscilla.

—Patty Spofford es como se llama su dueña. Lo he averiguado. Vive ahí con su sobrina desde hace aproximadamente varios siglos: puede que un poco menos, Ana. La exageración es solo una muestra del vuelo de la fantasía poética. Tengo entendido que la gente rica ha intentado comprar la parcela muchas veces —en realidad, ahora cuesta una pequeña fortuna—, pero Patty se niega a vender a cualquier precio. Y detrás de la casa hay un huerto de manzanos en vez de un patio: ahora cuando pasemos lo veréis. ¡Un huerto de manzanos en la avenida Spofford!

—Esta noche voy a soñar con la Casa de Patty —dijo Ana—. Casi tengo la sensación de que pertenezco a ella. ¿Llegaremos a verla por dentro algún día?

—No es probable —dijo Priscilla.

Ana sonrió misteriosamente.

—No, no lo es. Pero yo creo que sí. Tengo la extraña sensación, como un hormigueo... llamadlo presentimiento si queréis..., de que la Casa de Patty y yo llegaremos a conocernos mejor.

Capítulo VII
OTRA VEZ
EN CASA

E sas tres primeras semanas en Redmond se hicieron largas, pero el resto del trimestre pasó volando. Sin darse cuenta, los estudiantes se encontraron con el suplicio de los exámenes de Navidad y los superaron con relativo éxito. El honor de liderar al grupo de primero oscilaba entre Ana, Gilbert y Philippa. Priscilla sacó muy buenas notas; Charlie Sloane aprobó con dignidad, aunque raspadito, y estaba tan contento como si fuese el primero en todo.

—No me puedo creer que mañana a estas horas vaya a estar en Tejas Verdes —dijo Ana, la noche anterior—. Pero así será. Y tú, Phil, estarás en Bolingbroke, con Alec y Alonzo.

—Tengo muchas ganas de verlos —reconoció Phil mientras mordisqueaba una chocolatina—. La verdad es que son encantadores. Tendremos un sinfín de bailes, paseos en calesa y jolgorio en general. Nunca te perdonaré, reina Ana, que no vengas a pasar las vacaciones conmigo.

—Nunca para ti son tres días, Phil. Te agradezco que me hayas invitado, y me encantaría ir a Bolingbroke algún día, pero este año no puedo: tengo que ir a casa. No sabes cuánto la echo de menos.

—No creo que te diviertas demasiado —contestó Phil con desdén—. Supongo que os reuniréis un par de veces a hacer colchas, y esas viejas cotillas hablarán de ti, en tu presencia y a tus espaldas. Te morirás de soledad, hija.

—¿En Avonlea? —contestó Ana, divertidísima.

—Si vinieras conmigo lo pasarías de maravilla. En Bolingbroke se volverían locos por ti, reina Ana: ¡con ese pelo y ese estilo, y todo lo demás! Eres única. Triunfarías, y yo me alegraría de que me iluminaras con tu resplandor: «No la rosa, pero cerca de ella». Anda, ven, Ana.

—Ese éxito social que me pintas es fantástico, Phil, pero voy a pintarte un cuadro que eclipsará al tuyo. Me voy a casa, al campo, a una granja antigua que antes era verde y hoy ha perdido el color, rodeada de manzanos sin hojas. Abajo hay un arroyo, y más allá un bosque de abetos donde he oído tañer las arpas del viento y de la lluvia. Cerca hay un estanque, que ahora estará melancólico y gris. En la casa habrá dos mujeres mayores: una alta y delgada; la otra bajita y gorda; y unos gemelos: la una un modelo de perfección; el otro lo que la señora Lynde llama «un horror de crío». Habrá un cuartito arriba, encima del porche, lleno de antiguos sueños, y una cama de plumas, grande, mullida y gloriosa, que casi me parecerá el sumun del lujo en comparación con el colchón de la pensión. ¿Qué te parece este cuadro que te he descrito, Phil?

—Muy aburrido —dijo Phil, con una mueca.

—Ah, se me olvidaba lo que lo cambia todo —añadió Ana en voz baja—. Allí habrá amor, Phil: un amor tierno y fiel, como nunca encontraré en ningún otro lugar del mundo; un amor que me está esperando. Eso convierte mi cuadro en una obra maestra, ¿no?, aunque los colores no sean muy vivos.

Phil se levantó en silencio, apartó la caja de chocolatinas, se acercó a Ana y la abrazó.

—Ana, me gustaría ser como tú —dijo con sencillez.

Al día siguiente, por la noche, Diana fue a esperar a Ana a la estación de Carmody. Volvieron a casa juntas, bajo el profundo cielo silencioso y sembrado de estrellas. Tejas Verdes tenía un aire muy festivo cuando subían por el camino. Había luces en todas las ventanas y el resplandor rasgaba la oscuridad, llenándola de flores rojas como una llama que bailaban contra el fondo oscuro del Bosque Encantado. Y en el patio ardía una valiente hoguera, con dos alegres figuritas bailando alrededor: una de ellas lanzó un alarido cuando la calesa apareció por entre los álamos.

—Davy dice que es el grito de guerra indio —explicó Diana—. Se lo ha enseñado el chico que ayuda al señor Harrison y lo ha estado ensayando para darte la bienvenida. La señora Lynde dice que la trae frita. Davy se acerca a ella por detrás y suelta el grito. Y también se empeñó en encender una hoguera en tu honor. Lleva dos semanas recogiendo ramas y dando la murga a Marilla para que le dejara echar un poco de queroseno antes de encenderla. Por el olor, me parece que le ha dejado, aunque la señora Lynde no ha parado de decir hasta el final que Davy saldría volando, y todo con él, si le dejaban usar queroseno.

Ana ya había bajado de la calesa: Davy estaba cariñosamente abrazado a sus rodillas y ni siquiera Dora le soltaba la mano.

—¿A que es una hoguera chulísima, Ana? Te voy a enseñar a atizarla... ¿Ves las chispas? La he hecho por ti, Ana, por lo contento que estoy de que vengas a casa.

Se abrió la puerta de la cocina, y se vio la silueta flaca y oscura de Marilla, recortada a contraluz. Prefería recibir a Ana en la penumbra, porque tenía un miedo atroz de romper a llorar de alegría: la severa y comedida Marilla, convencida de que todo alarde de emoción profunda era indecoroso. La señora Lynde estaba detrás de Marilla, con su aire sano, amable y maternal de siempre. Ese amor del que Ana había hablado a Phil la envolvió con su dulzura y su felicidad. En el fondo, no había nada comparable a los viejos vínculos, a los viejos amigos y a Tejas Verdes. ¡Cómo le brillaban los ojos a Ana cuando se sentaron a la mesa llena de comida! ¡Qué encendidas estaban sus mejillas y qué timbre, fino como la plata, había en su risa! Y, además, Diana se quedaría a pasar la noche. ¡Qué entrañable era todo! ¡Como en los viejos tiempos! ¡Y el juego de té con capullos de rosa adornaba la mesa! ¡Eso era el no va más, conociendo a Marilla!

—Supongo que Diana y tú os pasaréis la noche charlando —observó con sarcasmo mientras las chicas subían las escaleras. Marilla siempre se ponía sarcástica cuando se delataba con algún detalle.

—Pues sí —contestó Ana alegremente—, pero antes voy a acostar a Davy. Está empeñado.

—Más vale —dijo el niño cuando iban por el pasillo—. Necesito rezar con alguien al lado. No es divertido rezar solo.

—No rezas solo, Davy. Dios siempre está contigo y te escucha.

—Pues yo no lo veo —replicó Davy—. Quiero rezar con alguien que no sea ni Marilla ni la señora Lynde. ¡Eso no!

A pesar de todo, cuando ya se había puesto el pijama de franela gris, el niño no parecía tener prisa por rezar. Se quedó delante de Ana, descalzo, frotándose un pie con el otro y con aire indeciso.

—Vamos, cielo, arrodíllate —le indicó Ana.

Davy se acercó y hundió la cabeza en el regazo de Ana, pero no se arrodilló.

—Ana —dijo en voz baja—. Al final no me apetece rezar. Hace ya una semana que no me apetece. Anoche no recé, y la anterior tampoco.

—¿Por qué no, Davy? —preguntó Ana con dulzura.

—¿No te enfadarás si te lo digo? —imploró Davy.

Ana levantó el cuerpecito en pijama gris, lo sentó en sus rodillas y le acurrucó la cabeza con un brazo.

—¿Me enfado alguna vez cuando me dices algo, Davy?

—Noooo, nunca. Pero te pones triste, que es peor. Te vas a poner muy triste cuando te diga esto, Ana... y supongo que te vas a avergonzar de mí.

—¿Has hecho algo malo, Davy, y por eso no puedes rezar?

—No, no he hecho nada malo. Pero quiero hacerlo.

—¿Qué es, Davy?

—Quiero... quiero decir una palabrota, Ana —soltó Davy, con un esfuerzo desesperado—. Se la oí decir la semana pasada al chico que ayuda al señor Harrison y desde entonces quiero decirla a todas horas, hasta cuando me pongo a rezar.

—Pues dila, Davy.

Davy levantó la cara, rojo de asombro.

—Pero es que es una palabrota horrible, Ana.

—¡Dila!

Davy volvió a mirarla con incredulidad y luego, en voz baja, dijo la palabrota. Al momento escondió la cara en el hombro de Ana.

—Ay, Ana, no volveré a decirla nunca. Ya nunca querré volver a decirla. Sabía que era muy mala, pero no me imaginaba que fuera tan... tan... no me esperaba que fuera así.

—No, no creo que vuelvas a querer decirla, Davy, ni pensarla tampoco. Y yo de ti no andaría mucho con el chico que ayuda al señor Harrison.

—Es que sabe dar gritos de guerra —explicó Davy, con cierto pesar.

—Pero ¿no querrás tener la cabeza llena de palabras feas, Davy? ¿Palabras que te envenenan y te quitan todo lo que es propio de un hombre bueno?

—No —dijo Davy, reflexionando con ojos de lechuza.

—Entonces no vayas con gente que las dice. ¿Y ahora ya te apetece rezar, Davy?

—Sí, sí —dijo el niño, arrodillándose sin reparos—. Ahora ya puedo rezar bien. Ya no me asusta rezar el «Cuatro esquinitas tiene mi cama», como cuando tenía tantas ganas de decir esa palabra.

Es probable que Ana y Diana abrieran esa noche su corazón la una para la otra, aunque no se conserva ningún registro de sus confidencias. A la hora del desayuno aparecieron frescas y con los ojos radiantes, como solo los jóvenes son capaces de levantarse tras horas de parranda y confesión. No había nevado hasta entonces, pero cuando Diana cruzaba el arroyo por el tronco de vuelta a casa, los copos blancos empezaban a revolotear por los campos y los bosques, rojizos y grises en su apacible sueño. No tardaron las laderas y los montes lejanos en oscurecerse y cobrar un aspecto espectral con su chalina de gasa, como si el pálido otoño tendiera sobre su pelo un velo nupcial de bruma a la espera del novio invernal. Y al final tuvieron unas Navidades blancas y un agradable día de celebración. Por la mañana llegaron cartas y regalos de Paul y la señorita Lavendar. Ana los abrió en la alegre cocina de Tejas Verdes, inundada de lo que Davy, olisqueando como en éxtasis, llamaba «olores ricos».

—La señorita Lavendar y el señor Irving ya están en su nueva casa —anunció Ana—. Estoy segura de que ella está feliz, lo sé por el tono de su carta, aunque dice que a Charlotta Cuarta no le gusta nada Boston y tiene muchísima nostalgia. Me pide que vaya al Pabellón del Eco algún día, mientras esté aquí, para encender el fuego, ventilar y asegurarme de que los cojines no se ponen mohosos. Creo que le diré a Diana que me acompañe la semana que viene, y así pasamos la tarde con Theodora Dix. Quiero ver a Theodora. Por cierto, ¿sigue yendo a cortejarla Ludovico el Veloz?

—Eso dicen —asintió Marilla—, y es probable que siga. La gente ya ha dejado de esperar que ese cortejo llegue a ninguna parte.

—Si yo fuera Theodora le metería un poco de prisa, ya lo creo —dijo la señora Lynde. Y a nadie le cabía la menor duda de que lo haría.

Ana recibió también una carta de Philippa, llena de noticias de Alec y Alonzo, de lo que hacían y lo que decían y de cómo la miraban.

«Pero sigo sin poder decidir con quién casarme —decía Phil—. Ojalá hubieras venido para tomar la decisión por mí. Alguien tendrá que tomarla. Cuando vi a Alec me dio un vuelco el corazón y pensé: "Podría ser él". Pero luego vino Alonzo y el corazón me dio otro vuelco. Así que no sé cuál es la señal, y debería saberlo, con tantas novelas románticas como he leído. ¿Verdad que tu corazón, Ana, no daría un vuelco por nadie que no fuera el verdadero Príncipe Encantado? Debo de tener algún defecto horrible. Pero lo estoy pasando de maravilla. ¡Ojalá estuvieras aquí! Hoy está nevando y eso es maravilloso. Temía tener unas navidades verdes, porque las aborrezco. Ya sabes que se dice que las Navidades son verdes cuando todo tiene un color sucio, entre gris y marrón, como si llevara un siglo a remojo. No me preguntes por qué. Como dice lord Dundreary "hay cosas que nadie alcanza a entender".

»Ana, ¿alguna vez has subido a un tranvía y de pronto has caído en la cuenta de que no llevabas dinero para el billete? Pues a mí me pasó el otro día. Es horrible. Llevaba una moneda de cinco centavos cuando subí al tranvía. Creí que la tenía en el bolsillo izquierdo del abrigo. Cuando conseguí sentarme cómodamente la busqué. No estaba. Me entró un escalofrío. Busqué en el otro bolsillo. Tampoco. Otro escalofrío. Después busqué en un bolsillo interior. Nada. Me entraron dos escalofríos seguidos.

»Me quité los guantes, los dejé en el asiento y volví a rebuscar en los bolsillos. No tenía nada. Me levanté para sacudirme la ropa y miré al suelo.

El tranvía estaba lleno de gente que volvía de la ópera, y todos me miraban, pero a esas alturas ya me daba igual.

»El caso es que no encontraba la moneda. Llegué a la conclusión de que me la había metido en la boca y me la había tragado sin darme cuenta.

»No sabía qué hacer. ¿Pararía el tranvía el revisor y me haría bajar, humillándome y avergonzándome en público? ¿Podría convencerlo de que había sido víctima de mi distracción y no era una persona sin principios que intentaba viajar gratis con engaños? ¡Cuánto sentí que Alec o Alonzo no estuvieran conmigo! No estaban porque yo no quise. Si hubiera querido habría tenido una docena de acompañantes. Y no sabía qué decirle al revisor cuando se me acercara. En cuanto conseguía hilvanar mentalmente una explicación, pensaba que nadie iba a creerme y me ponía a componer otra. Al parecer no me quedaba más remedio que confiar en la Providencia, y aunque eso me consoló, también podría haber hecho como esa señora que, en mitad de una tormenta, cuando el capitán le dijo que depositara su confianza en el Todopoderoso, ella contestó: "¡Ay, capitán! ¿Tan grave es?".

»En el momento decisivo, cuando ya había perdido la esperanza por completo y el revisor pasaba con la caja para cobrar al pasajero que iba a mi lado, de pronto me acordé de dónde había guardado la dichosa moneda "Of the realm". Al final no me la había tragado. La pesqué con resignación del dedo índice del guante y la eché a la caja. Sonreí a los viajeros con la sensación de que el mundo era maravilloso.»

La visita al Pabellón de Eco no fue la menos placentera de muchas salidas a lo largo de las vacaciones. Ana y Diana se encaminaron como de costumbre por los hayedos, con el almuerzo en una cesta. El Pabellón del Eco, cerrado desde la boda de la señorita Lavendar, se abrió de nuevo al sol y al viento, y el destello del fuego volvió a iluminar sus habitaciones. El ambiente aún seguía impregnado de la fragancia del cuenco de pétalos de rosa de la señorita Lavendar. Casi parecía posible que fuera a llegar en cualquier momento, con un brillo de bienvenida en los ojos castaños, y que Charlotta Cuarta, con sus lazos azules y su amplia sonrisa, asomara por la puerta. También daba la sensación de que Paul andaba merodeando por ahí, lleno de magníficas fantasías.

—Me siento un poco como el fantasma que vuelve a contemplar los antiguos destellos de la luna —dijo Ana, riéndose—. Vamos a ver si siguen aquí los ecos. Trae el cuerno. Está detrás de la puerta de la cocina.

Los ecos seguían ahí, sobre el río blanco, tan numerosos y cristalinos como siempre; y cuando estos dejaron de responder, las chicas cerraron el Pabellón del Eco y se marcharon, en esa media hora perfecta que sucede al rosa y al azafrán del atardecer de invierno.

Capítulo *VIII*
LA PRIMERA
PROPOSICIÓN DE ANA

El año no se despidió con una luz verdosa y una puesta de sol amarilla y rosada. Se marchó, en cambio, con una furiosa y rugiente tormenta blanca. Fue una de esas noches en que los vientos se abaten sobre los campos helados y las vaguadas negras, gimen en los aleros como un animal perdido y lanzan violentamente la nieve contra los cristales temblorosos.

—Es de esas noches en que a la gente le gusta arrebujarse en la cama y hacer recuento de sus dones —le dijo Ana a Jane Andrews, que había venido esa tarde y se quedó a pasar la noche. Pero cuando se acurrucaron debajo de las mantas en el cuarto de Ana, no era en sus dones en lo que Jane pensaba.

—Ana —dijo, en un tono muy solemne—. Quería decirte una cosa. ¿Puedo?

Ana estaba muerta de sueño, porque la noche anterior Ruby Gillis había dado una fiesta. Prefería dormirse a escuchar las confidencias de Jane, que seguramente la aburrirían. No tenía ninguna corazonada de lo que estaba por venir. Probablemente Jane se había prometido también; corrían rumores que aseguraban que Ruby Gillis se había prometido con el maestro de Spencervale, de quien todas las chicas decían que era un bruto.

«Pronto seré la única chica sin fantasías de nuestro antiguo cuarteto», pensó Ana, adormilada. Y en voz alta dijo:

—Claro.

—Ana —dijo Jane, en un tono más solemne todavía—. ¿Qué piensas de mi hermano Billy?

Ana, que no se esperaba la pregunta, se quedó en blanco, buscando inútilmente la respuesta. ¡Caramba! ¿Qué pensaba de Billy Andrews? Nunca, jamás, había pensado en Billy Andrews: un buen chico, siempre sonriente, con la cara redonda y pinta de bobo. ¿Pensaba alguien alguna vez en Billy Andrews?

—No... no te entiendo, Jane —tartamudeó—. ¿A qué te refieres exactamente?

—¿Te gusta Billy? —preguntó Jane a bocajarro.

—Pues, pues, sí, claro que me gusta —acertó a decir Ana, sin saber si decía la verdad literal. En realidad no le disgustaba Billy. Pero ¿la tolerante indiferencia con que lo miraba cuando por casualidad entraba en su campo visual era suficiente para afirmar con seguridad que le gustaba? ¿Qué pretendía aclarar Jane?

—¿Te gustaría como marido? —preguntó Jane tranquilamente.

—¡Marido! —Ana se había sentado en la cama, para enfrentarse mejor al dilema de cuál era exactamente su opinión de Billy Andrews. Volvió a dejarse caer en las almohadas, sin aliento—. ¿Marido de quién?

—Tuyo, claro. Billy quiere casarse contigo. Siempre ha estado loco por ti, y ahora que nuestro padre le ha dado la granja de arriba y la ha puesto a su nombre no hay nada que le impida casarse. Pero como es muy tímido y no se atreve a preguntarte si lo aceptas, me ha pedido que te lo pregunte yo. Yo no quería, pero no me ha dejado en paz ni un momento hasta que le dije que te lo preguntaría si se presentaba una buena oportunidad. ¿Qué te parece, Ana?

¿Estaba soñando? ¿Era una de esas pesadillas en las que te ves comprometida o casada con alguien a quien odias o ni siquiera conoces, sin tener la menor idea de cómo ni por qué? No, estaba ahí, completamente despierta, en su propia cama, y a su lado estaba Jane Andrews, transmitiéndole tranquilamente la proposición de su hermano Billy. Ana no sabía si enfadarse o echarse a reír, pero no podía hacer ninguna de las dos cosas sin herir los sentimientos de Jane.

—Yo... yo... no podría casarme con Billy, Jane. Tú lo sabes —consiguió decir con la voz entrecortada—. ¡Nunca se me había pasado por la cabeza: nunca!

—Supongo que no —dijo Jane—. Billy siempre ha sido demasiado tímido para atreverse a cortejarte. Pero quizá podrías pensarlo, Ana. Es un buen chico. Claro que yo no puedo decir otra cosa, porque es mi hermano. No tiene malos hábitos, es muy trabajador y puedes contar con él. «Más vale pájaro en mano que ciento volando.» Me ha pedido que te diga que está dispuesto a esperar a que termines los estudios, si insistías, aunque preferiría casarse esta primavera, antes de que empiece la siembra. Será siempre muy bueno contigo, Ana, estoy segura, y me encantaría tenerte como hermana.

—No puedo casarme con Billy —contestó Ana tajantemente—. Había recuperado el juicio y estaba incluso un poco enfadada. ¡Qué cosa tan absurda!—. No tengo nada que pensar, Jane. No siento nada por él en ese sentido, y tienes que decírselo tal cual.

—Bueno, ya me lo imaginaba —dijo Jane, con un suspiro de resignación y convencida de haberlo intentado con la mejor voluntad—. Ya le dije a Billy que no creía que sirviera de nada preguntártelo, pero se empeñó. Bueno, has tomado una decisión y espero que no te arrepientas.

Jane dijo estas palabras con mucha frialdad. Estaba segurísima de que el enamorado Billy no tenía la más mínima oportunidad de que Ana se casara con él. Aun así, le dolió que Ana Shirley, que al fin y al cabo era una huérfana adoptada, sin familia, rechazara a su hermano, uno de los Andrews de Avonlea. «Bueno —fue el aciago pensamiento de Jane— el orgullo a veces precede a la caída.»

Ana se permitió sonreír en la oscuridad ante la idea de que algún día pudiera arrepentirse de no haberse casado con Billy Andrews.

—Espero que Billy no se lo tome a mal —dijo, con buena fe.

Jane se movió como si apartara bruscamente la cabeza en la almohada.

—No se morirá de pena. Tiene demasiado sentido común para eso. También le gusta mucho Nettie Blewett, y nuestra madre prefiere que se case con ella antes que con otra. Es muy buena administradora y ahorradora. Creo que, cuando Billy esté seguro de que no lo aceptas, se lo pedirá a Nettie. Por favor, no se lo digas a nadie, Ana.

—Claro que no —le aseguró Ana, que no tenía la más mínima intención de difundir que Billy Andrews quería casarse con ella, que en realidad la prefería a Nettie Blewett. ¡Nettie Blewett!

—Y ahora más vale que nos durmamos —propuso Jane.

Y Jane se quedó dormida al momento y sin dificultad; sin embargo, aunque improbable Macbeth en todos los sentidos, ciertamente había conseguido asesinar el sueño de Ana. La damisela objeto de la proposición estuvo en vela hasta las tantas de la madrugada, sumida en meditaciones que distaban mucho de ser románticas. No tuvo, hasta la mañana siguiente, la ocasión de permitirse una buena carcajada por lo ocurrido. Cuando Jane se fue a casa —todavía con cierta frialdad en su voz y su actitud porque Ana hubiera declinado de una manera tan ingrata y contundente el honor de establecer una alianza con la casa Andrews—, Ana se retiró a su dormitorio, cerró la puerta y se rio por fin.

«¡Ojalá pudiera compartir la broma con alguien! —pensó—. Pero no puedo. Diana es la única a la que querría contárselo y, aunque no le hubiera prometido a Jane que guardaría el secreto, ahora no puedo contarle las cosas a Diana. Se lo cuenta todo a Fred: lo sé. Bueno, he recibido mi primera proposición. Me imaginaba que algún día llegaría, aunque lo cierto es que nunca pensé que llegase por delegación. Es graciosísimo… y al mismo tiempo, en parte me ha dolido.»

Ana sabía muy bien de dónde venía el dolor, aunque no lo expresara con palabras. En secreto soñaba con la primera vez que alguien le hiciera la gran pregunta. En sus sueños, siempre era una ocasión preciosa y muy romántica; y el «alguien» en cuestión era un joven muy guapo, de ojos oscuros y aire distinguido, además de elocuente, tanto si se trataba del Príncipe Encantado, al que cautivaría con un «sí», como de un hombre al que tuviera que rechazar inevitablemente, disculpándose con bonitas palabras.

En este caso, expresaría su rechazo con tanta delicadeza que su respuesta sería la mejor aparte del «sí», y el joven se alejaría, después de besarle la mano, garantizándole su devoción inalterable de por vida. Y el momento sería siempre un recuerdo agradable, del que estar orgullosa y también algo triste.

Sin embargo, la emocionante experiencia había resultado ser solamente grotesca. Billy Andrews le había pedido a su hermana que le propusiera matrimonio, porque su padre le había dado la granja de arriba; y si Ana no lo aceptaba, se casaría con Nettie Blewett. ¡Tantas fantasías románticas para esto! Ana se echó a reír y luego suspiró. Uno de sus pequeños sueños de juventud se había marchitado. ¿Continuaría el doloroso proceso hasta que todo se volviera prosaico y rutinario?

Capítulo IX
UN PRETENDIENTE INOPORTUNO Y UNA AMIGA OPORTUNA

El segundo trimestre en Redmond pasó tan deprisa como el primero: «zumbando», dijo Philippa. Ana disfrutó a conciencia de todas las etapas: la estimulante rivalidad entre clases; la oportunidad de hacer y estrechar nuevas y valiosas amistades; las pequeñas y alegres celebraciones sociales; las actividades de las diversas asociaciones de las que era miembro, y la ampliación de sus horizontes e intereses. Estudió mucho, porque se había propuesto conseguir la beca Thorburn de lengua. Ganarla significaba que podría volver a Redmond el curso siguiente sin esquilmar los escasos ahorros de Marilla, cosa que Ana ya había tomado la decisión de no hacer.

También Gilbert estaba concentrado en conseguir una beca, y aun así tenía tiempo en abundancia para pasar a menudo por la pensión de la calle St. John. Era el acompañante de Ana en casi todos los acontecimientos académicos, y ella sabía que sus nombres siempre se decían juntos en los cotilleos de Redmond. Le sentaba fatal, pero no podía hacer nada; no podía prescindir de un amigo de toda la vida como Gilbert, sobre todo ahora que de repente se había vuelto sabio y prudente, tal como correspondía ante la peligrosa proximidad de más de un joven de Redmond que con mucho gusto habría ocupado su lugar junto a la esbelta pelirroja de ojos grises que cautivaban como las estrellas. Ana nunca llamó la atención de la multitud de víctimas voluntarias que pululaban alrededor de Philippa en su marcha triunfal a lo largo del primer curso; pero había un novato inteligente y lánguido, un alumno de segundo alegre, bajito y redondo, y uno de tercero, alto y culto, a quienes les gustaba pasar por el 38 de la calle St. John y hablar con Ana de «-logías» y de «-ismos», entre otros asuntos más triviales, en la salita de la pensión abarrotada de cojines. Gilbert no sentía simpatía por ninguno de los tres, y se cuidaba bien de no darles ventaja haciendo inoportuno alarde de sus verdaderos sentimientos por Ana. Para ella volvía a ser el compañero de los tiempos de Avonlea, y como tal podía hacerse valer ante cualquiera de los jóvenes enamorados que hasta la fecha entraban en las listas con el propósito de competir con él. Como compañero, Ana reconocía francamente que no había nadie mejor que Gilbert; se alegraba mucho, pensó, de que él, era evidente, hubiera renunciado a esas ideas absurdas, aunque en secreto pasaba mucho tiempo preguntándose por qué.

Un único incidente desagradable estropeó ese invierno. Charlie Sloane, tieso como un palo y sentado en el cojín más querido de la señorita Ada, le preguntó a Ana una noche si prometía «ser la señora de Charlie Sloane» algún día. Como esto ocurrió después de la petición de Billy Andrews por delegación, el impacto para la sensibilidad romántica de Ana no fue tan grande como podría haber sido; aun así se llevó una desilusión desgarradora. También se enfadó, porque no creía haber animado a Charlie en lo más mínimo a considerar que eso fuera posible. Pero ¿qué se puede esperar de los Sloane?, como diría la señora Lynde con desprecio. Todo en la actitud de Charlie —el tono, la actitud, las palabras— llevaba la marca inconfundible de los Sloane. Charlie le estaba concediendo un gran honor: de eso no cabía la menor duda. Y cuando Ana, totalmente insensible al privilegio, lo rechazó con la mayor delicadeza y consideración posible, pues hasta un Sloane tenía sentimientos y no era cuestión de herirlo, la marca de los Sloane se acentuó todavía más. Lo cierto es que Charlie no aceptó el rechazo como los pretendientes imaginarios de Ana, sino que se enfadó y así lo manifestó. Hizo dos o tres comentarios muy desagradables. Ana tuvo entonces un arranque de mal genio, se solivianto y respondió con un discursito afilado y mordaz que atravesó incluso la capa protectora de un Sloane como Charlie y le llegó al alma; cogió su sombrero y salió precipitadamente de la casa con la cara encendida de rojo; Ana subió corriendo las escaleras, tropezó dos veces con los cojines de la señorita Ada en el camino y se tiró en la cama llorando de rabia y humillación. ¿De verdad se había rebajado a discutir con un Sloane? ¿Era posible que algo que pudiera decir Charlie Sloane tuviera el poder de enfadarla? Eso era una degradación en toda regla: ¡peor todavía que la de ser la rival de Nettie Blewett!

—Ojalá no volviera a ver nunca a ese tipejo —sollozó Ana entre las almohadas, con deseos de venganza.

No podía evitar verlo de nuevo, pero Charlie estaba indignado y se cuidó bien de no acercarse a ella. Los cojines de la señorita Ada se libraron así de sus estragos, y cuando se encontraba con Ana en la calle, o en los pasillos de Redmond, la saludaba con una inclinación de cabeza extremadamente gélida. ¡Y así de tensa fue la relación entre dos antiguos compañeros de escuela durante casi un año! Charlie trasladó entonces su infortunado afecto a una joven de segundo curso bajita, gordita y sonrosada, de nariz respingona y ojos azules, que parecía apreciarlo como se merecía, y así perdonó a Ana y se dignó tratarla una vez más con cortesía aunque con condescendencia, para que viese lo que había perdido.

Un día, Ana irrumpió muy alborotada en la habitación de Priscilla.

—Lee esto —gritó, lanzándole una carta a su amiga—. Es de Stella, y viene a Redmond el año que viene. ¿Qué te parece la idea? Yo creo que es espléndida, si es que conseguimos llevarla a cabo. ¿Tú crees que podemos, Pris?

—Te lo podré decir mejor cuando sepa de qué se trata —dijo Priscilla, apartando el diccionario de griego para leer la carta de Stella. Stella Maynard era una amiga de la Academia de Queen's que desde entonces trabajaba de maestra.

«Pero voy a dejarlo, querida Ana —decía— para ir a la universidad el curso que viene. Como estudié tres años en Queen's puedo entrar directamente en segundo. Estoy cansada de enseñar en una escuela de pueblo atrasada. Algún día escribiré una tesis sobre "Las penalidades de una maestra rural". Será un amargo bocado de realismo. Parece que predomina la impresión de que vivimos a cuerpo de rey cuando lo único que hacemos es embolsarnos un salario trimestral. En mi tesis contaré la verdad. Si pasara una sola semana sin que alguien me dijera que hago un trabajo fácil a cambio de un buen sueldo llegaría a la conclusión de que ya puedo encargar mi túnica para subir al cielo inmediatamente. "Bueno, a usted no le cuesta ganar el sueldo —me dijo una vez un contribuyente, con condescendencia—. Le basta con sentarse a tomar la lección a los niños." Antes rebatía estas opiniones, pero ya ni me molesto. Los hechos son tozudos, aunque como alguien dijo sabiamente, no son ni la mitad de tozudos que las falacias. Así que ahora me limito a sonreír con altanería y a responder con un silencio elocuente. En mi clase hay alumnos de nueve cursos distintos y tengo que enseñar un poco de todo, desde examinar el interior de las lombrices a estudiar el sistema solar. El más pequeño tiene cuatro años —su madre lo manda a la escuela para "quitárselo de encima"— y el mayor tiene veinte: de pronto "se le ocurrió" que sería más cómodo ir a la escuela y recibir educación que seguir arando la tierra. Con el esfuerzo desquiciante de estudiar esto y lo otro a lo largo de seis horas al día, no me extrañaría que los alumnos se sientan como el niño al que llevaron a ver el quinetoscopio. "Tengo que fijarme en lo que viene a continuación sin tiempo de ver lo que ha pasado antes", se quejó. Así me siento yo.

»¡Y las cartas que me envían, Ana! La madre de Tommy dice que el niño no progresa en aritmética como a ella le gustaría. Sigue todavía con restas básicas, cuando Johnny Johnson ya está con fracciones, y como Johnny no es ni la mitad de listo que su Tommy, ella no lo entiende. Y el padre de Susy quiere saber por qué la niña no es capaz de escribir una sola palabra sin faltas de ortografía, y la tía de Dick quiere que lo cambie de sitio, porque el niño con el que se sienta, el hijo de los Brown, es muy malo y le enseña palabrotas.

»Y en lo tocante a la economía... mejor no empiezo. ¡Los dioses hacen primero maestros a quienes quieren destruir!

»Hala, ya me siento mejor después de quejarme. A pesar de todo, he disfrutado los dos últimos años. Pero pienso ir a Redmond.

»Y, mira, Ana. Tengo un plan. Ya sabes que odio vivir en una pensión, porque llevo cuatro años viviendo en una pensión y estoy harta. No me apetece soportarlo otros tres años.

»Entonces, ¿por qué no nos juntamos Priscilla, tú y yo, alquilamos una casita en Kingsport y vivimos por nuestra cuenta? Será la fórmula más barata. Por supuesto, necesitaríamos un ama de llaves, y ya he encontrado una. Me habrás oído hablar de la tía Jamesina. Es la mujer más dulce del mundo, a pesar del nombre que tiene. ¡Eso no es culpa suya! Le pusieron Jamesina por su padre, que se llamaba James y se ahogó en el mar un mes antes de que ella naciera. Yo siempre la llamo tía Jimsie. Bueno, pues su única hija acaba de casarse y se ha ido a las misiones, al extranjero. La tía Jamesina vive en una casa muy grande y se siente muy sola. Vendrá a Kingsport a ocuparse de la casa, si queremos, y estoy segura de que os encantará a las dos. Cuanto más pienso en el plan más me gusta. Seríamos independientes y lo pasaríamos muy bien.

»Bueno, si Priscilla y tú estáis de acuerdo, ¿no sería buena idea que vosotras, que estáis ahí, echarais un vistazo esta primavera para ver si podéis encontrar una casa que nos convenga? Sería mucho mejor que dejarlo para el otoño. Lo ideal sería encontrar una casa amueblada, pero si no es posible, entre los que tengamos nosotras y lo que podamos sacar del desván de los amigos de la familia podremos reunir unos cuantos muebles. De todos modos, decididlo lo antes posible y escribidme, para que la tía Jamesina sepa qué planes hacer de cara al año que viene.»

—Me parece buena idea —dijo Priscilla.

—A mí también —asintió Ana, encantada—. Ya sé que esta pensión está muy bien, pero en el fondo una pensión no es un hogar. Así que vamos a buscar casa ya mismo, antes de que empiecen los exámenes.

—No creo que sea fácil encontrar una casa en condiciones —señaló Priscilla—. No te hagas demasiadas ilusiones, Ana. Las casas bonitas en sitios bonitos seguramente no estarán a nuestro alcance. Lo más probable es que tengamos que conformarnos con una casucha pequeña en una calle donde la gente sigue siendo desconocida a pesar de que la conozcas, y hacer que la vida en casa compense la de fuera.

Y fueron a buscar casa, aunque encontrar lo que querían resultó aún más difícil de lo que temía Priscilla. Casas había a montones, amuebladas y sin amueblar, pero la que no era demasiado grande era demasiado pequeña; y la que no era demasiado cara estaba demasiado lejos de Redmond. Llegaron y pasaron los exámenes. La última semana del trimestre, la casa de sus sueños, como Ana la llamaba, seguía siendo una fantasía.

—Supongo que vamos a tener que dejarlo y esperar al otoño —dijo Priscilla, cansada, mientras paseaban por el parque uno de esos maravillosos días de abril, de brisa y cielo azul, cuando el puerto era una estampa de brillo y olas de nata bajo la bruma perlada—. A lo mejor encontramos un cuchitril en el que cobijarnos; y, si no, siempre tendremos pensiones.

—De todos modos, ahora no quiero preocuparme por eso y estropear esta tarde preciosa —dijo Ana, mirando a su alrededor maravillada. La leve fragancia de los pinos impregnaba el aire fresco, y el cielo era como un cristal claro y azul: una enorme bóveda de felicidad—. Hoy siento en la sangre el canto de la primavera, y el reclamo de abril resuena en el aire por todas partes. Estoy viendo visiones y soñando sueños, Pris. Es porque el viento sopla del oeste. Me encanta el viento del oeste. Canta melodías de alegría y esperanza, ¿no te parece? El viento del este siempre me recuerda el lamento de la lluvia en los aleros y las olas tristes en la costa gris. Cuando sea mayor tendré reúma con el viento del este.

—¿Y verdad que da gusto olvidarse por fin de las pieles y la ropa de invierno y salir así, con este atuendo de primavera? —dijo Priscilla, riéndose—. ¿No tienes la sensación de renovarte?

—Todo es nuevo en primavera. Hasta las propias primaveras son siempre nuevas. No hay una primavera igual a otra. Cada una tiene algo único que le da su particular dulzura. Mira qué verde es la hierba que rodea ese estanque pequeño y cómo están brotando las yemas del sauce.

—Y los exámenes ya han terminado... Pronto será la ceremonia de graduación: el miércoles que viene. Dentro de una semana estaremos en casa.

—Me alegro —dijo Ana, como en sueños—. Quiero hacer un montón de cosas. Quiero sentarme en los escalones del porche de atrás y ver cómo sopla la brisa en los campos del señor Harrison. Quiero recoger helechos en el Bosque Encantado y flores en el Valle de las Violetas. ¿Te acuerdas de ese día de pícnic tan divino, Priscilla? Quiero oír el canto de las ranas y el susurro de los álamos. Aunque también he llegado a encariñarme con Kingsport y me alegro de volver el próximo otoño. Si no hubiera ganado la beca Thorburn creo que no habría podido. No habría sido capaz de gastar los pocos ahorros de Marilla.

—¡Ojalá encontremos una casa! —suspiró Priscilla—. Mira Kingsport, Ana: todo lleno de casas y ninguna para nosotras.

—Calla, Pris. Lo mejor aún está por llegar. Como en la antigua Roma, si no encontramos una casa, la construiremos. En un día como este, la palabra fracaso no existe en mi radiante diccionario.

Se quedaron en el parque hasta la puesta de sol, presenciaron el prodigio, el milagro, el esplendor y la maravilla de la marea de primavera, y volvieron a casa, como de costumbre, por la avenida de Spofford, para darse el gusto de ver la Casa de Patty.

—Tengo la sensación de que está a punto de ocurrir algo misterioso, por el cosquilleo que noto en los pulgares —dijo Ana mientras subían la cuesta—. Es una sensación muy agradable y literaria. ¡Pero, pero, pero...! Priscilla Grant, mira eso y dime si es verdad o estoy viendo cosas raras.

Priscilla miró. Los pulgares y los ojos de Ana no la habían engañado. En el arco de la verja de la Casa de Patty habían colgado un modesto letrerito: «Se alquila. Amueblado. Preguntar aquí».

—Priscilla —susurró Ana—. ¿Tú crees que podríamos alquilar la Casa de Patty?

—No, no lo creo —le aseguró Priscilla—. Sería demasiado bueno para ser verdad. Hoy en día no pasan estas cosas, como en los cuentos de hadas. Prefiero no hacerme ilusiones, Ana. La decepción sería insoportable. Seguro que piden más de lo que podemos pagar. Ten en cuenta que está en la avenida Spofford.

—De todos modos tenemos que saberlo —dijo Ana con determinación—. Es demasiado tarde para llamar ahora, pero vendremos mañana. Ay, Pris, ¡si consiguiéramos esta preciosa casita! Siempre he tenido la sensación de que mi destino estaba unido al de la Casa de Patty, desde que la vi por primera vez.

Capítulo x
LA CASA
DE PATTY

Al día siguiente, por la tarde, entraron en el jardincito con paso decidido. El viento de abril entonaba en los pinos una redondilla y los árboles estaban llenos de petirrojos, grandes, rechonchos y traviesos, que correteaban con descaro por los caminos. Las chicas llamaron con mucha timidez, y una criada adusta y mayor les abrió la puerta, que daba directamente a una sala de estar grande, donde junto a un alegre fuego se sentaban otras dos señoras igual de mayores y adustas. Una aparentaba alrededor de setenta años y la otra alrededor de cincuenta, pero por lo demás no había entre ellas ninguna diferencia. Las dos tenían unos ojazos increíbles, azul claro, y gafas de montura metálica; las dos llevaban cofia y un chal gris; las dos tejían sin prisa y sin pausa; las dos se mecían plácidamente y miraron a las chicas sin decir nada; y justo detrás de cada una había, sentado, un perro de porcelana enorme y blanco salpicado de manchas verdes, con el hocico verde y las orejas verdes. Los perros despertaron al momento la imaginación de Ana: parecían las deidades gemelas que guardaban la Casa de Patty.

Al principio, nadie hablaba. Las chicas estaban tan nerviosas que no encontraban las palabras, y ni los perros ni las señoras parecían inclinados a entablar conversación. Ana echó un vistazo a la sala. ¡Qué sitio tan bonito! Otra puerta daba directamente al pinar, y los insolentes petirrojos se atrevían a llegar hasta el mismo escalón. El suelo estaba alfombrado con esteras redondas, como las que hacía Marilla en Tejas Verdes, muy pasadas de moda en todas partes, incluso en Avonlea. ¡Y estaban en la avenida Spofford! Un reloj de péndulo, grande y reluciente, hacía su tictac fuerte y solemne en un rincón. Sobre la repisa de la chimenea había unas vitrinas preciosas, con las puertas de cristal, llenas de curiosas piezas de reluciente porcelana. Las paredes estaban decoradas con grabados y retratos antiguos. En un rincón se encontraban las escaleras, y en el primer rellano había un ventanal con un asiento de lo más invitador. Todo era tal como Ana había imaginado.

El silencio se había vuelto espeluznante, y Priscilla dio un codazo a Ana para indicarle que hablase.

—Bueno... nosotras... hemos visto que se alquila la casa —dijo Ana, con un hilo de voz, dirigiéndose a la mayor de las señoras, que era, evidentemente, Patty Spofford.

—Ah, sí —asintió la señorita Patty—. Pensaba quitar hoy el letrero.

—Entonces... hemos llegado demasiado tarde —se lamentó Ana—. ¿Se la han alquilado a otra persona?

—No, pero aún no hemos decidido si alquilarla.

—Cuánto lo siento —fue la impulsiva contestación de Ana—. Me he enamorado de esta casa. Esperaba poder alquilarla.

Entonces, la señorita Patty dejó su labor, se quitó las gafas, las limpió, volvió a ponérselas y por primera vez miró a Ana como a un ser humano. La otra señora siguió el ejemplo con tanta perfección que casi parecía una imagen reflejada en un espejo.

—¿Te has enamorado? —repitió la señorita Patty, con énfasis—. ¿Eso quiere decir que la quieres de verdad? ¿O simplemente te gusta? Las chicas de hoy son tan exageradas en sus afirmaciones que una nunca sabe lo que quieren decir. En mi juventud eso no pasaba. Entonces una chica no decía que estaba enamorada de las coles, como si las quisiera tanto como a su madre o a su Salvador.

Ana no perdió el ánimo.

—La quiero de verdad —dijo amablemente—. La quiero desde la primera vez que la vi, el otoño pasado. Dos compañeras de universidad y yo queremos alquilar una casa el curso que viene, en vez de vivir en una pensión, y buscábamos algo pequeño para alquilar. Me he llevado una alegría enorme al ver que esta casa se alquilaba.

—Si la quieres es tuya —contestó la señorita Patty—. Maria y yo decidimos hoy que finalmente no la alquilaríamos, porque no nos gustó la gente que la quería. No necesitamos alquilarla. Podemos permitirnos el lujo de ir a Europa también sin tener que alquilarla. Nos ayudaría, claro, pero ni por todo el oro del mundo dejaría mi hogar en manos de gente como la que ha pasado por aquí. Tú eres diferente. Creo que la quieres y que la tratarás bien. Es tuya.

—Bueno… en el caso de que podamos permitirnos pagar lo que piden —señaló Ana dubitativamente.

La señora Patty dijo una cantidad. Ana y Priscilla se miraron. Priscilla negó con la cabeza.

—Me temo que no podemos pagar tanto —dijo Ana, tragándose la desilusión—. Somos universitarias y somos pobres.

—¿Cuánto podéis pagar? —preguntó la señorita Patty, dejando de tejer.

Ana sugirió una cantidad. La señorita Patty asintió, muy seria.

—Es suficiente. Como os digo, no es estrictamente necesario que la alquilemos. No somos ricas, pero tenemos lo suficiente para ir a Europa. Nunca he estado en Europa. Y aquí mi sobrina, Maria Spofford, tiene el capricho de hacer el viaje. Y, claro, una chica joven como Maria no puede andar trotando por el mundo sola.

—No… claro —murmuró Ana, viendo que la señorita Patty hablaba muy en serio.

—De ningún modo. Así que tengo que ir para cuidar de ella. También espero disfrutar. Aunque tengo setenta años, todavía no me he cansado de vivir. Creo que habría ido antes a Europa si se me hubiera ocurrido. Estaremos dos años fuera, puede que tres. Zarpamos en junio. Os enviaremos la llave y lo dejaremos todo en orden para que os instaléis cuando queráis. Sacaremos algunas cosas que tienen un valor especial para nosotras y todo lo demás lo dejaremos aquí.

—¿Dejará los perros de porcelana? —preguntó Ana tímidamente.

—¿Te gustaría?

—Sí, mucho. Son preciosos.

La señorita Patty parecía complacida.

—Les tengo mucho aprecio a esos perros —explicó con orgullo—. Tienen cerca de cien años y están sentados a los lados de esta chimenea desde que mi hermano Aaron los trajo de Londres hace cincuenta años. La avenida Spofford se llama así por mi hermano Aaron.

—Qué hombre tan bueno era —dijo la señorita Maria, que hablaba por primera vez—. Hoy ya no quedan hombres como él.

—Fue muy bueno contigo, Maria —añadió la señorita Patty con visible emoción—. Haces bien en recordar a tu tío.

—Siempre lo recordaré —asintió solemne la señorita Maria—. Ahora mismo lo estoy viendo ahí, delante del fuego, con las manos detrás de la levita, sonriendo.

La señorita Maria sacó un pañuelo y se secó los ojos, pero su tía volvió con determinación del territorio de los sentimientos al de las cosas prácticas.

—Dejaré a los perros donde están si prometéis tener mucho cuidado. Se llaman Gog y Magog. Gog mira a la derecha y Magog a la izquierda. Y una cosa más. Supongo que no tenéis inconveniente en que la casa se llame la Casa de Patty...

—Ninguno. Nos parece una de las cosas más bonitas.

—Veo que tenéis sentido común —asintió la señorita Patty con gran satisfacción—. ¿Os podéis creer que todo el mundo que ha venido con idea de alquilar la casa me preguntó si podían quitar el nombre de la verja mientras vivieran aquí? Les dije rotundamente que el nombre y la casa iban juntos. Se ha llamado la Casa de Patty desde que mi hermano Aaron me la dejó en herencia, y así se seguirá llamando hasta que me muera yo y se muera Maria. Quien la compre entonces que la llame como quiera —remató la señorita Patty, aunque en realidad le habría gustado decir: «Después de mí, el diluvio—». Y ahora, ¿os gustaría ver la casa antes de dar el trato por cerrado?

Lo que vieron en esta exploración más atenta gustó todavía más a las chicas. Además de la amplia sala de estar había una cocina y un dormitorio

pequeño en la planta principal. Arriba había tres dormitorios: uno grande y dos pequeños. A Ana le gustó especialmente uno de los pequeños, que miraba a los pinos, y esperaba que pudiera ser suyo. Estaba empapelado de azul claro y tenía un tocador antiguo con candelabros de vela. El cristal emplomado de la ventana formaba un dibujo de diamantes, y tenía unas cortinas de muselina azul con volantes y un asiento debajo, muy acogedor, para estudiar o soñar despierta.

—Es todo tan maravilloso que estoy segura de que cuando nos despertemos nos parecerá un sueño fugaz —dijo Priscilla cuando salieron.

—Las señoritas Patty y Maria no parece que estén hechas de la materia de los sueños —se rio Ana—. ¿Te las imaginas de trotamundos? ¡Con esos chales y esas cofias!

—Supongo que se las quitarán cuando empiecen a trotar —dijo Priscilla—, pero seguro que se llevan su labor a todas partes. Simplemente no pueden separarse de ella. Estoy segura de que se pondrán a hablar de la abadía de Westminster mientras tejen. Y mientras, nosotras estaremos viviendo en la Casa de Patty y en la avenida Spofford. Ya me siento millonaria.

—Yo me siento como un lucero del alba que canta de alegría —dijo Ana.

Phil Gordon se coló esa noche en la pensión de la calle St. John y se lanzó sobre la cama de Ana.

—Chicas, estoy muerta de cansancio. Me siento como el hombre sin patria... ¿O era sin sombra? Ya no me acuerdo. Da igual. He estado haciendo el equipaje.

—Y me imagino que estarás agotada porque no sabías qué guardar primero o dónde ponerlo —señaló Priscilla, riéndose.

—Exactamente. Y cuando por fin conseguí meterlo todo, y mi patrona y la criada se sentaron encima de la maleta para que pudiera cerrarla, caí en la cuenta de que había guardado en el fondo un montón de cosas que necesito para la ceremonia de graduación. Tuve que abrir la maleta y pasarme una hora buscando hasta encontrar lo que necesitaba. Pescaba algo que creía que era lo que buscaba, lo sacaba y resultaba que era otra cosa. No, Ana, no he dicho palabrotas.

—No he dicho que las dijeras.

—Pero lo parecía. Aunque reconozco que mis pensamientos han llegado a rozar la profanación. Y tengo un resfriado de miedo. No paro de suspirar, sorber y estornudar. ¿No te parece una aliteración insufrible? Anda, reina Ana, di algo que me alegre.

—Recuerda que el jueves por la noche estarás en la tierra de Alec y Alonzo —sugirió Ana.

Phil movió la cabeza con pena.

—Más aliteraciones. No, no quiero pensar en Alec y Alonzo cuando estoy resfriada. Pero ¿qué os ha pasado? Ahora que os veo bien, parece que estáis iluminadas por una iridiscencia interior. ¡Estáis radiantes! ¿Qué pasa?

—Que el invierno que viene viviremos en la Casa de Patty —anunció Ana con aire triunfal—. ¡Fíjate que digo que viviremos, no como en una pensión! La hemos alquilado, y Stella Maynard viene a vivir con nosotras. Su tía se ocupará de la casa.

Phil dio un salto, se sonó la nariz y cayó de rodillas delante de Ana:

—Ay, chicas, dejadme a mí también. Será estupendo. Si no hay sitio para mí viviré en la caseta del perro, en el huerto: la he visto. Dejadme, por favor.

—Levántate, gansa.

—No pienso mover un solo músculo hasta que me digáis que puedo vivir con vosotras el invierno que viene.

Ana y Priscilla se miraron. Luego, Ana explicó, despacio:

—Querida Phil, nos encantaría. Pero es mejor que hablemos con sinceridad. Yo soy pobre, Pris es pobre, Stella Maynard es pobre: viviremos y comeremos con mucha austeridad. Tendrías que vivir como nosotras. Tú eres rica. No hay más que ver lo que te cuesta la pensión.

—¿Y eso qué valor tiene para mí? —preguntó Phil trágicamente—. Prefiero cenar yerbajos con vosotras que buey en una pensión solitaria. No creáis que solo soy estómago, chicas. Estoy dispuesta a vivir a pan y agua… con un poquito de jamón… si me dejáis que vaya con vosotras.

—Además —añadió Ana—, habrá mucho que hacer. La tía de Stella no puede hacerlo todo. Nos repartiremos las tareas entre todas. Y tú…

—No hago esas cosas, y tampoco sé hilar —adivinó Philippa—. Pero aprenderé. Solo tenéis que enseñarme una vez. Puedo empezar por hacerme la cama. Y tened en cuenta que, aunque no sé cocinar, no tengo mal genio. Eso es algo. Y nunca, nunca me quejo del tiempo que hace. Otra razón más. ¡Venga, por favor, por favor! Nunca me ha hecho tanta ilusión nada en la vida... y este suelo está durísimo.

—Hay otra cosa —señaló Priscilla sin rodeos—. Tú, Phil, como todo el mundo sabe, recibes visitas casi todas las tardes. En la Casa de Patty no podemos. Hemos decidido que solo invitaremos a los amigos los viernes por la tarde. Si vienes a vivir con nosotras tendrás que aceptar esa norma.

—¿Y creéis que eso no me va a gustar? Pues lo prefiero. Sé que tenía que haberme impuesto esa norma, pero no era capaz de decidirme ni de cumplirla. Será un alivio dejar la responsabilidad en vuestras manos. Si no me impedís sumar mi suerte a la vuestra me moriré de desilusión y mi fantasma vendrá a rondaros. Acamparé en la puerta de la Casa de Patty y no podréis entrar o salir sin que os dé un susto.

Ana y Priscilla cruzaron de nuevo una mirada elocuente.

—Bueno —dijo Ana—, no podemos prometerte nada antes de consultarlo con Stella, aunque no creo que tenga inconveniente. Por nuestra parte eres bienvenida.

—Si te cansas de nuestra vida sencilla puedes irte y nadie te pedirá explicaciones —añadió Priscilla.

Phil se levantó de un salto, las abrazó a las dos, llena de felicidad, y se fue contentísima.

—Espero que salga bien —dijo Priscilla, siempre con los pies en el suelo.

—Tenemos que hacer que salga bien —contestó Ana—. Creo que Phil encajará estupendamente en nuestro hogar, dulce hogar.

—Sí, Phil es divertida y una buena amiga. Por otro lado, cuantas más seamos, más barato nos saldrá. Pero ¿cómo será vivir con ella? Hay que pasar un verano y un invierno con alguien antes de decidir si la convivencia es posible o no.

—Bueno, en ese aspecto estaremos todas a prueba. Y tendremos que portarnos como gente sensata: vivir y dejar vivir. Phil no es egoísta, aunque es un poco atolondrada. Yo creo que nos llevaremos de maravilla.

Capítulo XI

LA RONDA
DE LA VIDA

Ana volvió a Avonlea con el resplandor de la beca Thorburn en la frente. La gente le decía que no había cambiado mucho, en un tono que traslucía su sorpresa y una leve decepción. Tampoco Avonlea había cambiado. O esa impresión daba a primera vista. Pero cuando Ana se sentó en el banco de la iglesia, el primer domingo después de volver, y echó un vistazo a la congregación, vio algunos cambios que, al presentarse todos a la vez, le hicieron darse cuenta de que el tiempo no se detenía, ni siquiera en Avonlea. En el púlpito había un párroco nuevo. Más de una cara familiar había desaparecido para siempre de los bancos. El «tío Abe» y sus profecías ya no estaban en este mundo; la señora Sloane había exhalado, ojalá, su último suspiro; Timothy Cotton, como decía la señora Lynde, por fin había conseguido morirse después de veinte años ensayando; y a Josiah Sloane nadie lo reconoció en el féretro, porque le habían afeitado las patillas. Todos descansaban en el pequeño cementerio de detrás de la iglesia. ¡Y Billy Andrews se había casado con Nettie Blewett! Hicieron acto de presencia ese domingo. Cuando Billy, radiante de orgullo y felicidad, llevó a su mujer, envuelta en seda y plumas, al banco de los Andrews, Ana bajó los ojos para que nadie la viera reír. Se acordó de la noche de invierno y tormenta de las Navidades pasadas, cuando Jane le pidió matrimonio en nombre de Billy. Era evidente que su rechazo no le había destrozado el corazón. Ana se preguntó si Jane también le habría transmitido la petición a Nettie o si Billy habría sido capaz de reunir el valor necesario para hacer personalmente la pregunta trascendental. Toda la familia Andrews parecía compartir el orgullo y la alegría de Billy, desde la señora Andrews, en el banco, a Jane, en el coro. Jane se había despedido de la escuela de Avonlea y pensaba irse al oeste ese otoño.

—Es que en Avonlea no encuentra novio —señaló con desdén Rachel Lynde—. Dice que cree que tendrá mejor salud en el oeste. Nunca había oído que tuviera mala salud.

—Jane es una buena chica —dijo Ana con lealtad—. Nunca ha intentado llamar la atención, como otras.

—Sí, nunca ha ido detrás de los chicos, si es eso lo que quieres decir —asintió la señora Lynde—, pero le gustaría casarse, como a todo el mundo, las cosas como son. ¿Por qué otra razón querría irse a un lugar perdido del oeste, donde lo único bueno es que hay muchos hombres y pocas mujeres? ¡No me digas!

Pero no fue a Jane a quien Ana observó ese día con sorpresa y horror. Fue a Ruby Gillis, que estaba en el coro al lado de Jane. ¿Qué le había pasado a Ruby? Estaba incluso más guapa que nunca, pero tenía un brillo excesivo en los ojos azules y un color febril en las mejillas. Además, había adelgazado mucho; las manos que sostenían el libro de himnos eran de una delicadeza casi transparente.

—¿Está enferma Ruby Gillis? —preguntó Ana a la señora Lynde cuando volvían de la iglesia.

—Ruby Gillis se está muriendo de una tuberculosis galopante —anunció bruscamente la señora Lynde—. Lo sabe todo el mundo, menos ella y su familia. No quieren aceptarlo. Si les preguntas, te dicen que está perfectamente. No ha podido dar clases desde que tuvo una congestión en invierno, pero dice que volverá a hacerlo en otoño y quiere la escuela de White Sands. Cuando abra la escuela de White Sands, la pobre chica ya estará enterrada, te lo digo yo.

Ana escuchó en silencio, horrorizada. Ruby Gillis, su amiga de la escuela, ¿muriéndose? ¿Sería posible? Se habían distanciado desde hacía unos años, pero los viejos lazos de la intimidad infantil seguían ahí, y se dejaron notar con fuerza en el corazón de Ana, que recibió la noticia con una sacudida. ¡La brillante, alegre y coqueta Ruby! Era imposible asociar a Ruby con nada parecido a la muerte. Saludó a Ana con alegría y cordialidad al salir de la iglesia y le insistió en que fuera a su casa al día siguiente por la tarde.

—No estaré aquí el martes ni el miércoles por la tarde —le susurró en tono triunfal—. Hay un concierto en Carmody y una fiesta en White Sands. Herb Spencer me ha invitado. Es mi última conquista. Ven mañana sin falta. Me muero por tener una buena charla contigo. Quiero que me cuentes con pelos y señales tus hazañas en Redmond.

Ana sabía que era Ruby quien quería contarle a ella con pelos y señales sus últimos coqueteos, pero le prometió que iría, y Diana se ofreció a acompañarla.

—Hace mucho que quería ir a ver a Ruby —le dijo a Ana al día siguiente, cuando salieron de Tejas Verdes—, pero es que no me atrevía a ir sola. Es horrible oírla cotorrear y fingir que no le pasa nada, a pesar de que la tos casi no le deja hablar. Está luchando por vivir con todas sus fuerzas, pero dicen que no tiene la más mínima posibilidad.

Las chicas siguieron calladas por el camino, encendido al atardecer. Los petirrojos cantaban las vísperas en las copas de los árboles, lanzando al aire sus voces de júbilo. La flauta de plata de las ranas llegaba de las marismas y las lagunas por los campos donde las semillas empezaban a bullir de vida y emoción con el sol y la lluvia que las habían esparcido. El aire estaba cargado del olor sano, dulce y puro de las frambuesas. Las brumas blancas flotaban en las vaguadas silenciosas y las violetas daban a las orillas del arroyo un tono azulado.

—¡Qué puesta de sol tan preciosa! —dijo Diana—. Mira, Ana, ¿verdad que parece un mundo independiente? Esa franja de nubes bajas y alargadas es la costa y, detrás, el cielo despejado parece un mar de oro.

—Ojalá pudiéramos ir navegando hasta ahí en ese barco de luz de luna que se inventó Paul en una redacción. ¿Te acuerdas? ¡Qué bonito sería!

—dijo Ana, despertando de sus ensoñaciones—. ¿Tú crees, Diana, que allí encontraríamos todos nuestros ayeres: todas nuestras antiguas primaveras y nuestras flores? Los lechos de flores que Paul vio en su viaje ¿serán las rosas que florecieron para nosotras en el pasado?

—¡Calla! —dijo Diana—. Me haces sentir que somos un par de viejas, sin vida por delante.

—Es que casi tengo la sensación de que lo somos, desde que me enteré de lo de la pobre Ruby. Si es verdad que se está muriendo, otras cosas tristes también podrían serlo.

—No te importa que pasemos un momento por casa de Elisha Wright, ¿verdad? —preguntó Diana—. Mamá me ha pedido que le lleve un poco de mermelada a la tía Atossa.

—¿Quién es la tía Atossa?

—¿No lo sabes? Es la mujer de Samson Coates, de Spencervale, la tía de la señora Wright. También es tía de mi padre. Su marido murió el invierno pasado, y como es muy pobre y está muy sola, los Wright la han acogido en su casa. Mamá quería que la acogiéramos nosotros, pero mi padre dijo que ni hablar. Que él no estaba dispuesto a vivir con la tía Atossa.

—¿Tan horrible es? —preguntó Ana, distraída.

—Ahora lo verás —dijo Diana con aire misterioso—. Papá dice que tiene la cara como una hachuela: que corta el aire. ¡Pero la lengua la tiene aún más afilada!

A pesar de lo tarde que era, la tía Atossa estaba cortando tallos de patatas en la cocina de los Wright. Llevaba una bata vieja y desvaída y el pelo canoso decididamente descuidado. A la tía Atossa no le hizo gracia que la pillaran con esas pintas y se empeñó en ser desagradable.

—Así que usted es Ana Shirley —dijo, cuando Diana presentó a su amiga—. He oído hablar de usted. —A juzgar por el tono no le habían contado nada bueno—. La señora Andrews me ha dicho que había vuelto. Dice que ha mejorado usted mucho.

Era indudable que la tía Atossa estaba convencida de que aún había un amplio margen de mejora. No dejó de cortar sus patatas enérgicamente.

—¿Sirve de algo pediros que os sentéis? —preguntó con sarcasmo—. Claro que aquí no hay nada interesante para vosotras. Los demás están fuera.

—Mamá le manda este tarro de mermelada de ruibarbo —dijo Diana con amabilidad—. La ha hecho hoy y ha pensado que le apetecería un poco.

—Ah, gracias —contestó la tía Atossa con acidez—. Nunca me ha gustado la mermelada de tu madre: siempre le queda demasiado dulce. De todos modos, haré el esfuerzo de tomar un poco. Esta primavera tengo muy poco apetito. No estoy ni mucho menos bien —explicó la tía Atossa muy seria—, y aquí sigo, trabajando. Aquí no quieren gente que no trabaje. Si no es demasiada molestia, ¿tendrías la amabilidad de llevar la mermelada a la despensa? Voy justa de tiempo para hacer las patatas. Supongo que dos señoritas como vosotras nunca hacen estas cosas. Os dará miedo estropearos las manos.

—Yo cortaba los tallos de las patatas antes de que alquiláramos la granja —explicó Ana con una sonrisa.

—Y yo lo sigo haciendo —se rio Diana—. Lo hago tres días a la semana. Aunque —añadió en broma— todas las noches me lavo las manos con zumo de limón y me pongo unos guantes de cabritilla.

La tía Atossa resopló.

—Supongo que habrás sacado la idea de alguna de esas revistas tan tontas que lees. No entiendo cómo tu madre te deja. Aunque siempre te ha malcriado. Cuando George se casó con ella, todos pensamos que no era la mujer que le convenía.

La tía Atossa suspiró con fuerza, como si todos sus pronósticos sobre el matrimonio de George Barry se hubieran cumplido amplia y siniestramente.

—Os vais, ¿verdad? —preguntó al ver que las chicas se levantaban—. Me imagino que no es muy divertido hablar con una vieja como yo. Es una lástima que los chicos no estén en casa.

—Queremos ir a ver a Ruby Gillis —explicó Diana.

—Sí, cualquier excusa es buena, claro —dijo tía Atossa con cordialidad—. Entráis corriendo y os vais corriendo casi sin tiempo de saludar como es debido. Supongo que son los aires de la universidad. Más os vale no acercaros a Ruby Gillis. Los médicos dicen que la tuberculosis es contagiosa. Siempre supe que Ruby pillaría algo cuando se fue a Boston de visita el otoño pasado. La gente que no se conforma con quedarse en casa siempre pilla algo.

—La gente que no va de visita también se pone enferma. A veces hasta se muere —dijo Diana muy seria.

—Al menos ellos pueden decir que la culpa no es suya —replicó la tía Atossa en tono triunfal—. He oído que te casas en junio, Diana.

—Eso no es verdad —contestó Diana, poniéndose colorada.

—Bueno, no lo aplaces demasiado —le advirtió la tía Atossa—. Te marchitarás pronto: eres todo cutis y pelo. Y los Wright son de lo más voluble. Debería usted llevar sombrero, señorita Shirley. Tiene una cantidad escandalosa de pecas en la nariz. ¡Y encima es pelirroja! En fin, supongo que cada uno es como Dios lo ha hecho. Salude de mi parte a Marilla Cuthbert. No ha venido a verme desde que estoy en Avonlea, aunque supongo que no debería quejarme. Los Cuthbert siempre se han creído por encima de los demás.

—¿A que es horrible? —preguntó Diana cuando huían por el camino.

—Es peor que la señorita Eliza Andrews —dijo Ana—. De todos modos, ¡imagínate cómo es vivir toda la vida con un nombre como Atossa! Seguro que eso amarga a cualquiera. Debería haberse imaginado que se llamaba Cordelia. Le habría ayudado mucho. A mí me ayudó muchos en los tiempos en que no me gustaba llamarme Ana.

—Josie Pye será idéntica a ella cuando crezca —observó Diana—. Es que la madre de Josie y la tía Atossa son primas. Ay, menos mal que se ha acabado. ¡Qué mujer tan retorcida! Parece que deja mal sabor de boca allá donde va. Papá cuenta una anécdota divertidísima de ella. Una vez tuvieron en Spencervale un párroco que era un hombre muy bueno y muy espiritual pero estaba muy sordo. No se enteraba de nada. Bueno, el caso es que se reunían a rezar los domingos por la tarde, y todos los presentes en la iglesia se levantaban por turnos a rezar o a recitar algún versículo de la Biblia. Una tarde, la tía Atossa se levantó de un salto. No rezó ni recitó nada. En vez de eso, se metió con todo el mundo, les sacó a todos los trapos sucios, con nombre y apellido, les recordó todo lo que habían hecho y les echó en cara las rencillas y los escándalos de los diez últimos años. Terminó diciendo que estaba disgustada con la iglesia de Spencervale, que no pensaba volver a cruzar esa puerta y que esperaba que todos recibieran un castigo atroz. Luego se sentó, sin resuello, y el párroco, que no se había enterado de una sola palabra, señaló acto seguido, en un tono muy devoto: «¡Amén! ¡Que Dios escuche las oraciones de nuestra querida hermana!». Tendrías que oír a papá cuando cuenta esa historia.

—Hablando de historias —dijo Ana, con aire confidencial—. Últimamente he estado pensando si sería capaz de escribir un cuento: ¡un cuento con calidad suficiente para publicarlo!

—Pues claro que sí —le aseguró Diana, después de asimilar la sorprendente idea—. Hace años, en nuestro club, escribías unos cuentos muy emocionantes.

—Bueno, no pensaba en ese tipo de cuentos, claro —dijo Ana, sonriendo—. Llevo un tiempo pensando en escribir, pero casi me da miedo intentarlo porque si fracasara sería una humillación insoportable.

—Una vez le oí decir a Priscilla que a la señora Morgan le rechazaron todos sus primeros cuentos. Pero estoy segura de que a ti no te pasaría eso, Ana, porque es probable que los editores de hoy tengan más sentido común.

—Margaret Burton, una chica de tercero de Redmond, escribió un cuento el invierno pasado y se lo han publicado en *Canadian Woman*. Creo sinceramente que podría escribir uno como mínimo igual de bueno.

—¿Y querrías publicarlo en *Canadian Woman*?

—A lo mejor probaba primero en alguna revista más importante. Todo depende de qué tipo de relato escriba.

—¿De qué trata?

—Todavía no lo sé. Tengo que encontrar una buena trama. Me parece muy necesario desde el punto de vista del editor. Lo único que he decidido es el nombre de la heroína. Se llamará Averil Lester. ¿No te parece muy bonito? No se lo digas a nadie, Diana. Solo os lo he contado a ti y al señor Harrison. No me ha dado muchos ánimos: dice que hoy ya se escriben suficientes porquerías y que esperaba algo mejor de mí después de un año en la universidad.

—¿Qué entiende de escribir el señor Harrison? —dijo Diana con desprecio.

Encontraron la casa de los Gillis muy alegre, llena de luces y de visitas. Leonard Kimball, de Spencervale, y Morgan Bell, de Carmody, se miraban con rabia, cada uno a un lado de la sala. Había también varias chicas muy simpáticas. Ruby se había vestido de blanco y le brillaban mucho los ojos y las mejillas. No paraba de reírse y de parlotear, y cuando se marcharon las demás chicas, subió con Ana al piso de arriba para enseñarle sus vestidos de verano nuevos.

—Aún me falta por hacer uno de seda azul, aunque da demasiado calor en verano. Creo que esperaré hasta el otoño. Ya sabes que voy a dar clases en White Sands. ¿Te gusta mi sombrero? El que llevabas el domingo en la iglesia era monísimo. Pero a mí me apetece algo más alegre. ¿Te has fijado en esos dos chicos tan ridículos que están abajo? Vienen los dos decididos a echar al otro. A mí me importan los dos un comino. El que me gusta es Herb Spencer. A veces llego a pensar que es perfecto. En Navidad pensaba lo mismo del maestro de Spencervale, pero me enteré de una cosa que me hizo cambiar de opinión. Casi se vuelve loco cuando lo rechacé. Ojalá estos dos no hubieran venido esta tarde. Quería tener una buena conversación contigo, Ana, y contarte montones de cosas. ¿Verdad que tú y yo siempre hemos sido buenas amigas?

Ruby pasó un brazo por el talle de Ana y soltó una risita hueca. Pero sus ojos se encontraron un momento y, detrás del brillo, Ana vio algo que la estremeció.

—Ven más a menudo. ¿Vendrás, Ana? —le susurró Ruby—. Ven sola. Quiero estar contigo.

—¿Te encuentras bien, Ruby?

—¿Yo? Perfectamente. En la vida me había sentido mejor. Es cierto que esa congestión que tuve el invierno pasado me debilitó un poco. Pero mira qué color tengo. Yo no diría que parezco enferma.

La voz de Ruby era casi chillona. Apartó el brazo de la cintura de Ana, como resentida, salió corriendo, y abajo estuvo más alegre que nunca, aparentemente tan absorta en parlotear con sus dos admiradores que Ana y Diana se sintieron de más y se marcharon pronto.

Capítulo XII
LA EXPIACIÓN
DE AVERIL

—¿Qué estás soñando, Ana?

Las dos chicas paseaban una tarde por una preciosa vaguada del arroyo. Los helechos cabeceaban suavemente, la hierba estaba verde y los perales desprendían un olor delicioso, rodeando la vaguada como cortinas blancas.

Ana salió de su ensoñación con un suspiro feliz.

—Estaba pensando en mi relato, Diana.

—¿De verdad has empezado? —preguntó su amiga, llenándose al instante de alegría y de interés.

—Sí, solo he escrito unas páginas, pero lo tengo bien pensado. Me ha costado una barbaridad encontrar una buena trama. Ninguna de las que se me ocurrían me parecían idóneas para una chica que se llama Averil.

—¿Y no podías haberle cambiado el nombre?

—No, eso era imposible. Lo intenté, pero no podía; como tampoco podría cambiarte el tuyo. Era tan real para mí que por más que intentaba imaginar otros nombres seguía pensando en ella como Averil. Y al final encontré una trama que le iba muy bien. Luego vino la emoción de elegir nombre para todos los personajes. No te imaginas lo fascinante que es. Me he pasado horas despierta pensando nombres. El héroe se llama Perceval Dalrymple.

—¿Ya has puesto nombre a todos los personajes? Si no, iba a pedirte que me dejaras ponerle nombre a uno... alguno sin importancia. Así tendría la sensación de haber participado en el relato.

—Puedes ponerle nombre al niño que vivía con los Lester para ayudar en las tareas del campo —accedió Ana—. No es muy importante, pero es el único que aún no tiene nombre.

—Llámalo Raymond Fitzosborne —propuso Diana, que tenía un buen repertorio de nombres similares, reliquias del club de relatos que fundaron de pequeñas Ana y ella con Jane Andrews y Ruby Gillis.

Ana movió la cabeza con aire de duda.

—Me parece un nombre demasiado aristocrático para un mozo de granja, Diana. No me imagino a un Fitzosborne alimentando a los cerdos y recogiendo astillas. ¿Tú sí?

Diana no entendía por qué, si tenías algo de imaginación, no podías llevarla hasta ese punto; pero seguramente Ana sabía más que ella, y al mozo de granja lo bautizaron finalmente como Robert Ray, con idea de llamarlo Bobby cuando la ocasión lo requiriera.

—¿Cuánto esperas ganar? —preguntó Diana.

Pero Ana no había pensado en eso para nada. Ella perseguía la fama, no el vil metal, y sus sueños literarios seguían de momento sin contaminarse por consideraciones mercenarias.

—¿Me dejarás leerlo? —suplicó Diana.

—Cuando esté terminado os lo leeré a ti y al señor Harrison y os pediré una crítica rigurosa. Nadie más lo verá hasta que se haya publicado.

—¿Cómo será el final: feliz o triste?

—No estoy segura. Me gustaría que fuera triste, porque sería mucho más romántico. Pero sé que los editores no son favorables a los finales tristes. Una vez le oí decir al profesor Hamilton que solo un genio se atrevería a escribir un final triste. Y —añadió Ana con modestia— yo no soy un genio ni mucho menos.

—A mí me gustan más los finales felices. Mejor que dejes que él se case con ella —propuso Diana, que sobre todo desde que estaba prometida con Fred creía que todos los relatos tenían que terminar así.

—Pero a ti te gusta llorar con los relatos.

—Sí, claro, en la mitad. Pero me gusta que al final todo se arregle.

—Tengo que incluir una escena trágica —dijo Ana con aire pensativo—. A lo mejor hago que Robert Ray tenga un accidente y muera.

—No, no puedes matar a Bobby —protestó Diana, riéndose—. Es mío, y quiero que viva y prospere. Si tienes que matar a alguien, mata a otro.

Ana pasó las dos semanas siguientes sufriendo o disfrutando, según su estado de ánimo, con sus afanes literarios. Tan pronto se ponía exultante por una idea genial como se desesperaba porque algún personaje terco no se portaba como es debido. Diana no lo entendía.

—Haz que hagan lo que tú quieras —dijo.

—No puedo —se lamentó Ana—. Averil es una heroína inmanejable. Se empeña en hacer y en decir cosas que yo no quería. Entonces estropea todo lo anterior y tengo que reescribirlo de arriba abajo.

No obstante, por fin terminó el relato y se lo leyó a Diana en la intimidad de la buhardilla. Había conseguido su «escena trágica» sin sacrificar a Robert Ray, y miraba de reojo a Diana mientras se la leía. Diana estuvo a la altura de la ocasión y hasta lloró como correspondía, pero, cuando llegó el final, parecía algo decepcionada.

—¿Por qué has matado a Maurice Lennox? —preguntó con reproche.

—Porque era el villano —protestó Ana—. Había que castigarlo.

—Pues a mí es el que más me gusta —dijo Diana, obstinada.

—Bueno, pues ya está muerto y muerto seguirá —insistió Ana, muy resentida—. Si le hubiera dejado vivir habría seguido incordiando a Averil y Parsifal.

—Sí... pero podrías haberlo reformado.

—Eso no sería romántico y, además, habría alargado demasiado el relato.

—Bueno, de todos modos, es un relato de lo más elegante, Ana. Y te harás famosa: estoy segura. ¿Ya tienes el título?

—Sí, el título lo decidí hace tiempo. Se llama *La expiación de Averil*. ¿Verdad que suena bonito y grandioso? Ahora, Diana, dime sinceramente si ves algún error en el relato.

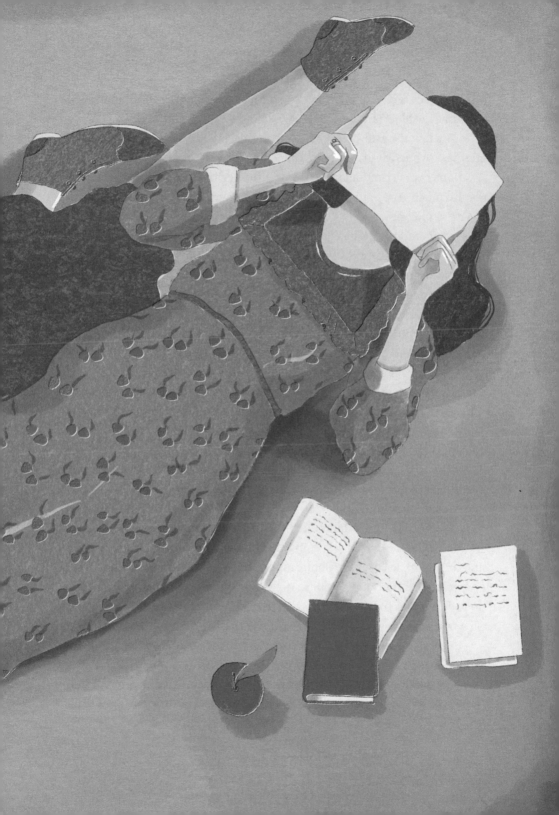

—Bueno —dudó Diana—, la parte en la que Averil prepara un bizcocho no me parece tan romántica como lo demás. Eso lo hace todo el mundo. Las heroínas no deberían cocinar, creo.

—Bueno, ahí está la gracia, y es una de las mejores partes del relato. Además, se puede afirmar que lo hace muy bien.

Diana tuvo la prudencia de no hacer más críticas, pero el señor Harrison resultó mucho más difícil de complacer. Primero le dijo que había demasiadas descripciones.

—Quita todos esos pasajes floridos —señaló sin delicadeza.

Ana tuvo la incómoda certeza de que el señor Harrison tenía razón y se obligó a suprimir la mayor parte de las descripciones que tanto le gustaban, a pesar de que tuvo que reescribirlo tres veces antes de que el exigente señor Harrison quedara satisfecho con la poda.

—He eliminado todas las descripciones menos la del atardecer —explicó—. Esa no podía eliminarla. Era la mejor de todas.

—No tiene nada que ver con el relato —replicó el señor Harrison— y tampoco deberías haber puesto la escena entre la gente rica de la ciudad. ¿Qué sabes tú de esa gente? ¿Por qué no dejas que todo pase aquí, en Avonlea? Cambiando el nombre, claro, no vaya a ser que la señora Rachel Lynde se crea que la heroína es ella.

—Eso no es posible —protestó Ana—. Avonlea es el sitio más bonito del mundo, pero no tiene el romanticismo suficiente para ser el escenario de un relato.

—Yo diría que ha habido muchos romances en Avonlea, y muchas tragedias también —observó secamente el señor Harrison—. Tus personajes no parecen reales. Hablan demasiado y dicen palabras muy pomposas. En una parte, ese Dalrymple se pasa dos páginas enteras hablando sin parar y no le deja meter baza a la chica. Si hiciera eso en la vida real, ella lo mandaría a freír espárragos.

—Yo no lo creo —dijo Ana tajantemente. En lo más profundo del alma pensaba que las cosas tan poéticas que Dalrymple le dice a Averil conquistarían definitivamente a cualquier chica. Además, era horripilante que Averil, la majestuosa Averil, que parecía una reina, mandase a alguien a freír espárragos. Averil «rechazaba a sus pretendientes con cortesía».

—De todos modos —añadió el implacable señor Harrison—, no veo por qué no la conquista Maurice Lennox. Es dos veces más hombre que el otro. Ha hecho cosas malas pero al menos ha hecho algo. Parsifal está siempre en la luna.

«Estar en la luna.» Eso era aún peor que «a freír espárragos».

—Maurice Lennox es el villano —señaló Ana, llena de indignación—. No entiendo por qué a todo el mundo le gusta más que Parsifal.

—Parsifal es demasiado bueno. Es desquiciante. La próxima vez que escribas la historia de un héroe, ponle una pizca de humanidad.

—Averil no podía casarse con Maurice. Era malo.

—Ella lo habría reformado. A un hombre lo puedes reformar; a una medusa no, claro. Tu relato no es malo... Reconozco que es interesante. Pero eres demasiado joven para escribir algo que valga la pena. Espera diez años.

Ana tomó la decisión de que la próxima vez que escribiera un relato no le pediría a nadie que le hiciera una crítica. La desanimaba demasiado. No le leería el relato a Gilbert, a pesar de que le había hablado de él.

—Si es un éxito, lo verás cuando esté publicado, Gilbert. Si sale mal nadie lo verá nunca.

Marilla no sabía nada de la aventura. Ana se imaginaba que le leía a Marilla un relato publicado en una revista, la animaba a elogiarlo —porque en la imaginación todo es posible— y luego revelaba, con aire victorioso, que la autora era ella.

Un día, Ana llevó a la oficina de correos un sobre largo y voluminoso, dirigido, con la deliciosa confianza de la inexperiencia y la juventud, a la más grande de las grandes revistas. Diana estaba tan ilusionada como la propia Ana.

—¿Cuánto crees que tardarán en responder? —preguntó.

—No deberían tardar más de dos semanas. Ay, ¡qué alegría y qué orgullo si lo aceptaran!

—Seguro que lo aceptan, y es probable que te pidan más. Puede que algún día seas tan famosa como la señora Morgan, Ana, y entonces, qué orgullosa estaré de conocerte —dijo Diana, que, como mínimo, tenía el grandísimo mérito de admirar sin envidia el talento y el encanto de sus amigos.

La semana siguiente transcurrió entre sueños deliciosos, hasta que llegó el amargo despertar. Una tarde, Diana encontró a Ana en la buhardilla con unos ojos sospechosos. En la mesa había un sobre largo y un manuscrito arrugado.

—Ana, ¿no te habrán devuelto tu relato? —preguntó Diana, incrédula.

—Pues sí —fue la escueta respuesta de Ana.

—Ese editor debe estar loco. ¿Qué motivos te ha dado?

—Ninguno. Solo hay una nota impresa: dicen que no les ha parecido aceptable.

—Yo nunca he tenido muy buena opinión de esa revista —señaló Diana con indignación—. Los relatos que publican no son ni la mitad de interesantes que los de *Canadian Woman,* y eso que cuesta mucho más. Supongo que el editor tiene prejuicios contra todos los que no sean yanquis. No te desanimes, Ana. Acuérdate de que a la señora Morgan también le devolvían sus relatos. Manda el tuyo a *Canadian Woman.*

—Creo que lo voy a mandar —dijo Ana, armándose de valor—. Y si me lo publican le enviaré un ejemplar a ese editor de Estados Unidos. Pero voy a quitar la escena del atardecer. Creo que el señor Harrison tenía razón.

Y el atardecer se eliminó, pero a pesar de esta heroica mutilación, el editor de *Canadian Woman* devolvió *La expiación de Averil* tan pronto que la indignada Diana aseguró que era imposible que lo hubieran leído, y prometió que iba a anular su suscripción inmediatamente. Ana se tomó este segundo rechazo con la serenidad de la desesperación. Guardó el relato en el baúl donde descansaban los demás, no sin antes ceder a los ruegos de Diana y darle una copia.

—Esto es el fin de mis ambiciones literarias —observó con amargura.

No habló del asunto con el señor Harrison, pero una noche, él le preguntó a bocajarro si le habían aceptado el relato.

—No, el editor lo rechazó —fue la escueta respuesta de Ana.

El señor Harrison miró de reojo el delicado perfil de Ana, que se había puesto colorada.

—Bueno, supongo que seguirás escribiendo —dijo, para animarla.

—No, no pienso volver a escribir un relato —proclamó Ana, con la desesperada contundencia de los diecinueve años cuando a uno le dan con la puerta en las narices.

—Yo no renunciaría definitivamente —reflexionó el señor Harrison—. Escribiría algún relato de vez en cuando, sin dar la lata a los editores. Hablaría de la gente y de los sitios que conozco y haría que mis personajes se expresen con un lenguaje coloquial; y dejaría que el sol salga y se ponga en silencio, como todos los días, sin darle demasiada importancia. Y, si necesitara un villano, le daría una oportunidad, Ana... Le daría una oportunidad. Supongo que en el mundo hay hombres horribles, pero hay que andar un buen trecho para encontrarlos, aunque la señora Lynde crea que todos somos malos. La mayoría de nosotros tenemos algo de decencia, por poco que sea. Sigue escribiendo, Ana.

—No. Ha sido una tontería. Cuando termine en Redmond volveré a la enseñanza. Eso se me da bien. Escribir relatos no.

—Cuando salgas de Redmond será el momento de que te cases —dijo el señor Harrison—. No creo que te convenga aplazarlo demasiado, como hice yo.

Ana se levantó y se fue a casa. El señor Harrison a veces era insoportable. «A freír espárragos», «en la luna» y «casarse». ¡Uf!

Capítulo XIII
COSAS DE TRANSGRESORES

Davy y Dora estaban listos para ir a catequesis. Irían solos, y eso no era muy frecuente, porque la señora Lynde nunca faltaba a catequesis. Pero se había torcido un tobillo y estaba coja, así que esa mañana se quedaría en casa. Los gemelos también se encargarían de representar a la familia en la iglesia, porque Ana se había ido la tarde anterior a pasar el domingo en Carmody, con unas amigas, y Marilla tenía uno de sus dolores de cabeza.

Davy bajó las escaleras despacio. Dora lo estaba esperando en el vestíbulo, preparada ya por la señora Lynde. Davy se había preparado solo. Tenía un centavo en el bolsillo para la colecta de la catequesis y una moneda de cinco centavos para la colecta de la iglesia; llevaba su Biblia en una mano y el cuadernillo trimestral de catequesis en la otra; se sabía de memoria la lección, el pasaje de la Biblia que la resumía y la pregunta del catecismo. ¿O no se había pasado toda la tarde del sábado estudiando —a la fuerza— en la cocina de la señora Lynde? Es decir, que su estado de ánimo debería ser de tranquilidad. Pero a pesar de saberse el pasaje y el catecismo, por dentro estaba como un lobo salvaje.

La señora Lynde salió renqueando de su cocina cuando Davy se reunía con Dora.

—¿Estás limpio? —preguntó en tono severo.

—Sí... De arriba abajo, ya lo ve —respondió Davy con una mueca desafiante.

La señora Rachel suspiró. Tenía sus sospechas sobre el cuello y las orejas de Davy, pero sabía que si intentaba hacer una inspección personal, el niño probablemente echaría a correr, y hoy no podía perseguirlo.

—Bueno, portaos bien —les advirtió—. No vayáis por el camino de tierra. No os paréis en el porche a hablar con los demás niños. No os mováis ni os retorzáis en el banco. No os olvidéis de la lección. No perdáis el dinero de la colecta ni os olvidéis de darlo. No os pongáis a cuchichear cuando toca rezar y estad atentos al sermón.

Davy no se dignó responder. Echó a andar por el camino, seguido de la dócil Dora. Pero por dentro estaba echando chispas. Había sufrido mucho, o eso creía, por culpa de las manos y la lengua de Rachel Lynde desde que esta llegó a Tejas Verdes, porque la señora Lynde no podía vivir con nadie, lo mismo daba si eran ocho que ochenta, sin tratar de educarlos como es debido. Y justo la tarde anterior se había entrometido para convencer a Marilla de que no dejase a Davy ir a pescar con Timothy Cottons. Davy seguía hirviendo de rabia.

En cuanto salieron del camino, se paró e hizo una mueca tan horrible y atroz que Dora, a pesar de que conocía bien este talento de su hermano, se asustó sinceramente y pensó que a lo mejor ya no era capaz de poner nunca una cara normal.

—Maldita mujer —explotó Davy.

—Davy, no digas palabrotas —susurró Dora, horrorizada.

—«Maldita» no es una palabrota. Y si lo es me da lo mismo —contestó Davy temerariamente.

—Pues si no puedes aguantarte las ganas de decir palabrotas, por lo menos no las digas en domingo —le rogó Dora.

Davy estaba todavía muy lejos de arrepentirse, aunque en el fondo tenía la sensación de que quizá se había excedido un poco.

—Voy a inventarme una palabrota —anunció.

—Dios te castigará si haces eso —le advirtió solemnemente Dora.

—Si me castiga es que es un miserable sinvergüenza —replicó Davy—. ¿No sabe que uno necesita expresar sus sentimientos?

—¡¡¡Davy!!! —exclamó Dora. Pensaba que a su hermano le caería un rayo en ese mismo instante y lo fulminaría. Pero no pasó nada.

—No pienso seguir aguantando que la señora Lynde me mande —farfulló Davy—. Puede que Ana y Marilla tengan derecho a mandarme, pero ella no. Voy a hacer todo lo que me ha dicho que no haga. Mira.

Y en funesto y deliberado silencio, mientras Dora lo observaba con la fascinación del horror, Davy saltó de la hierba de la cuneta, se hundió hasta los tobillos en el polvo fino que cubría la carretera después de cuatro semanas sin lluvia y echó a andar arrastrando los pies con rabia hasta que se vio envuelto en una nube de polvo.

—Esto es solo el principio —proclamó victorioso—. Y voy a pararme en el porche a hablar con todo el mundo mientras tenga con quién hablar. Voy a moverme, a retorcerme y a cuchichear en el banco, y voy a decir que no me sé la lección. Y voy a tirar el dinero de las dos colectas ahora mismo.

Y Davy lanzó el centavo y los cinco peniques por encima de la valla del señor Barry con salvaje placer.

—El demonio te ha obligado a hacer eso —le reprochó Dora.

—No —dijo Davy con indignación—. Se me ha ocurrido a mí solo. Y también se me ha ocurrido otra cosa. No pienso ir a catequesis ni a la iglesia. Me voy a jugar con los Cotton. Ayer me dijeron que hoy no iban a catequesis porque su madre no estaba y nadie podía obligarlos. Ven, Dora, verás qué bien lo pasamos.

—No quiero ir —protestó Dora.

—Tienes que venir. Si no vienes le contaré a Marilla que Frank Bell te besó en la escuela el lunes pasado.

—No fue culpa mía. No sabía que me iba a besar —gritó Dora, poniéndose como un tomate.

—Pues no le diste una bofetada ni te enfadaste siquiera un poco —señaló Davy—. Si no vienes le diré eso también. Atajaremos por este campo.

—Me dan miedo esas vacas —protestó Dora, viendo una posibilidad de huida.

—¡Cómo te pueden dar miedo esas vacas! —se burló Davy—. ¡Si son más pequeñas que tú!

—Son más grandes.

—No te harán nada. Venga, vente conmigo. Esto es genial. Cuando sea mayor no pienso ir a la iglesia nunca. Creo que puedo llegar al cielo por mi cuenta.

—Acabarás en el otro sitio si no respetas el día sagrado —dijo la pobre Dora, siguiendo a su hermano en contra de su voluntad.

Pero Davy no tenía miedo... todavía. El infierno estaba muy lejos, mientras que los placeres de ir de pesca con los Cotton estaban muy cerca. Le hubiera gustado que Dora fuese más valiente. No paraba de mirar atrás, como si fuera a echarse a llorar de un momento a otro, y eso le fastidiaría la diversión. En fin, ¡qué latazo de chicas! Esta vez Davy no las maldijo, ni siquiera de pensamiento. No se arrepentía, aún, de lo que había dicho antes, pero quizá no era conveniente tentar a las Fuerzas Desconocidas más de una vez el mismo día.

Los Cotton estaban jugando en el patio trasero y recibieron a Davy con aullidos de alegría. Pete, Tommy, Adolphus y Mirabel Cotton estaban solos. Su madre y sus hermanas mayores habían salido. Dora se alegró de que al menos estuviera Mirabel. Tenía miedo de ser la única entre un montón de chicos. Mirabel se portaba casi tan mal como un chico: era igual de gritona y temeraria, y estaba muy morena. Pero al menos llevaba vestido.

—Venimos para ir a pescar —anunció Davy.

—¡Yuju! —gritaron los Cotton. Fueron corriendo a buscar lombrices, con Mirabel a la cabeza provista de una lata. Dora tenía ganas de sentarse a llorar. ¡Ojalá ese odioso Frank Bell no la hubiera besado! Así habría podido desafiar a Davy para ir a su querida catequesis.

No se atrevían, claro está, a pescar en el lago, donde los vería todo el mundo camino de la iglesia. Tuvieron que contentarse con el arroyo del bosque, detrás de casa de los Cotton. Resultó que estaba lleno de truchas y pasaron una mañana gloriosa: los Cotton, por supuesto, y Davy parecía que también. Aún con cierta prudencia, se quitó las botas y los calcetines y le pidió prestado a Tommy un mono. Con este equipo, no había ciénaga, marisma o maleza que lo amedrentara. Dora estaba sincera y visiblemente angustiada. Seguía a los demás en su peregrinar de charca en charca, aferrada a su Biblia y su cuadernillo trimestral, pensando con amargura en la querida clase donde en ese momento podría estar sentada delante de una maestra a la que adoraba. Y en cambio estaba vagando por los bosques con los Cotton, que eran medio salvajes, haciendo lo posible por no ensuciarse las botas y proteger de manchas y rasgaduras su bonito vestido blanco. Mirabel se ofreció a prestarle un delantal, pero Dora no lo aceptó.

Las truchas picaban como pican siempre en domingo. Al cabo de una hora, los transgresores tenían todas las que querían y volvieron a casa, con gran alivio de Dora, que se sentó recatadamente en un gallinero del patio mientras los demás trepaban al tejado de la pocilga y grababan sus iniciales en la cumbrera de madera. El tejado plano del gallinero y el montón de paja que había debajo fueron una fuente de inspiración para Davy. Pasaron media hora magnífica subiendo al tejado y lanzándose a la paja entre gritos y alaridos.

Pero hasta los placeres prohibidos tienen que terminar. Cuando el ruido de unas ruedas en el puente del lago les indicó que la gente ya volvía de la iglesia, Davy supo que tenían que irse. Se quitó el mono de Tommy, recuperó su ropa y se separó de su sarta de truchas con un suspiro. Era imposible llevarlas a casa.

—Bueno, ¿no hemos pasado un rato estupendo? —preguntó con desafío mientras bajaban por la cuesta del campo.

—Yo no —dijo Dora, con desgana—. Y creo que tú tampoco... la verdad —añadió, con un destello de perspicacia que no era normal en ella.

—Yo lo he pasado muy bien —dijo Davy, aunque en el tono de quien ya ha protestado demasiado—. No me extraña que tú no te diviertas si te quedas sentada como una... como una mula.

—No quiero relacionarme con los Cotton —contestó Dora con altivez.

—Los Cotton no tienen nada de malo. Y se lo pasan mucho mejor que nosotros. Hacen lo que quieren y dicen lo que quieren delante de todo el mundo. Yo voy a hacer lo mismo a partir de hoy.

—Hay un montón de cosas que no te atreverías a decir delante de todo el mundo.

—No es verdad.

—Sí lo es. ¿Dirías —preguntó Dora muy seria— «gato en celo» delante del párroco?

Davy se vio en un aprieto. No estaba preparado para un ejemplo concreto de libertad expresiva. Pero con Dora no había necesidad de ser coherente.

—Claro que no —admitió de mala gana—. «Gato en celo» no es una blasfemia, pero yo nunca nombraría a ese animal delante de un sacerdote.

—¿Pero si tuvieras que nombrarlo? —insistió Dora.

—Diría «gatito bruto» —dijo Davy.

—Pienso que «Don Gato» sería más educado —reflexionó Dora.

—¡Anda, si piensas! —contestó Davy con un desprecio insuperable.

No estaba nada cómodo, aunque se habría muerto antes que reconocerlo delante de Dora. Ahora que los divertidos placeres del truhan se habían agotado, su conciencia empezaba a dar señales de remordimiento. En el fondo, quizá hubiera sido mejor ir a catequesis y a la iglesia. Puede que la señora Lynde fuera una mandona, pero siempre tenía una caja de galletas en el armario de su cocina y no era tacaña. En tan inoportuno momento, el niño se acordó de que la semana anterior, cuando se rompió los pantalones nuevos, los de ir a la escuela, la señora Lynde los remendó de maravilla y no le dijo ni una sola palabra a Marilla.

Pero Davy aún no había colmado su copa de maldad. Estaba a punto de descubrir que para ocultar un pecado hace falta otro. Ese día comieron con la señora Lynde, y lo primero que le preguntó a Davy fue:

—¿Han ido todos los de tu clase a catequesis hoy?

—Sí, señora —dijo Davy, atragantándose—. Todos... menos uno.

—¿Te sabías la lección de la Biblia y el catecismo?

—Sí, señora.

—¿Pusiste el dinero en la colecta?

—Sí, señora.

—¿Estaba en la iglesia la señora MacPherson?

—No lo sé. —Eso al menos era verdad, pensó el desgraciado Davy.

—¿Han anunciado la reunión de la Asociación de Ayuda para la próxima semana?

—Sí, señora —con la voz temblorosa.

—¿Reunión de oración?

—No... no lo sé.

—Pues deberías saberlo. Deberías estar más atento a los anuncios. ¿Qué texto ha leído el señor Harvey?

Davy, desesperado, bebió un poco de agua y se la tragó junto con sus últimos restos de conciencia. Recitó de carrerilla un texto que se había aprendido semanas antes. Afortunadamente, la señora Lynde dejó entonces de interrogarlo, pero Davy no disfrutó de la comida.

Solo pudo tomar una ración de pudin.

—¿Qué te pasa? —preguntó la extrañada señora Lynde, con razón—. ¿Estás malo?

—No —murmuró el niño.

—Estás pálido. Mejor que no te dé el sol esta tarde —le recomendó la señora Lynde.

—¿Sabes cuántas mentiras le has dicho a la señora Lynde? —le reprochó Dora en cuanto se quedaron solos. Davy, al borde de la desesperación, contestó con rabia.

—Ni lo sé ni me importa. Cierra el pico, Dora Keith.

Y el pobre Davy se retiró entonces a un rincón, detrás del leñero, a pensar en el camino de la transgresión.

Tejas Verdes estaba envuelta en el silencio y la oscuridad cuando Ana llegó a casa. Fue derecha a la cama sin perder tiempo, porque estaba cansada y tenía sueño. Había habido varias celebraciones en Avonlea la semana anterior hasta altas horas. Casi se había dormido antes de poner la cabeza en la almohada, pero justo en ese momento la puerta se abrió sin hacer ruido y una voz suplicante dijo: «¿Ana?».

Ana se incorporó, adormilada.

—¿Eres tú, Davy? ¿Qué pasa?

Una silueta vestida de blanco cruzó la puerta y se lanzó a la cama.

—Ana —sollozó Davy, echándole los brazos al cuello—. Cuánto me alegro de que estés en casa. No podía dormir sin contárselo a alguien.

—¿Contarle a alguien qué?

—Lo triste que estoy.

—¿Por qué estás triste, cielo?

—Porque hoy he sido muy malo, Ana. He sido malísimo. Más malo que nunca.

—¿Qué has hecho?

—Es que me da miedo decírtelo. No volverás a quererme, Ana. Esta noche no he podido rezar. No podía decirle a Dios lo que he hecho. Me daba vergüenza que se enterase.

—Pero él lo sabe de todos modos, Davy.

—Eso dijo Dora. Pero creí que a lo mejor por una vez no se enteraba. De todos modos, prefiero contártelo a ti primero.

—Venga, ¿qué has hecho?

Davy lo soltó de golpe.

—Me he saltado la catequesis... para ir de pesca con los Cotton, y le he contado un montón de trolas a la señora Lynde... ay, por lo menos media docena... y... y... he dicho una palabrota, Ana... bueno, casi una palabrota... y he insultado a Dios.

Hubo un silencio. Davy no sabía cómo interpretarlo. ¿Estaba Ana tan horrorizada que nunca volvería a dirigirle la palabra?

—¿Qué me vas a hacer, Ana? —susurró.

—Nada, cielo. Creo que ya te han castigado.

—No. No me han hecho nada.

—¿Verdad que lo has pasado muy mal desde que hiciste eso?

—¡Y que lo digas!

—Porque tu conciencia te ha castigado, Davy.

—¿Qué es mi conciencia? Me gustaría saberlo.

—Es algo que está dentro de ti, Davy, y siempre te dice cuando has hecho algo malo y te hace sufrir si lo sigues haciendo. ¿No te habías dado cuenta?

—Sí, pero no sabía lo que era. Ojalá no la tuviera. Me divertiría muchísimo más. ¿Dónde está mi conciencia, Ana? Me gustaría saberlo. ¿Está en mi estómago?

—No, está en tu alma —explicó Ana, agradeciendo la oscuridad, porque las cosas importantes requieren seriedad.

—Entonces, supongo que puedo librarme de ella —dijo Davy con un suspiro—. ¿Te vas a chivar a Marilla y a la señora Lynde?

—No, cielo. No se lo voy a decir a nadie. ¿Verdad que te arrepientes de haber sido malo?

—¡Y que lo digas!

—Y nunca volverás a ser así de malo.

—No, pero... —añadió Davy con cautela—. A lo mejor hago otras cosas malas.

—¿No volverás a decir palabrotas, ni a faltar a catequesis ni a decir mentiras para ocultar tus pecados?

—No. No sale a cuenta —contestó Davy.

—Bueno, Davy, entonces dile a Dios que te arrepientes y pídele que te perdone.

—¿Tú me has perdonado, Ana?

—Sí, cielo.

—Entonces —dijo Davy lleno de alegría—, ya no me importa mucho si Dios me perdona o no.

—¡Davy!

—Bueno, se lo pediré... se lo pediré —prometió el niño al momento. Y salió rápidamente de la cama, convencido, por el tono de Ana, de que había dicho algo horrible—. No me importa pedirle perdón, Ana. Por favor, Dios, siento mucho haberme portado mal y voy a intentar ser siempre bueno los domingos y te pido perdón, por favor. Ya está, Ana.

—Vale. Ahora, sé bueno y vete a la cama.

—Muy bien. Oye, ya no estoy triste. Estoy bien. Buenas noches.

—Buenas noches.

Ana se acomodó en la almohada con un suspiro. ¡Ay, cuánto sueño tenía! Un segundo después...

—¡Ana! —Davy estaba al lado de la cama. Ana hizo un esfuerzo para abrir los ojos.

—¿Ahora qué quieres, cielo? —preguntó, tratando de poner una nota de impaciencia en la voz.

—Ana, ¿te has fijado alguna vez en cómo escupe el señor Harrison? ¿Crees que si practico mucho aprenderé a escupir como él?

Ana se sentó.

—Davy Keith, ¡vete ahora mismo a la cama! Más te vale que no vuelva a pillarte levantado esta noche. ¡Andando!

Davy salió y cumplió la orden de irse a la cama.

Capítulo XIV
LA CITACIÓN

Ana estaba con Ruby en el jardín de los Gillis cuando el día ya se había retirado lentamente. La tarde de verano había sido templada y brumosa. El mundo se encontraba en el apogeo de su floración. Los valles perezosos rebosaban neblina. Los bosques estaban llenos de sombras juguetonas y los campos eran un tapiz de áster lila.

Ana había renunciado a una excursión en carro a la luz de la luna hasta la playa de White Sands para pasar la velada con Ruby. Ya había pasado muchas noches con Ruby ese verano, aunque a menudo no entendía qué bien le hacía a nadie y a veces volvía a casa decidida a no repetir.

Ruby estaba más pálida a medida que decaía el verano: había descartado la escuela de White Sands —«a su padre le parecía mejor que no trabajara hasta Año Nuevo»— y el bordado que tanto le gustaba se le caía con creciente frecuencia de las manos, demasiado débiles para sostenerlo. Pero siempre estaba alegre, siempre esperanzada, siempre parloteando y cuchicheando, de sus pretendientes, de su rivalidad y de sus desesperanzas. Era esto lo que hacía que las visitas a Ana le resultaran difíciles. Cosas que antes parecían tontas o graciosas ahora eran macabras: la muerte curioseaba desde detrás de una tozuda máscara de vida. Pero tenía la sensación de que

Ruby la necesitaba, y nunca la dejaba irse sin prometer que volvería pronto. La señora Lynde protestaba por las frecuentes visitas de Ana y le aseguró que contraería la tuberculosis; hasta Marilla tenía reparos.

—Siempre que vas a ver a Ruby vuelves cansada —dijo.

—Es muy triste, es estremecedor —contestó Ana en voz baja—. Parece que Ruby no es consciente de su estado. Y al mismo tiempo tengo la sensación de que necesita ayuda, la pide a gritos, y yo quiero ayudarla y no puedo. Cuando estoy con ella es como si la viera luchar continuamente contra un enemigo invisible al que intenta vencer con una resistencia tan débil. Por eso vuelvo cansada.

Pero esta noche, Ana no tenía la misma sensación. Ruby estaba extrañamente callada. No habló de fiestas, excursiones, vestidos ni chicos. Se tendió en la hamaca, con la labor intacta a su lado y un chal blanco alrededor de los hombros delgados. Llevaba las trenzas largas y rubias —¡cuánto envidiaba Ana esas preciosas trenzas cuando eran pequeñas!— extendidas por delante. Se había quitado las horquillas: decía que le daban dolor de cabeza. El rubor de la fiebre había desaparecido de momento y tenía una cara pálida y aniñada.

La luna brillaba en el cielo plateado, cubriendo las nubes con una pátina de nácar. Abajo, el lago centelleaba con su resplandor brumoso. Justo detrás de la finca de los Gillis se encontraba la iglesia, y junto a ella el viejo cementerio. La luz de la luna iluminaba las lápidas blancas, recortando sus relieves contra el fondo oscuro de los árboles.

—¡Qué extraño se ve el cementerio a la luz de la luna! —dijo Ruby de pronto—. ¡Qué fantasmagórico! —se estremeció—. Ana, dentro de poco estaré ahí enterrada. Diana y tú y todos los demás seguiréis aquí, llenos de vida, y yo estaré ahí, en ese cementerio, ¡muerta!

Ana se quedó pasmada. Por unos momentos no supo qué decir.

—Sabes que será así, ¿verdad? —insistió Ruby.

—Sí, lo sé —asintió Ana en voz baja—. Lo sé, querida Ruby.

—Todo el mundo lo sabe —observó con amargura—. Yo lo sé... Lo sé desde el principio del verano, pero no quería aceptarlo. Ay, Ana —Se acercó impulsivamente para darle la mano a su amiga, y con voz suplicante añadió —: No quiero morir. Me da miedo morir.

—¿Por qué te da miedo, Ruby? —susurró Ana.

—Porque... porque... No es que tema no ir al cielo, Ana. Soy miembro de la iglesia. Pero... creo que todo será muy distinto... y... me da mucho miedo... y... y... mucha pena. Seguro que el cielo es precioso, porque la Biblia lo dice... Pero no será como yo estoy acostumbrada a que sean las cosas, Ana.

A Ana se le pasó por la cabeza el molesto recuerdo de una anécdota graciosa que le había oído contar a Philippa Gordon, de un anciano que dijo algo muy parecido sobre el otro mundo. En ese otro momento le hizo gracia, y se acordó de cómo se rieron Priscilla y ella. Pero ahora, en los labios temblorosos y pálidos de Ruby, no tenía ni pizca de gracia. Era triste, era trágico... ¡y era cierto! El cielo no podía ser como la vida de Ruby. No había habido nada en su vida alegre y frívola, en sus ideales y aspiraciones superficiales que la preparase para semejante cambio o llegara a convertir la vida en una experiencia extraña, irreal y poco apetecible. Ana pensó, con impotencia, qué podía decir para ayudarla. ¿Podía decir algo?

—Creo, Ruby... —empezó con vacilación, porque a Ana le costaba hablar con los demás de sus emociones más íntimas, o de las ideas nuevas que empezaban a cobrar forma vagamente en sus pensamientos alrededor de los grandes misterios de la vida, esta y la del más allá, y a desbancar sus creencias infantiles. Y hablar de estas cosas con Ruby Gillis era más difícil que con nadie—, creo que quizá tengamos una idea del cielo muy equivocada: de cómo es y lo que nos espera allí. No creo que pueda ser tan distinto de la vida en la tierra como al parecer se imagina la mayoría de la gente. Creo que simplemente seguimos viviendo, de un modo muy similar a como vivimos aquí... y siendo las mismas personas... solo que allí resultará más fácil hacer el bien y... aspirar a lo más alto. Creo que todos los obstáculos y las dudas desaparecerán, y veremos con claridad. No tengas miedo, Ruby.

—No lo puedo evitar —dijo Ruby con mucha pena—. Aunque lo que dices sea cierto... no puedes asegurarlo... A lo mejor es solo tu imaginación... No será igual. No puede serlo. Yo quiero seguir viviendo aquí. Soy muy joven, Ana. No he podido vivir. He luchado con todas mis fuerzas por vivir... y no sirve de nada... tengo que morir... y dejar todo lo que quiero.

Ana sintió un dolor casi insoportable. No podía responder con mentiras piadosas, porque lo que decía Ruby era horrorosamente cierto. Iba a dejar todo aquello que quería. Sus tesoros estaban amarrados a la tierra; había vivido exclusivamente para las pequeñas cosas de la vida —las que no perduran—, olvidándose de las importantes, las que siguen su camino hasta la eternidad, las que tienden un puente sobre el abismo que separa las dos vidas y transforman la muerte en un mero tránsito de una morada a otra: del crepúsculo al día luminoso. Dios cuidaría de Ruby, eso creía Ana, y Ruby aprendería, pero era natural que su alma se aferrase ahora ciegamente a las únicas cosas que conocía y amaba.

Ruby se incorporó, apoyada en un brazo, y volvió sus preciosos ojos azules a la luz de la luna.

—Quiero vivir —dijo, con voz temblorosa—. Quiero vivir como las demás chicas. Quiero casarme, Ana... Y tener hijos. Tú sabes que siempre me han encantado los niños. Ana, esto solo puedo decírtelo a ti. Sé que lo entiendes. Y además, el pobre Herb... Me quiere con locura, y yo lo quiero, Ana. Los demás no significan nada para mí, pero él sí... Y si pudiera vivir me casaría con él y sería muy feliz. ¡Ay, Ana, esto es muy duro!

Ruby se dejó caer en las almohadas y rompió a llorar. Ana le apretó la mano, ahogándose de compasión: una compasión silenciosa que tal vez ayudase a Ruby más que unas palabras entrecortadas e imperfectas, porque poco a poco se tranquilizó y dejó de sollozar.

—Me alegro de habértelo dicho, Ana —susurró—. El mero hecho de decirlo me ha ayudado. Llevo todo el verano queriendo decírtelo, cada vez que venías. Quería hablar contigo, pero no podía. Era como si al decir que iba a morirme me moriría con toda seguridad, y también si alguien lo decía o lo insinuaba. Yo no lo decía ni lo pensaba. De día, cuando estaba rodeada de gente y de alegría, no me costaba tanto no pensarlo. Pero de noche, cuando no podía dormir, era horroroso, Ana. Entonces no podía quitármelo de la cabeza. La muerte venía y me miraba a la cara hasta que me asustaba tanto que me daban ganas de gritar.

—Pero ¿verdad que ya no tendrás miedo, Ruby? Serás valiente y creerás que todo saldrá bien.

—Lo intentaré. Intentaré pensar en lo que has dicho, y creerlo. Y tú vendrás lo más a menudo que puedas, ¿verdad, Ana?

—Sí, cielo.

—Ya... ya no queda mucho, Ana. Estoy segura. Y prefiero estar contigo antes que con nadie. Siempre me has caído mejor que todas las demás. Tú nunca eras envidiosa o mezquina como algunas. La pobre Em White vino ayer a verme. ¿Te acuerdas de que Em y yo fuimos muy amigas tres años, cuando íbamos a la escuela? Y luego nos peleamos, el día del concierto. Desde entonces no nos hablábamos. ¡Menuda tontería! Todas estas cosas ahora parecen tonterías. Pero Em y yo hablamos ayer de esa pelea. Me dijo que quería hablarme desde hace años, pero creía que yo no quería. Y yo nunca le hablaba porque estaba segura de que ella no quería. ¿Verdad que es raro cómo nos malinterpretamos los unos a los otros, Ana?

—Creo que la mayor parte de los problemas en la vida vienen de un malentendido —dijo Ana—. Ahora tengo que irme, Ruby. Es tarde... y tú no deberías estar aquí con esta humedad.

—Vuelve pronto.

—Sí, muy pronto. Y si puedo hacer algo por ti lo haré encantada.

—Lo sé. Ya me has ayudado. Ahora nada me parece tan horrible. Buenas noches, Ana.

—Buenas noches, cielo.

Ana volvió a casa muy despacio a la luz de la luna. La velada había hecho que algo cambiara para ella. La vida tenía otro sentido, un propósito más profundo. Superficialmente todo sería igual, pero algo se había movido en las profundidades. No quería sentirse como la pobre Ruby. Cuando llegara al final de una vida, no quería encarar la siguiente con el terror paralizante de que la esperaba algo completamente distinto, algo para lo que los ideales, las aspiraciones y el pensamiento común no la habían preparado. Las pequeñas cosas de la vida, por dulces y estupendas que fueran, no podían ser el único motivo para vivir; había que buscar y perseguir las más altas; la vida celestial tenía que empezar aquí, en la tierra.

Esa noche tan importante en el jardín fue la última. Ana nunca volvió a ver a Ruby con vida. Al día siguiente, los de la Asociación para la Mejora

de Avonlea daban una fiesta para despedirse de Jane Andrews antes de que se marchara al oeste. Y mientras los pies ligeros bailaban, y había en los ojos un brillo risueño, y las lenguas parloteaban alegremente, llegó para un alma de Avonlea una citación imposible de pasar por alto o eludir. A la mañana siguiente, corrió de casa en casa la noticia de que Ruby Gillis había muerto. Murió mientras dormía, en paz y sin dolor, y había en su rostro una sonrisa, como si la muerte finalmente hubiera venido a ayudarla a cruzar el umbral como una buena amiga y no como el fantasma espeluznante que Ruby tanto temía.

La señora Rachel Lynde señaló con mucho énfasis, después del funeral, que el de Ruby Gillis era el cadáver más bonito que había visto en la vida. Su encanto, vestida de blanco y entre las delicadas flores que Ana colocó a su alrededor, se recordó y comentó en Avonlea durante años. Ruby siempre había sido guapa, pero su belleza era de este mundo, terrenal; hasta tenía un punto de insolencia, como si alardeara de sí misma cuando la contemplaban; a la belleza de Ruby siempre le había faltado el brillo del espíritu y el refinamiento de la inteligencia. Pero la muerte había tocado y consagrado su belleza, dando a sus rasgos una pureza y a sus contornos una delicadeza que nunca habían tenido... Las que la vida y el amor y las profundas penas y alegrías de la feminidad podrían haberle dado. Ana, contemplando entre un velo de lágrimas a su amiga de la infancia, creyó ver el rostro que Dios había querido dar a Ruby, y así la recordó para siempre.

La señora Gillis llamó a Ana y se la llevó a una habitación vacía para entregarle un paquetito antes de que el cortejo fúnebre saliera de la casa.

—Quiero que tengas esto —dijo entre sollozos—. A Ruby le habría gustado dejártelo. Es el tapete que estaba bordando. Aún no está terminado: la aguja sigue tal como la dejaron sus deditos la última vez que la clavó, la tarde antes de que muriera.

—Siempre queda una labor sin terminar —sentenció la señora Lynde, con los ojos llenos de lágrimas—. Aunque supongo que siempre habrá quien la termine.

—Cuánto cuesta aceptar que una persona a la que conocemos de toda la vida pueda estar muerta —dijo Ana cuando volvía a casa con Diana—. Ruby es la primera de nuestras compañeras de clase que se va. Una a una, tarde o temprano, todas nos iremos.

—Sí, supongo que sí —asintió Diana con incomodidad. No le apetecía hablar de eso. Habría preferido comentar los detalles del funeral: el espléndido féretro de terciopelo blanco que el señor Gillis había encargado para Ruby («los Gillis siempre despilfarrando, hasta en los funerales», había señalado la señora Lynde); la tristeza de Herb Spencer, o la pena inconsolable de una de las hermanas de Ruby. Pero Ana no hablaba de esas cosas. Parecía absorta en ensoñaciones en las que Diana, esa fue su triste sensación, no tenía ni arte ni parte.

—Ruby Gillis era muy divertida —dijo Davy de pronto—. ¿Se reirá tanto en el cielo como se reía en Avonlea, Ana? Me gustaría saberlo.

—Sí, yo creo que sí —asintió Ana.

—Qué cosas dices, Ana —protestó Diana con una sonrisa escandalizada.

—¿Por qué no, Diana? —preguntó Ana, muy seria—. ¿Crees que en el cielo nunca nos reiremos?

—Pues... no sé —Diana no encontraba las palabras—. Por algún motivo no me parece bien. Ya sabes que está muy mal reírse en la iglesia.

—Pero el cielo no será como la iglesia... siempre —contestó Ana.

—Eso espero —dijo Davy con mucho énfasis—. Si lo es no quiero ir. La iglesia es aburridísima. De todos modos, no pienso irme hasta dentro de mucho tiempo. Pienso vivir cien años, como el señor Thomas Blewett de White Sands. Dice que ha vivido tanto porque siempre ha fumado tabaco y eso mata todos los gérmenes. ¿Puedo empezar pronto a fumar tabaco, Ana?

—No, Davy. Espero que no fumes nunca —contestó Ana, distraída.

—¿Y cómo te sentirás si luego me matan los gérmenes? —preguntó Davy.

Capítulo XV
UN SUEÑO
PATAS ARRIBA

Una semana más y estaremos de nuevo en Redmond —dijo Ana. Le alegraba pensar que volvía al estudio, a las clases y a los amigos de Redmond. También tejía visiones agradables en torno a la Casa de Patty. Esta casa le producía una cálida sensación de hogar, aun cuando nunca hubiera vivido en ella.

Pero el verano también había sido feliz, un tiempo alegre de vivir con los soles y los cielos del verano, un tiempo de disfrutar profundamente de las cosas sanas; un tiempo de renovarse y estrechar antiguas amistades; un tiempo en el que había aprendido a vivir con más nobleza, a trabajar con más paciencia y a jugar con más ganas.

«No todas las lecciones de la vida se aprenden en la universidad —pensó—. La vida las enseña en todas partes.»

Por desgracia, la última semana de estas alegres vacaciones se estropeó para Ana por uno de esos traviesos incidentes que son como un sueño puesto patas arriba.

—¿Has escrito más relatos últimamente? —le preguntó el señor Harrison con buena fe una tarde que Ana había ido a tomar el té con él y su mujer.

—No —fue la cortante respuesta de Ana.

—No pretendía ofender. La señora Sloane me dijo el otro día que hace un mes dejaron en la estafeta un sobre grande dirigido a Montreal, a la Empresa Rollings de Levadura de Calidad, y sospechó que alguien aspiraba al premio que ofrecían: al mejor relato que incluya el nombre de su levadura. Dice que la letra del sobre no era tuya, pero pensé que podías ser tú.

—¡Pues no! Vi el anuncio del premio, pero nunca se me ocurriría presentarme. Sería una vergüenza escribir un relato para anunciar levadura. Me parece casi tan horrible como esa cerca con anuncios de medicamentos patentados de Judson Parker.

Con esta altivez respondió Ana, sin imaginarse que pronto iba a cruzar el valle de la humillación. Esa misma tarde, Diana apareció en la buhardilla con los ojos chispeantes, las mejillas sonrosadas y una carta en la mano.

—Mira, Ana, ha llegado una carta para ti. Estaba en correos y se me ocurrió traerla. Ábrela enseguida. Si es lo que creo que es me volveré loca de alegría.

Ana, desconcertada, abrió la carta y echó un vistazo al texto escrito a máquina.

Señorita Ana Shirley
Tejas Verdes
Avonlea
Isla del príncipe Eduardo

Estimada señorita:

Nos complace comunicarle que su delicioso relato, *La expiación de Averil,* ha ganado el premio de veinticinco dólares que se ofrecía en nuestro reciente concurso. Adjuntamos el cheque correspondiente. Estamos tramitando su publicación en varios destacados periódicos canadienses y también nos proponemos imprimirlo en un folleto para distribuirlo entre nuestros clientes.

Agradeciendo el interés que ha manifestado por nuestra empresa, le saluda atentamente,

Rollings, Levadura de Calidad

—No lo entiendo —dijo Ana, atónita.

Diana rompió a aplaudir.

—Sabía que ganarías el premio: estaba segura. Envié tu relato al concurso.

—¡Diana... Barry!

—Sí —asintió Diana contentísima, subiéndose a la cama—. Cuando vi el anuncio me acordé al momento del relato. Al principio pensé pedirte que lo enviaras, pero sospeché que no querrías, viendo la poca fe que te quedaba. Entonces decidí enviar la copia que me diste, sin decir nada. Así, si no ganabas, nunca lo sabrías y no te llevarías una desilusión, porque los relatos perdedores no se devolvían, y si ganabas te llevarías una sorpresa maravillosa.

Diana no era la más perspicaz de las mortales, pero en ese momento cayó en la cuenta de que Ana no parecía precisamente exultante. Sorprendida sí, eso era indudable, pero ¿ilusionada?

—¡Oye, Ana, no pareces nada contenta!

Ana se las arregló para componer una sonrisa un poco forzada.

—Cómo no voy a estar contenta con tu generosidad y tus ganas de darme una alegría —dijo despacio—. Es que estoy... tan sorprendida que... no me lo creo... y no lo entiendo. No había en mi relato una sola palabra sobre... sobre... —Ana tragó saliva para decir—: levadura.

—Ah, la puse yo —anunció Diana—. Fue facilísimo... y también me ayudó la experiencia de nuestro club de relatos, claro. Sabes que hay una escena en la que Averil prepara un bizcocho. Simplemente subrayé que utilizaba levadura Rollings y por eso había salido tan bien; y luego, en el último párrafo, cuando Parsifal estrecha a Averil entre sus brazos y le dice: «Cariño, en los hermosos años futuros, el hogar de nuestros sueños se hará realidad». Pues yo añadí: «Y en ese hogar nunca utilizaremos una levadura que no sea Rollings».

—¡Ay! —exclamó Ana con un hilo de voz, como si le hubieran echado un jarro de agua fría.

—Y has ganado los veinticinco dólares —añadió Diana, radiante de alegría—. ¡Y mira que una vez le oí decir a Priscilla que *Canadian Woman* solo paga cinco dólares por relato!

Ana sacó del sobre el odioso cheque rosa con los dedos temblorosos.

—No puedo aceptarlo. Te corresponde a ti. Tú enviaste el relato y tú hiciste los cambios. Yo... sinceramente nunca lo habría enviado. Así que tienes que aceptar el cheque.

—Más quisiera —dijo Diana con desdén—. No me costó ningún trabajo. El honor de ser amiga de la ganadora del premio es más que suficiente para mí. Bueno, tengo que irme. Quería ir derecha a casa desde la estafeta, porque tenemos visitas, pero no podía dejar de venir para oír las noticias. Me alegro muchísimo por ti, Ana.

Ana se inclinó de repente, abrazó a Diana y le dio un beso en la mejilla.

—Eres la amiga más dulce y fiel del mundo, Diana —dijo, con una nota de temblor en la voz—, y te aseguro que aprecio tus intenciones.

Diana se marchó, colorada y satisfecha, y la pobre Ana, después de tirar el inocente cheque al cajón de su escritorio, como si fuera dinero manchado de sangre, se echó en la cama y lloró de vergüenza, con su sensibilidad horrorizada. ¡Nunca lo superaría! ¡Nunca!

Gilbert llegó cuando ya empezaba a oscurecer, cargado de felicitaciones, porque había pasado por El Bancal y se había enterado de la noticia. Pero las felicitaciones se murieron en sus labios al ver la cara de Ana.

—Pero, Ana, ¿qué pasa? Esperaba encontrarte radiante por haber ganado el premio de levadura Rollings. ¡Enhorabuena!

—Ay, Gilbert, tú no —le imploró Ana, como quien dice: «¿Tú también, Bruto?»—. Creía que tú lo entenderías. ¿No ves que es horroroso?

—Pues la verdad es que no. ¿Qué tiene de malo?

—Todo —se lamentó Ana—. Me siento deshonrada para siempre. ¿Cómo crees que se sentiría una madre al ver a su hijo tatuado con un anuncio de levadura? Pues así me siento yo. Me encantaba mi cuentito, y lo escribí poniendo en él lo mejor de mí. Y es un sacrilegio rebajarlo al nivel de un anuncio de levadura. ¿No te acuerdas de lo que nos decía el profesor Hamilton en clase de literatura, en Queen's? Decía que no escribiéramos nunca una sola palabra por motivos mezquinos o indignos, sino que nos aferráramos siempre a los ideales más nobles. ¿Qué pensará cuando se entere de que he escrito un relato para hacer publicidad de levadura

Rollings? ¡Y, ay, cuando se sepa en Redmond! ¡Imagínate cómo se van a burlar de mí!

—Ya verás como no —contestó Gilbert, con la incómoda duda de si era la maldita opinión de un alumno de tercero en particular lo que preocupaba a Ana—. En Redmond pensarán lo mismo que yo: que tú, que eres como nueve de cada diez de nosotros y no tienes el peso de la riqueza, has aprovechado esta oportunidad para ganar honradamente unos peniques que te ayudarán a pasar el año. Yo no veo nada indigno ni mezquino en eso, y tampoco nada ridículo. Naturalmente que uno prefiere escribir obras maestras de la literatura... pero hay que pagar la matrícula y los gastos de alojamiento.

Esta visión sensata y práctica del caso animó un poco a Ana. Al menos le quitó el miedo a que se burlaran de ella, aunque la profunda herida de los ideales ofendidos persistió.

Capítulo XVI
ACOPLANDO LAS PERSONALIDADES

—Es la casa más hogareña que he visto en la vida: más hogareña que un hogar —aseguró Philippa Gordon, mirando a su alrededor con ojos encantados. Estaban reunidos, al caer la tarde, en la amplia sala de estar de la Casa de Patty: Ana y Priscilla, Stella y Phil, la tía Jamesina, Rusty, Joseph, la gata Sarah, y Gog y Magog. Las sombras del fuego bailaban en las paredes; los gatos ronroneaban, y un enorme jarrón de crisantemos de invernadero que Phil había recibido de una de sus víctimas iluminaba la penumbra dorada como lunas cremosas.

Hacía tres semanas que se consideraban instaladas y ya creían que el experimento sería un éxito. La primera quincena había sido emocionante y divertida; se ocuparon de equipar la casita, organizarla y ajustar diferencias de opinión.

Ana no sintió demasiada pena de dejar Avonlea cuando llegó el momento de volver a Redmond. Los últimos días de las vacaciones no habían sido agradables. El relato premiado se publicó en los diarios de la isla, y el señor William Blair tenía en el mostrador del almacén un montón de folletos amarillos, verdes y rosas con el cuento impreso, y regalaba uno a cada cliente. Le envió unos cuantos de cortesía a Ana, que los tiró enseguida al horno de la cocina. Su humillación era únicamente consecuencia de sus ideales, porque en Avonlea a todo el mundo le parecía espléndido que hubiese ganado el premio. Sus muchos amigos la miraban con sincera admiración; sus pocos enemigos con desdeñosa envidia. Josie Pye dijo que creía que Ana Shirley había copiado el relato; estaba segura de haberlo leído en un periódico hacía unos años. Los Sloane, que habían descubierto o adivinado que Ana le había dado calabazas a Charlie, señalaron que no veían motivo para tanto orgullo: eso podía hacerlo casi cualquiera que se lo propusiera. La tía Atossa le dijo a Ana que le había disgustado mucho enterarse de que le había dado por escribir novelas; que eso no lo haría nadie que hubiera nacido y se hubiera criado en Avonlea; que eso pasaba por adoptar huérfanos de Dios sabe dónde con Dios sabe qué padres. Incluso la señora Lynde tenía oscuras dudas sobre el decoro de escribir ficción, aunque gracias al cheque de veinticinco dólares casi llegó a reconciliarse con la idea.

—Es increíble lo que pagan por contar mentiras —señaló, entre orgullosa y severa.

En conjunto, fue un alivio que llegara el momento de marcharse. Y resultó muy agradable volver a Redmond, con la sabiduría y la experiencia de una alumna de segundo y montones de amigos a quienes saludar el primer día de curso, un día muy alegre. Ahí estaban Pris, Stella y Gilbert, y Charlie Sloane, dándose unos aires de importancia como nunca se habían visto en un estudiante de segundo; y Phil, que seguía sin resolver el dilema de Alec y Alonzo; y Moody Spurgeon MacPherson. Moody Spurgeon había sido maestro de escuela desde que salieron de la Academia de Queen's, pero su madre había llegado a la conclusión de que ya era hora de centrarse en estudiar para sacerdote. El pobre Moody tuvo muy mala suerte en sus comienzos universitarios. Media docena de compañeros de segundo con los que compartía pensión lo cazaron una noche y le afeitaron la cabeza. De esta guisa tuvo que ir a clase el pobrecillo hasta que le volvió a crecer el pelo. Le dijo a Ana, con rencor, que a veces dudaba de si de verdad estaba llamado al sacerdocio.

La tía Jamesina no llegó hasta que las chicas tuvieron la Casa de Patty lista para recibirla. La señorita Patty le había enviado la llave a Ana, junto con una carta en la que le pedía que guardaran a Gog y Magog en una caja y la metieran debajo de la cama de la habitación libre, pero que los sacaran cuando quisieran; en una posdata añadía que esperaba que las chicas tuvieran cuidado al colgar cuadros. Habían empapelado la sala de estar hacía cinco años y no querían agujerear el papel más de lo estrictamente necesario. Todo lo demás lo dejaba al cuidado de Ana.

¡Cuánto disfrutaron las chicas haciendo su nido! Como dijo Phil, era casi tan bonito como casarse: con lo divertido de crear un hogar y sin el incordio de un marido. Todas llevaron algo para decorar o poner cómoda la casita. Pris, Stella y Phil llegaron cargadas de chucherías y cuadros que procedieron a colgar según sus gustos, sin tener en cuenta el papel nuevo de la señorita Patty.

—Taparemos los agujeros con masilla cuando nos vayamos y no se enterará —contestaron a las protestas de Ana.

Diana le había regalado a Ana un cojín de agujas de pino, y la señorita Ada les había dado a Priscilla y a ella otro cojín prodigiosa y desmedidamente bordado. Marilla había enviado una caja enorme de conservas, y también insinuó veladamente algo de un cesto para Acción de Gracias; y la señora Lynde le regaló a Ana una colcha de retazos y le prestó otras cinco.

—Llévatelas —dijo en tono autoritario—. Mejor usarlas que tenerlas guardadas en un baúl del desván para que se las coman las polillas.

Ninguna polilla se habría atrevido jamás a acercarse a esas colchas, porque despedían tal tufo a alcanfor que tuvieron que dejarlas colgadas dos semanas en el huerto de la Casa de Patty antes de que fuera posible soportar el olor dentro. Francamente, en la aristocrática avenida Spofford jamás se había visto semejante escena. El anciano y huraño millonario que vivía en la puerta de al lado se presentó un día con la intención de comprar la maravillosa colcha de tulipanes rojos y amarillos que la señora Lynde le había regalado a Ana. Dijo que su madre hacía colchas como esa, y ¡por Dios! quería una colcha que le recordase a ella. Para su decepción, Ana no quiso vendérsela, pero se lo contó todo en una carta a la señora Lynde, y la artista, sumamente agradecida, contestó que tenía una igual de sobra, y así el rey del tabaco consiguió finalmente su colcha y se empeñó en ponerla en su cama, con gran disgusto de su elegante mujer.

Las colchas de la señora Lynde resultaron muy útiles ese invierno. La Casa de Patty, a pesar de sus muchas virtudes, tenía también sus defectos. Era muy fría, y cuando llegaron las noches de heladas las chicas se alegraron muchísimo de acurrucarse debajo de las colchas de la señora Lynde, con la esperanza de corresponder al préstamo tal como merecía. Ana se quedó con la habitación azul que tanto le gustó a primera vista. Priscilla y Stella compartían la grande. Phil estaba feliz con su cuartito, encima de la cocina; y la tía Jamesina ocuparía el de abajo, el que daba a la sala de estar. Rusty al principio dormía en el umbral de la puerta.

Cuando volvía de clase unos días después de su llegada, Ana tomó nota de que la gente con la que se cruzaba la observaba con una velada sonrisa de indulgencia. Se preguntó con paciencia qué pasaba. ¿Llevaba el sombrero torcido? ¿El cinturón suelto? Y al estirar la cabeza para investigar, vio a Rusty por primera vez.

Trotando a su lado, pegado a sus talones, iba el ejemplar más abandonado de la tribu felina que había visto en la vida. El animal —desaliñado, flaco y con una pinta muy poco respetable— ya no era un gatito. Le faltaban trozos en las dos orejas, tenía un ojo temporalmente averiado y una mandíbula hinchada hasta un extremo absurdo. En cuanto a su color, si se chamuscara a conciencia a un gato negro, el resultado se habría parecido al tono de pelo de este gato mugriento y esquelético.

Ana lo ahuyentó, pero el gato no se iba. Cuando ella se paraba, el gato se sentaba y la miraba con un gesto de reproche en el único ojo bueno; cuando reanudaba el paso, el gato la seguía. Se resignó a la compañía del gato hasta que llegó a la verja de la Casa de Patty y le dio fríamente con ella en las narices, suponiendo ingenuamente que no volvería a verlo. Pero quince minutos después, cuando Phil entró por la puerta, ahí estaba el gato marrón oxidado, en el umbral. Y no solo eso, sino que entró como una flecha y se subió de un salto al regazo de Ana, con un maullido entre suplicante y triunfal.

—Ana —dijo Stella con aspereza—. ¿Es tuyo ese gato?

—¡No! —protestó Ana—Me ha seguido hasta casa desde no sé dónde. No he podido librarme de él. Eh, abajo. Los gatos limpios me gustan relativamente, pero las bestias con una pinta como la tuya no.

Pero el gatito se negaba a bajar. Tuvo la desfachatez de acurrucarse en el regazo de Ana y ponerse a ronronear.

—Es evidente que te ha adoptado —dijo Priscilla con una carcajada.

—Yo no quiero que me adopte —insistió Ana.

—El pobrecillo está muerto de hambre —se compadeció Phil—. Casi se le ven los huesos.

—Bueno, le daré una comida en condiciones y luego tendrá que volver donde estaba —contestó Ana con determinación.

Dieron de comer al gato y lo sacaron de casa. A la mañana siguiente seguía en el umbral. Y en el umbral siguió sentado para entrar corriendo cada vez que se abría la puerta. La frialdad del recibimiento no surtía en el gato el más mínimo efecto; él solo se fijaba en Ana. Las chicas le daban de comer por compasión, hasta que al cabo de una semana decidieron que tenían que hacer algo. El aspecto del gato había mejorado. El ojo y la mejilla habían recuperado su estado normal; ya no estaba tan flaco, y hasta lo habían visto lavarse la cara.

—Pero a pesar de todo no podemos quedarnos con él —dijo Stella—. La tía Jimsie viene la próxima semana y trae con ella a su gata Sarah. No podemos tener dos gatos, y si nos quedáramos con este gato de pelo oxidado estaría peleándose con Sarah a todas horas. Es guerrero por naturaleza. Anoche tuvo una batalla brutal con el gato del rey del tabaco, y lo derrotó, con infantería, caballería y artillería.

—Tenemos que deshacernos de él —asintió Ana, observando con recelo al objeto de la discusión, que ronroneaba en la alfombrilla de la chimenea, manso como un corderito—. Pero la pregunta es ¿cómo? ¿Cómo se deshacen cuatro chicas desprotegidas de un gato que no está dispuesto a permitirlo?

—Habrá que darle cloroformo —dijo Phil a bote pronto—. Es el método más humanitario.

—¿Quién de nosotras sabe dar cloroformo a un gato? —preguntó Ana con pesimismo.

—Yo sé, en serio. Es uno de mis pocos, de mis tristemente pocos conocimientos útiles. Me he deshecho de varios en casa. Hay que atraer al gato por la mañana y darle un buen desayuno. Luego hace falta un saco de arpillera viejo —hay uno en el porche de atrás—para meter al gato dentro, con una caja de madera encima. Luego tomas un frasco de cloroformo de cincuenta mililitros, lo descorchas y lo metes debajo de la caja. Pones un buen peso encima de la caja y lo dejas hasta la noche. El gato se habrá muerto en paz, hecho un ovillo, como si estuviera dormido. Sin dolor... y sin esfuerzo.

—Parece fácil —dijo Ana en tono dubitativo.

—Lo es. Tú déjame a mí. Yo me encargo de todo —le aseguró Phil.

Y así se consiguió el cloroformo y, a la mañana siguiente, las chicas se camelaron a Rusty para facilitar su ejecución. El gato desayunó, lameteó a fondo sus chuletas y se subió al regazo de Ana. El corazón de Ana se llenó de recelo. El pobre gato la quería... y confiaba en ella. ¿Cómo podía tomar parte en su destrucción?

—Venga, llévatelo —le dijo a Phil con precipitación—. Me siento como una asesina.

—No sufrirá —la tranquilizó Phil. Pero Ana se había esfumado.

El sacrificio se ejecutó en el porche de atrás. Nadie se acercó por ahí ese día. Pero, al atardecer, Phil anunció que había que enterrar a Rusty.

—Que Stella y Pris caven la tumba en el huerto —ordenó —, y que Ana me ayude a cargar la caja. Es la parte que menos me gusta.

Las conspiradoras fueron de mala gana al porche de atrás, andando de puntillas. Phil levantó con cuidado la piedra que había puesto encima de la caja. Entonces, aunque muy leve, se oyó un inconfundible maullido dentro de la caja.

—No está... no está muerto —susurró Ana mientras se sentaba con desconcierto en el escalón de la cocina.

—Tiene que estarlo —dijo Phil con incredulidad.

Otro maullido diminuto demostró que no lo estaba. Las chicas se miraron.

—¿Qué hacemos? —dijo Ana.

—¿Por qué narices no venís? —preguntó Stella, que acababa de aparecer en el umbral—. Ya está lista la tumba. «¿Cómo? ¿Silencio aún y todo silenciado?», citó en broma.

—«¡Ay, no! Las voces de los muertos resuenan como un torrente a lo lejos» —recitó impulsivamente Ana, continuando la cita a la vez que señalaba la caja con aire solemne.

Una carcajada diluyó la tensión.

—Tenemos que dejarlo ahí dentro hasta mañana —decidió Phil. Y volvió a poner la piedra encima de la caja—. Hace un rato que no maúlla. A lo mejor los maullidos que hemos oído eran sus últimos gemidos. O a lo mejor solo nos lo hemos imaginado, con tanto cargo de conciencia.

Pero, al levantar la caja al día siguiente, Rusty subió de un salto alegremente al hombro de Ana y se puso a lamerle la cara con cariño. Nunca se había visto un gato más vivo.

—Hay un agujero en la caja —se lamentó Phil—. No lo había visto. Por eso no se ha muerto. Ahora tenemos que empezar de nuevo.

—No —Ana se opuso inesperadamente—. No vamos a matar a Rusty por segunda vez. Es mi gato... Tendréis que aceptarlo.

—Vale, si te pones de acuerdo con la tía Jimsie y la gata Sarah —dijo Stella, como quien se lava las manos.

Desde ese día Rusty fue uno más de la familia. Dormía de noche en el felpudo del porche trasero y vivía a cuerpo de rey. Para cuando llegó la tía Jamesina se había convertido en un gato gordo, lustroso y razonablemente respetable. Pero, como el gato de Kipling, «hacía de su capa un sayo». Andaba a la gresca con todos los gatos del vecindario, y todos los gatos con él. Uno a uno, fue derrotando a los aristocráticos felinos de la avenida Spofford. Y, en cuanto a las personas, quería a Ana y solo a Ana. Nadie más se atrevía a acariciarlo. Respondía a quien lo intentara con un bufido colérico y algo muy parecido al lenguaje vulgar.

—¡Este gato se da unos aires insoportables! —protestaba Stella.

—Es un lindo minino —proclama Ana con desafío mientras hacía arrumacos a su gatito.

—Pues yo no sé si Sarah y él serán capaces de convivir —decía Stella con pesimismo—. Bastante tenemos ya con las peleas de noche en el huerto. No quiero ni pensar en peleas de gatos aquí dentro de casa.

Por fin llegó la tía Jamesina. Ana, Priscilla y Phil la esperaban con reticencia, pero cuando la vieron en su mecedora, delante de la chimenea, como en un trono, se inclinaron ante ella figurativamente y la veneraron.

La tía Jamesina era una mujercilla diminuta, con la cara pequeña y ligeramente triangular, y unos ojos grandes, dulces y azules con un inapagable brillo juvenil y tan llenos de esperanza como los de una muchacha. Tenía las mejillas sonrosadas, y el pelo blanco le adornaba las orejas como unas nubecillas.

—Es un peinado muy anticuado —dijo mientras tejía hacendosamente una labor tan delicada y rosa como una nube al atardecer—. Pero es que yo soy anticuada. Mi ropa lo es, y salta a la vista que mis opiniones también lo son. Que conste que con eso no quiero decir que sean mejores. De hecho, yo diría que son mucho peores. Pero son bonitas, además de suaves y cómodas. Los zapatos de ahora son más elegantes que los antiguos, pero los antiguos son más cómodos. Yo ya tengo edad suficiente para darme caprichos en cuestión de zapatos y opiniones. Tengo intención de tomármelo todo con mucha calma. Sé que esperáis que os cuide, pero no pienso. Tenéis edad de sobra para saber cómo hay que comportarse. Por mí —añadió la tía Jamesina con un brillo en sus ojos juveniles— podéis perjudicaros como más os guste.

—Por favor, ¿puede alguien separar a esos gatos? —rogó Stella, estremeciéndose.

La tía Jamesina había traído no solo a la gata Sarah sino también a Joseph. Joseph, explicó, era el gato de una buena amiga que se había ido a vivir a Vancouver.

—No podía llevarse a Joseph y me pidió que lo adoptara. No me pude negar. Es un gato muy guapo, es decir, guapo de carácter. Le puso Joseph porque tiene el pelo de muchos colores.

Y era cierto. Joseph, como señaló Stella con disgusto, parecía hecho de retazos. Resultaba imposible decir qué color predominaba. Tenía las patas

blancas con manchas negras. El lomo era gris, con un enorme parche amarillo a un lado y un parche negro al otro. La cola era amarilla con la punta gris. Tenía una oreja negra y la otra amarilla. Una mancha negra en un ojo le daba un temible aire de rufián. En realidad era manso, inofensivo y sociable. En un sentido Joseph era como una flor del campo. Ni se fatigaba ni hacía trastadas ni cazaba ratones. Pero ni el mismo Salomón, con toda su riqueza, dormía en lecho más blando ni se daba festines mejores y más abundantes.

Joseph y Sarah llegaron por envío exprés, en cajas separadas. Una vez liberados y alimentados, Joseph escogió el cojín y el rincón que más le gustó, mientras la gata Sarah se sentaba con mucha ceremonia delante de la chimenea y procedía a lavarse la cara. Era una gata gris y blanca, grande y pulcra, con una enorme dignidad en modo alguno alterada por la conciencia de su origen plebeyo. Su lavandera se la había regalado a la tía Jamesina.

—Se llamaba Sarah, y por eso mi marido siempre llamó Sarah a esta gata —explicó—. Tiene ocho años y es una buena gata ratonera. No te preocupes, Stella. Esta gata nunca se pelea y Joseph muy rara vez.

—Pues aquí tendrán que pelearse en defensa propia —dijo Stella.

En ese momento entró en escena Rusty. Cruzó brincando la mitad de la sala antes de ver a los intrusos. Entonces se paró en seco, con la cola hinchada, como multiplicada por tres, el pelo encrespado y el lomo arqueado en actitud de ataque. Luego bajó la cabeza, lanzó un grito de odio y desafío aterrador y se abalanzó sobre la gata Sarah.

La majestuosa felina había dejado de lavarse la cara y observaba a Rusty con curiosidad. Respondió a la embestida con un desdeñoso movimiento de la amplia zarpa. Rusty echó a rodar por la alfombrilla sin poder defenderse; se incorporó como aturdido. ¿Qué clase de gata era aquella que se atrevía a darle un manotazo en las orejas? La observó con desconfianza. ¿La atacaba o no? La gata le dio la espalda intencionadamente y reanudó su aseo. Rusty decidió no atacar. Jamás atacó a Sarah. Desde ese momento, la gata llevó la voz cantante. Rusty nunca volvió a meterse con ella.

Pero Joseph cometió la imprudencia de sentarse y bostezar. Rusty, que ardía en deseos de vengar su humillación, se le echó encima. Joseph, aunque pacífico por naturaleza, podía pelear de vez en cuando y pelear bien. Esto desencadenó una secuencia de batallas. Todos los días, Rusty y Joseph se enzarzaban nada más verse. Ana se ponía de parte de Rusty y detestaba a Joseph. Stella estaba desesperada, pero a la tía Jamesina le hacía gracia.

—Dejad que se peleen —decía con tolerancia—. Ya se harán amigos. A Joseph le viene bien un poco de ejercicio: se estaba poniendo demasiado gordo. Y Rusty tiene que aprender que no es el único gato en el mundo.

Con el tiempo, Joseph y Rusty aceptaron la situación y pasaron de ser enemigos jurados a jurarse amistad eterna. Dormían en el mismo cojín, abrazados con las zarpas, y se lavaban la cara el uno al otro con mucha parafernalia.

—Todos nos hemos acoplado —señaló Phil—. Y también hemos aprendido a barrer el suelo y a fregar los platos.

—Pero no vuelvas a intentar convencernos de que puedes deshacerte de un gato con cloroformo —dijo Ana, riéndose.

—Fue por culpa del agujero —protestó Phil.

—Menos mal que había un agujero —dijo la tía Jamesina con severidad—. Reconozco que a los gatitos recién nacidos hay que ahogarlos, porque de lo contrario ocuparían el mundo entero. Pero a ningún gato adulto que sea decente se le debe matar: a menos que le dé por comerse los huevos.

—No habría dicho que Rusty era decente si lo hubiera visto cuando llegó —dijo Stella—. Parecía el mismísimo diablo.

—Yo no creo que el diablo sea tan feo —señaló la tía Jamesina con aire pensativo—. Si lo fuera no podría hacer tanto daño. Siempre me lo imagino como un caballero muy atractivo.

Capítulo XVII
UNA CARTA DE DAVY

—Chicas, está empezando a nevar —dijo Phil al entrar en casa una tarde de noviembre— y el camino del jardín está todo cubierto de estrellitas y cruces. Nunca me había fijado en lo exquisitos que son los copos de nieve. Cuando se lleva una vida sencilla hay tiempo para fijarse en estas cosas. Gracias a todas por permitirme vivir esta vida. Es maravilloso preocuparse porque la libra de mantequilla ha subido cinco centavos.

—¿Ha subido? —preguntó Stella, que era la encargada de llevar las cuentas de la casa.

—Pues sí: y aquí tienes tu mantequilla. Me estoy haciendo experta en compras. Es más divertido que coquetear —dijo Phil muy seria.

—Está subiendo todo escandalosamente —suspiró Stella.

—No os preocupéis. Por suerte, el aire y la salvación siguen siendo gratis —señaló la tía Jamesina.

—Y la risa también —añadió Ana—. De momento no está sujeta a impuestos, y eso es bueno porque ahora mismo os vais a reír. Voy a leeros la carta de Davy. Ha mejorado muchísimo su ortografía en el último año, aunque sigue algo flojo en puntuación. Pero está claro que tiene el don de escribir cartas interesantes. Escuchad y reíos, antes de que volvamos a la tortura del estudio.

La carta de Davy decía:

Querida Ana:

Cojo la pluma para decirte que estamos muy bien y espero que tú también lo estés. Hoy nieva un poco y Marilla dice que la anciana del cielo está sacudiendo las plumas de su cama. ¿Es buena la anciana del cielo, Ana? Me gustaría saberlo.

La señora Lynde ha estado muy mala pero ya está mejor. Se cayó por las escaleras del sótano la semana pasada. Al caer se sujetó al estante donde están los cántaros de leche y las cazuelas, y el estante se soltó y se cayó con ella y el ruido fue tremendo. Marilla al principio creyó que había un terremoto.

Una de las cazuelas se ha quedado toda abollada y la señora Lynde se hizo daño en las costillas. Vino el médico y le dio una medicina para que se frotara las costillas pero la señora Lynde no lo entendió y se la bebió en vez de frotársela. El médico dijo que era un milagro que no la matara pero no la mató y le curó las costillas y el médico dice que no se explica cómo. Pero la cazuela no hemos podido arreglarla. Marilla la tuvo que tirar. La semana pasada fue Acción de Gracias. No hubo clase y tuvimos una cena de las buenas. Comí pastel de picadillo de fruta y pavo asado y bizcocho de fruta y rosquillas y queso y jamón y bizcocho de chocolate. Marilla dijo que me iba a morir pero no me morí. A Dora le dolían los oídos después aunque en realidad no eran los oídos era el estómago. A mí no me dolía nada.

Ahora tenemos un maestro. Hace cosas graciosas. La semana pasada nos puso a los chicos de tercero una redación de cómo nos gustaría que fuera nuestra mujer y a las chicas cómo les gustaría que fuera su marido. Casi se muere de risa al leerlas. Esta era la mía. He pensado que te gustaría verla.

Qué tipo de mujer me gustaría tener.

Que tenga buenos modales y la comida preparada a tiempo y haga lo que le digo y sea siempre muy educada conmigo. Tiene que tener quince años. Tiene que ser buena con los pobres y tener la casa ordenada y tener buen carácter y ir a la iglesia todos los domingos. Tiene que ser muy guapa y con el pelo rizado. Si encuentro una mujer que es justo como quiero seré un marido buenísimo con ella. Creo que una mujer tiene que ser buenísima con su marido. Algunas mujeres las pobres no tienen marido.

FIN

La semana pasada fue el funeral de la mujer de Isaac Wrights en White Sands. El marido del cadáver estaba muy triste. La señora Lynde dice que el abuelo de la señora Wright robó una oveja pero Marilla dice que no debemos hablar mal de los muertos. ¿Por qué no, Ana? Me gustaría saberlo. ¿Verdad que no es peligroso?

La señora Lynde se enfadó mucho el otro día cuando le pregunté si ella ya vivía en los tiempos de Noé. Yo no quería ofenderla. Solo quería saberlo. ¿Vivía, Ana?

El señor Harrison quería librarse de su perro así que lo ahorcó una vez pero resucitó y se escondió en el granero mientras el señor Harrison estaba cavando la tumba, así que lo ahorcó otra vez y esta vez ya se quedó muerto. El señor Harrison tiene un nuevo ayudante. Es un hombre muy patoso. El señor Harrison dice que es zurdo de los dos pies. El ayudante del señor Barry es un vago. Es la señora Barry quien lo dice pero el señor Barry dice que no es exactamente vago solo que cree que es más fácil rezar para que las cosas se hagan solas que trabajar para hacerlas.

El cerdo de la señora Andrews ese que ganó el concurso y del que hablaba tanto se ha muerto de un ataque. La señora Lynde dice que ha sido un castigo por ser tan orgullosa. Pero yo creo que es una faena para el cerdo. Milty Boulter ha estado enfermo. El médico le dio una medicina que sabía asquerosa. Me ofrecí a tomármela por él a cambio de veinticinco centavos pero los Boulter son muy tacaños. Milty dice que prefiere tomársela él y ahorrarse el dinero. Le pregunté a la señora Boulter cómo se hacía para cazar a un hombre y se puso hecha una furia y dijo que no lo sabía que ella nunca había ido a cazar hombres.

Los de la Asociación para la Mejora de Avonlea van a volver a pintar el salón de actos. Están hartos de que sea azul.

El nuevo párroco vino ayer a tomar el té. Se tomó tres trozos de tarta. Si yo hiciera eso la señora Lynde me diría que como como un cerdo.

Y comió muy deprisa y a *bocaos* y Marilla siempre me dice que no haga eso. ¿Por qué los sacerdotes pueden hacer cosas y los niños no? Me gustaría saberlo.

No tengo más noticias. Aquí te mando seis besos. xxxxxx. Dora te manda uno. Aquí está el suyo. x.

Tu amigo que te quiere,

David Keith

P. S. Ana, ¿Quién era el padre del demonio? Me gustaría saberlo.

Capítulo XVIII

LA SEÑORITA JOSEPHINE
SE ACUERDA DE ANA

Cuando llegaron las vacaciones de Navidad, las chicas de la Casa de Patty se fueron a sus respectivos hogares, mientras que la tía Jamesina decidió quedarse donde estaba.

—Me han invitado a varios sitios pero no puedo presentarme con tres gatos —dijo—. Y no voy a dejar a los pobres animalitos aquí solos casi tres semanas. Si tuviéramos algún vecino decente que les diera de comer a lo mejor los dejaba, pero en esta calle solo hay millonarios. Así que me quedaré aquí, calentando la casa para vosotras.

Ana volvió a casa como siempre llena de expectativas felices que no se cumplieron del todo. A su llegada, un invierno anticipado, tormentoso y frío como ni siquiera los más viejos recordaban se había instalado en Avonlea. Tejas Verdes estaba literalmente asediada por los vientos. Hubo fuertes tormentas casi todos los días de esas aciagas vacaciones, y el viento no amainaba ni siquiera en los días buenos. Despejaban los caminos y al momento volvían a llenarse de nieve. Era casi imposible salir de casa. Los de la Asociación para la Mejora de Avonlea intentaron, tres noches, celebrar una fiesta en honor de los universitarios, pero en las tres ocasiones, el temporal era tan fuerte que nadie pudo ir y al final renunciaron por desesperación.

Ana, a pesar de su cariño y lealtad a Tejas Verdes, pensaba con nostalgia en la Casa de Patty, con su acogedora chimenea, los ojos chispeantes de la tía Jamesina, los tres gatos, la alegre conversación de las chicas y las agradables tardes de los viernes, cuando pasaban los amigos a charlar de lo divino y de lo humano.

Ana se sentía sola. Diana se pasó las vacaciones encerrada en casa con un ataque de bronquitis. No podía ir a Tejas verdes y Ana rara vez podía llegar a El Bancal, porque el camino habitual, el que cruzaba el Bosque Encantado, estaba intransitable por la nieve, y el otro más largo, por el Lago de Aguas Centelleantes, se encontraba casi en el mismo estado. Ruby Gillis dormía en el blanco montículo del cementerio; Jane Andrews se había ido de maestra a las praderas del oeste. Gilbert, por supuesto, seguía siendo fiel y subía a Tejas Verdes por las tardes, siempre que era posible. Pero las visitas de Gilbert ya no eran como antes. Ana casi las temía. Le causaba un profundo desconcierto levantar la vista en mitad de un silencio repentino y ver los ojos avellana de Gilbert clavados en ella con una expresión inconfundible en sus solemnes profundidades; y aún más desconcertante era notar que la mirada de Gilbert le hacía ponerse coloradísima e incómoda, como si... como si... bueno, le daba mucha vergüenza. Ana tenía ganas de volver a la Casa de Patty, donde siempre había alguien para quitar hierro a una situación delicada. En Tejas Verdes, Marilla se iba corriendo a los dominios de la señora Lynde cuando llegaba Gilbert y se empeñaba en llevarse a los gemelos con ella. El significado de todas estas acciones era inconfundible y a Ana le daba muchísima rabia.

Davy, en cambio, estaba encantado. Disfrutaba en grande saliendo por la mañana con la pala para quitar la nieve del camino hasta el pozo y el gallinero. Se deleitaba con las exquisiteces navideñas que Marilla y la señora Lynde preparaban para Ana, enzarzadas en una competición, y estaba leyendo una historia fascinante que había sacado de la biblioteca de la escuela, de un héroe formidable que parecía tener el don milagroso de meterse en líos, de los que normalmente se libraba con un terremoto o una explosión volcánica que le hacían volar por los aires, acababan con sus preocupaciones, lo conducían a la fortuna y cerraban la narración con el esplendor que correspondía.

—Te aseguro que es una historia buenísima, Ana —decía extasiado—. Me gusta mucho más que las de la Biblia.

—¿Ah, sí? —Ana sonrió.

Davy la miró con curiosidad.

—No pareces nada escandalizada, Ana. La señora Lynde se escandalizó que no veas cuando se lo dije.

—No, no lo estoy, Davy. Me parece muy natural que un niño de nueve años prefiera leer una historia de aventuras antes que la Biblia. Pero espero que cuando te hagas mayor te des cuenta de que la Biblia es un libro maravilloso.

—Bueno, creo que tiene partes que están bien —concedió Davy—. La historia de José, por ejemplo... es buenísima. Pero si yo fuera José no habría perdonado a los hermanos. No, señor. Los habría decapitado a todos. La señora Lynde se puso como loca cuando se lo dije, y cerró la Biblia y dijo que si decía esas cosas no volvería a leérmela nunca. Así que ahora no digo nada cuando nos la lee los domingos por la tarde. Solo pienso mis cosas y se las cuento a Milty Boulter al día siguiente en clase. Le conté a Milty la historia del profeta Elías y los osos y le dio tanto miedo que no ha vuelto a burlarse ni una vez de la calva del señor Harrison. ¿Hay osos en la Isla del Príncipe Eduardo, Ana? Me gustaría saberlo.

—Hoy ya no quedan —dijo Ana, distraída, mientras el viento lanzaba un montón de nieve contra la ventana—. ¡Por favor! ¿Es que no va a pasar nunca este temporal?

—¡Sabe Dios! —dijo Davy con ligereza, dispuesto a reanudar su lectura.

Esta vez Ana sí se escandalizó.

—¡Davy! —le reprochó.

—La señora Lynde lo dice —protestó Davy—. Una noche, la semana pasada, Marilla preguntó: «¿Se casarán algún día Ludovico el Veloz y Theodora Dix?». Y la señora Lynde dijo: «¡Sabe Dios!» Así, tal cual.

—Pues no hizo bien en decirlo —señaló Ana, mientras decidía por cuál de los dos cuernos agarrar el dilema—. No está bien que nadie tome el nombre de Dios en vano o lo diga a la ligera, Davy. No vuelvas a hacer eso.

—¿Tampoco si lo digo despacio y con solemnidad, como el párroco? —preguntó Davy, muy serio.

—No, tampoco.

—Bueno, pues no lo diré. Ludovico el Veloz y Theodora Dix viven en Middle Grafton, y la señora Rachel dice que él lleva cien años cortejándola. ¿No serán pronto demasiado viejos para casarse, Ana? Espero que Gilbert no te corteje tantos años. ¿Cuándo vais a casaros, Ana? La señora Lynde ya lo da por hecho.

—La señora Lynde es una... —empezó a decir Ana, enfadada; pero se interrumpió.

—Una vieja cotilla —completó Davy la frase tranquilamente—. Es lo que dice todo el mundo. ¿Pero podemos darlos por hecho, Ana? Me gustaría saberlo.

—Eres un niño muy tonto, Davy —dijo Ana, marchándose con aire altivo. La cocina estaba vacía y se sentó junto a la ventana, en la penumbra del rápido crepúsculo invernal. Se había puesto el sol y el viento había amainado. Una luna pálida y fría asomaba detrás de un banco de nubes violetas a poniente. Aunque el cielo se apagaba, la franja amarilla en el horizonte cobraba un tono cada vez más intenso y resplandeciente, como si todos los rayos de sol perdidos se concentraran en un mismo punto; a lo lejos, en las colinas, las siluetas de los abetos parecían una hilera de frailes, nítidamente perfilada en oscuro contra el fondo amarillo. Ana contempló los campos blancos, quietos, fríos y muertos bajo la intensa luz de la siniestra puesta de sol, y suspiró. Se sentía muy sola; y estaba triste en lo más hondo, porque no sabía si podría volver a Redmond el curso siguiente. La única beca posible en segundo era muy limitada. No estaba dispuesta a gastarse el dinero de Marilla, y las perspectivas de ganar lo necesario a lo largo del verano eran escasas.

«Supongo que tendré que dejarlo el curso que viene —pensó con pesimismo— y volver a ser maestra de una escuela de pueblo hasta que gane lo suficiente para completar la carrera. Y para entonces, todos los de mi clase se habrán graduado y la Casa de Patty ya no estará disponible. ¡Pero no voy a ser cobarde! Doy gracias por poder ganarme la vida entretanto si fuera necesario.»

—El señor Harrison viene chapoteando por el camino —anunció Davy mientras salía de casa corriendo—. Espero que traiga el correo. Lo esperamos desde hace tres días. Quiero ver qué están haciendo esos dichosos liberales. Yo soy conservador, Ana. Y te digo que no pierdas de vista a los liberales.

El señor Harrison traía el correo, y las alegres cartas de Stella, Priscilla y Phil no tardaron en disipar la tristeza de Ana. La tía Jamesina también escribía para decir que guardaba el fuego del hogar, que los gatos estaban bien y las plantas de la casa seguían sanas.

«Como hace mucho frío —decía—, dejo que los gatos duerman dentro de casa: Rusty y Joseph en el sofá del cuarto de estar y la gata Sarah a los pies de mi cama. Me hace mucha compañía con sus ronroneos cuando me despierto a media noche y pienso en mi pobre hija, en tierras extranjeras. Si no estuviera en la India no me preocuparía, porque dicen que allí las serpientes son terribles. Me hacen falta todos los ronroneos de Sarah para quitarme a esas serpientes de la cabeza. Tengo fe suficiente para todo menos para las serpientes. No entiendo por qué las creó Dios. A veces pienso que no fue él. Me inclino a pensar que fue cosa del demonio.»

Ana había dejado para el final una carta fina y escrita a máquina, pensando que no sería importante. Después de leerla, se quedó muy quieta, con los ojos llenos de lágrimas.

—¿Qué pasa, Ana? —preguntó Marilla.

—La señorita Josephine Barry ha muerto —contestó Ana en voz baja.

—Al final se ha ido —dijo Marilla—. Bueno, llevaba más de un año enferma, y los Barry esperaban la noticia en cualquier momento. Me alegro de que ya descanse, porque ha sufrido mucho, Ana. Siempre fue muy buena contigo.

—Ha sido buena hasta el final, Marilla. Esta carta es de su abogado. Me ha dejado mil dólares en su testamento.

—¡Toma ya! Eso es un montón de dinero —exclamó Davy—. ¿Es la tía de Diana, la que os pilló cuando os pusisteis a saltar en la cama de la habitación de invitados? Me lo contó Diana. ¿Por eso te ha dejado tanto?

—Calla, Davy —le pidió Ana con dulzura. Y subió a la buhardilla con el corazón encogido, dejando a Marilla y a la señora Lynde comentando la noticia la mar de contentas.

—¿Creéis que Ana se casará ahora? —preguntó Davy con impaciencia—. Cuando Dorcas Sloane se casó el verano pasado dijo que si hubiese tenido dinero suficiente para vivir nunca se habría preocupado por un hombre, pero que hasta un viudo con ocho hijos era mejor que vivir con la cuñada.

—Davy Keith, cuidado con la lengua —le riñó con severidad la señora Rachel—. ¡Qué forma de hablar tan escandalosa para un niño!

Capítulo XIX
UN INTERLUDIO

—¡Pensar que cumplo veinte años y dejo atrás una década! —dijo Ana, acurrucada en la alfombra de la chimenea con Rusty en el regazo. La tía Jamesina estaba leyendo en su mecedora. No había nadie más en el cuarto de estar. Stella y Priscilla habían ido a la reunión de un comité y Phil estaba arriba, adornándose para una fiesta.

—Supongo que te dará un poco de pena —dijo la tía Jamesina—. La edad de los diez a los veinte es una parte muy bonita de la vida. Me alegro de no haber salido nunca de ella.

Ana se echó a reír.

—Y nunca saldrá, tita. Tendrá dieciocho cuando le toque tener cien. Sí, me da pena, y también estoy un poco disgustada. La señorita Stacy me dijo hace mucho tiempo que a los veinte años mi carácter ya se habría formado, para bien o para mal. Y no tengo la sensación de que sea como debería. Estoy llena de defectos.

—Como todo el mundo —contestó la tía Jamesina alegremente—. El mío está lleno de grietas por todas partes. Tu señorita Stacy quizá se refería a que a los veinte años el carácter se habrá inclinado definitivamente hacia un lado o hacia otro y a partir de ahí sigue desarrollándose en la misma línea. No te preocupes, Ana. Cumple tu deber con Dios, con tu prójimo y contigo misma y diviértete. Esa es mi filosofía, y siempre me ha dado muy buen resultado. ¿Adónde va Phil esta noche?

—Va a un baile, y se ha comprado un vestido preciosísimo... de seda, amarillo crema, con un encaje muy fino. Le va de maravilla a sus tonos castaños.

—¿Verdad que palabras como «seda» y «encaje» tienen magia? —observó la tía Jamesina—. Solo con oírlas ya me siento como si fuera a un baile. ¡Y seda amarilla! Parece un vestido hecho con rayos de sol. Siempre quise un vestido de seda amarilla, pero primero mi madre y luego mi marido me dijeron que ni hablar. Lo primero que pienso hacer cuando llegue al cielo es conseguir un vestido de seda amarillo.

Estaba Ana soltando una carcajada cuando Phil bajó las escaleras como envuelta en magníficas nubes y se miró en el espejo ovalado que había en la pared.

—Un espejo favorecedor propicia la alegría —dijo—. En el de mi cuarto me veo demasiado pálida. ¿Estoy guapa, Ana?

—¿Tú de verdad sabes lo guapa que eres? —contestó Ana con sincera admiración.

—Claro que lo sé. ¿Para qué están los espejos y los hombres? No era eso lo que quería decir. ¿Tengo el pelo bien recogido? ¿La falda derecha? ¿Y quedaría mejor esta rosa un poco más baja? Me parece que está muy alta: parece que estoy inclinada hacia un lado. Pero no soporto las cosquillas en las orejas.

—Todo está perfecto y ese hoyuelo que tienes ahí es precioso.

—Ana, hay una cosa que me gusta especialmente de ti: tu buena disposición. No tienes ni una pizca de envidia.

—¿Por qué iba a tener envidia? —preguntó la tía Jamesina—. Puede que no sea tan guapa como tú pero tiene la nariz mucho más bonita.

—Ya lo sé —reconoció Phil.

—Esta nariz ha sido siempre un gran consuelo para mí —confesó Ana.

—Y me encanta cómo te nace el pelo en la frente, Ana. Y ese ricito diminuto que parece siempre a punto de caerse pero nunca se cae es delicioso. Pero volviendo a las narices, la mía me preocupa mucho. Sé que a los cuarenta mi nariz se parecerá a la de los Byrne. ¿Cómo crees que seré a los cuarenta, Ana?

—Una señorona casada —bromeó Ana.

—No —dijo Phil, sentándose tranquilamente a esperar a su acompañante—. ¡Joseph, bestiecilla tricolor, no te atrevas a subirte en mi regazo! No quiero ir al baile llena de pelos de gato. No, Ana, no pareceré una señorona. Aunque seguro que estaré casada.

—¿Con Alec o con Alonzo? —preguntó Ana.

—Supongo que con alguno de los dos —suspiró Phil—, si es que consigo decidirme.

—No debería ser tan difícil tomar la decisión —le reprochó la tía Jamesina.

—Soy una montaña rusa desde que nací, tita, y no hay nada que me libre de la indecisión.

—Deberías ser más equilibrada, Philippa.

—Es mejor scrlo, desde luego —asintió Philippa—, aunque te pierdes muchas cosas divertidas. Y en cuanto a Alec y Alonzo, si los conociera entendería por qué es tan difícil elegir entre los dos. Son igual de buenos.

—Entonces quédate con alguien que sea mejor —sugirió la tía Jamesina . Ese chico de cuarto que te venera... Will Leslie... Tiene unos ojos grandes, dulces y bonitos.

—Un poquito demasiado grandes y dulces... como los de una vaca —dijo Phil con crueldad.

—¿Y qué me dices de George Parker?

—No hay nada que decir de él, aparte de que siempre parece recién almidonado y planchado.

—Pues Marr Holworthy. No le puedes sacar ningún defecto.

—No. Me valdría si no fuera pobre. Tengo que casarme con un hombre rico, tía Jamesina. Rico y guapo son dos requisitos indispensables. Me casaría con Gilbert Blythe si fuera rico.

—¿En serio? —preguntó Ana con rabia.

—No nos hace ninguna gracia esa idea, ¿eh? Aunque Gilbert no nos guste ni pizca —se burló Phil—. Pero no hablemos de cosas incómodas. Digo yo que en algún momento tendré que casarme, aunque pienso aplazar el día fatídico todo lo posible.

—No puedes casarte con alguien a quien no quieras, Phil. Eso es lo principal —sentenció la tía Jamesina.

—«Ah, corazones que amasteis a la antigua usanza, tan pasados de moda hace ya tanto tiempo» —canturreó Phil. Y añadió—: Ya está aquí el coche. Me voy volando. Adiós...

Cuando Phil se marchó, la tía Jamesina miró a Ana con aire pensativo.

—Esa chica es buena, cariñosa y guapa, pero ¿no crees que a ratos está mal de la cabeza, Ana?

—No creo que Phil esté mal de la cabeza —dijo Ana, escondiendo una sonrisa—. Es solo su manera de hablar.

La tía Jamesina negó con la cabeza.

—Eso espero, Ana, porque la quiero. Pero soy incapaz de comprenderla: me supera. No se parece en nada a ninguna chica que haya conocido, y tampoco a ninguna de las chicas que yo fui.

—¿Cuántas chicas fue usted, tía Jimsie?

—Alrededor de media docena, hija.

Capítulo xx
GILBERT HABLA

—Qué día tan prosaico y aburrido —bostezó Phil, tendiéndose perezosamente en el sofá después de haber desalojado del asiento a dos gatos indignadísimos.

Ana levantó la vista del libro que estaba leyendo, *Los papeles póstumos del Club Pickwick*. Ahora que ya habían pasado los exámenes de primavera se estaba dando el capricho de leer a Dickens.

—Ha sido un día prosaico para nosotras —dijo en tono pensativo—, pero para algunos habrá sido maravilloso. Alguien habrá sido feliz hasta decir basta. A lo mejor en alguna parte se ha hecho una proeza... o se ha escrito un gran poema... o ha nacido un gran hombre. Y a alguien le habrán roto el corazón, Phil.

—¿Por qué estropeas un pensamiento tan bonito con esa última frase, cielo? —protestó Phil—. No me apetece pensar en corazones rotos... en nada desagradable.

—¿Crees que podrás esquivar siempre las cosas desagradables, Phil?

—No, cariño. ¿No ves que ya estoy enfrentándome a ellas? No dirás que lo de Alec y Alonzo es un asunto agradable, ¿eh? No hay más que ver cómo me complican la vida...

—Nunca te tomas nada en serio, Phil.

—¿Por qué iba a hacerlo? Ya hay mucha gente seria. El mundo necesita gente como yo, Ana, gente que le dé un poco de diversión. Sería horrible si todo el mundo fuera intelectual y serio y se tomara las cosas por el lado más aburrido. Mi misión, como dice Josiah Allen, es «encantar y seducir». Y ahora, confiesa: ¿no ha sido la vida en esta casa mucho más agradable y animada porque yo estaba aquí este invierno?

—Sí —reconoció Ana.

—Y todas me queréis... Hasta la tía Jamesina, que me tiene por loca de remate. Entonces, ¿por qué tendría que ser diferente? Ay, cielo, qué sueño tengo. Anoche me quedé despierta hasta la una, leyendo una historia de fantasmas espeluznante. La leí en la cama, y luego ¿crees que fui capaz de levantarme para apagar la luz? Pues no. Y si Stella no hubiera llegado tarde, la lámpara se habría quedado encendida sin remedio hasta esta mañana. Cuando oí a Stella, la llamé, le expliqué mi apuro y le pedí que apagara la luz. Si me hubiera levantado a apagarla yo, sé que algo me habría agarrado de los pies al volver a la cama. Por cierto, Ana, ¿ha decidido ya la tía Jamesina qué hará este verano?

—Sí, piensa quedarse aquí. Sé que lo hace por sus queridos gatos, aunque diga que es una lata abrir su casa y que odia ir de visita.

—¿Qué estás leyendo?

—*Pickwick.*

—Ese libro siempre me da hambre —dijo Phil—. Está lleno de comida rica. Parece que los personajes se pasan el día comiendo huevos con jamón y ponche de leche. Cuando leo *Pickwick,* normalmente acabo buscando en la despensa. Solo pensarlo me recuerda que me muero de hambre. ¿Hay algo de picar en la despensa, reina Ana?

—Esta mañana hice una tarta de limón. Puedes tomar un poco.

Phil fue corriendo a la despensa y Ana salió al huerto en compañía de Rusty. La nieve del parque no se había derretido del todo; aún quedaban montones sucios a los pies de los pinos de la carretera del puerto, donde no llegaba el sol de abril. La nieve embarraba la carretera y enfriaba el aire por las tardes. Pero la hierba ya empezaba a crecer en las zonas protegidas, y Gilbert había encontrado una preciosa mata de flores de mayo en un rincón escondido. Venía del parque con las manos llenas de flores blancas.

Ana se había sentado en la roca gris del huerto a contemplar el poema que componía una rama de abedul desnuda contra el fondo rojo claro del atardecer con una elegancia insuperable. Estaba construyendo castillos en el aire: una imponente mansión con jardines soleados y majestuosos salones impregnados del perfume de Arabia, de la que era reina y señora. Frunció el ceño al ver que Gilbert se acercaba por el huerto. Últimamente había conseguido no estar a solas con él. Pero en ese momento la había pillado desprevenida; hasta Rusty la había abandonado.

Gilbert se sentó a su lado, en la roca, y le ofreció sus flores de mayo.

—¿No te recuerdan a casa y a los pícnics que hacíamos de pequeños?

Ana cogió las flores y hundió en ellas la cara.

—Ahora mismo estoy en los páramos del señor Silas Sloane —dijo maravillada.

—¿Supongo que estarás allí en la realidad dentro de unos días?

—No. Todavía faltan dos semanas. Voy a pasar unos días con Phil en Bolingbroke antes de ir a casa. Tú llegarás a Avonlea antes que yo.

—No, este verano no iré a Avonlea, Ana. Me han ofrecido trabajo en las oficinas del *Daily News* y voy a aceptarlo.

—Ah —dijo Ana vagamente, pensando cómo sería todo un verano en Avonlea sin Gilbert. Por alguna razón no le gustaba la perspectiva—. Bueno —añadió sin emoción—, me alegro por ti.

—Sí, tenía la esperanza de conseguirlo. Me ayudará a pasar el próximo año.

—No trabajes demasiado —le aconsejó Ana, sin una idea muy clara de lo que decía y deseando encarecidamente que Phil saliera de casa—. Has estudiado todo el invierno sin parar. ¿Verdad que hace una tarde preciosa? ¿Sabes que hoy he encontrado una mata de violetas blancas debajo de ese árbol retorcido? Fue como descubrir una mina de oro.

—Tú siempre estás descubriendo minas de oro —dijo Gilbert, también distraído.

—Vamos a ver si encontramos más —propuso Ana con impaciencia—. Voy a llamar a Phil para que...

—Olvídate de Phil y de las violetas, Ana —dijo Gilbert en voz baja, dándole la mano y apretándosela con tanta fuerza que no podía soltarse—. Quiero decirte una cosa.

—Ay, no la digas —le suplicó Ana—. No la digas, Gilbert, por favor.

—Tengo que decírtelo. No podemos seguir así más tiempo. Ana, te quiero. Tú lo sabes. No sé decirte cuánto. ¿Me prometes que algún día serás mi mujer?

—Yo... no puedo —dijo Ana con tristeza—. Ay, Gilbert, lo has estropeado todo.

—¿Es que no sientes nada por mí? —preguntó Gilbert tras un horrible silencio en el que Ana no se atrevió a levantar la vista.

—En ese sentido no. Siento muchísimas cosas por ti, como amigo. Pero no te quiero, Gilbert.

—¿Y no puedes darme alguna esperanza?

—No, no puedo —repitió, angustiada—. Nunca podré quererte de esa manera, Gilbert. No vuelvas a hablarme de esto nunca.

Hubo otro silencio tan largo y desquiciante que Ana por fin se decidió a mirarlo. Gilbert tenía hasta los labios blancos. Y los ojos... Ana se estremeció y apartó la mirada. La situación no era nada romántica. ¿Por qué todas las proposiciones tenían que ser horribles o grotescas? ¿Podría olvidar alguna vez la cara de Gilbert?

—¿Hay otro? —preguntó él por fin, en voz baja.

—No, no —le aseguró Ana—. No me interesa nadie de esa manera y tú me gustas más que nadie en el mundo, Gilbert. Y tenemos que seguir siendo amigos, por favor.

Gilbert contestó con una carcajada leve y amarga.

—¡Amigos! A mí no me basta tu amistad, Ana. Quiero tu amor, y me dices que eso es imposible.

—Lo siento. Perdóname, Gilbert —fue lo único que Ana acertó a decir. ¿Dónde estaban los amables y elegantes discursos con los que en su imaginación tenía la costumbre de rechazar a sus pretendientes?

Gilbert le soltó la mano despacio.

—No hay nada que perdonar. En algunos momentos he creído que me querías. Me he engañado, nada más. Adiós, Ana.

Ana se fue a su habitación, se sentó en el banco de la ventana, detrás de los pinos, y lloró con desconsuelo. Tenía la sensación de que algo incalculablemente valioso acababa de irse de su vida. Era la amistad de Gilbert, claro. Ay, ¿por qué la perdía de este modo?

—¿Qué pasa, cielo? —preguntó Phil, que entró en la penumbra de la luna.

Ana no contestó. En ese momento le habría gustado que Phil estuviera a miles de kilómetros.

—Supongo que has rechazado a Gilbert Blythe. ¡Eres idiota, Ana Shirley!

—¿Me llamas idiota por no casarme con un hombre al que no quiero? —contestó Ana con frialdad, obligada a responder.

—No sabes reconocer el amor cuando lo tienes delante. Te has inventado una fantasía que crees que es el amor y esperas que la realidad se parezca a eso. ¡Vaya, es la primera cosa sensata que digo en la vida! ¿Cómo habré podido?

—Phil —le rogó Ana—, por favor, vete y déjame un ratito sola. Mi mundo se ha hecho añicos. Necesito reconstruirlo.

—¿Sin Gilbert? —preguntó Phil cuando ya se marchaba.

¡Un mundo sin Gilbert! Ana repitió las palabras con horror. ¿No sería un mundo triste y abandonado? Aunque todo era culpa de Gilbert. Era él quien había estropeado la preciosa amistad que los unía. Así pues, Ana tendría que aprender a vivir sin ella.

Capítulo XXI

LAS ROSAS
DEL AYER

Las dos semanas que Ana pasó en Bolingbroke fueron muy agradables, aunque notaba unas vagas punzadas de dolor y tristeza cada vez que pensaba en Gilbert. Sin embargo, no tuvo mucho tiempo para pensar en él. Monte Acebo, la preciosa finca de los Gordon, era un sitio muy alegre, invadido por amigos y amigas de Phil. Todo era una asombrosa sucesión de paseos en coche, bailes, pícnics y fiestas en barco, que Phil clasificaba expresivamente bajo el epígrafe de «jolgorio». Alec y Alonzo no faltaban a nada, y Ana se preguntó si hacían algo más que asistir a los bailes con esa fantasía que era Phil para ellos. Los dos eran agradables y varoniles, pero Ana no quería dar la opinión de quién de ellos era mejor.

—Yo contaba con que me ayudarías a decidir con cuál de los dos me conviene casarme —se lamentó Phil.

—Eso es cosa tuya. Eres una experta en decidir con quién deberían casarse los demás —le soltó Ana, algo sarcástica.

—Eso es muy distinto —protestó Phil. Y decía la verdad.

Pero lo mejor de la estancia de Ana en Bolingbroke fue la visita a la casa en la que nació: la casita amarilla y destartalada, en una calle secundaria, con la que tantas veces había soñado. La observó, maravillada, mientras cruzaba la cancela con Phil.

—Está casi exactamente como me imaginaba. No hay madreselva en las ventanas, pero tiene un lilo al lado de la entrada, y sí... los visillos son de muselina. Cuánto me alegro de que siga pintada de amarillo.

Una mujer muy alta y delgada abrió la puerta.

—Sí, los Shirley vivían aquí hace veinte años —respondió a la pregunta de Ana—. La alquilaron. Me acuerdo de ellos. Murieron los dos de fiebres, de repente. Fue muy triste. Dejaron a una niña muy pequeña. Supongo que habrá muerto hace mucho tiempo. Era una niña enfermiza. Se hicieron cargo de ella el viejo Thomas y su mujer: como si no tuvieran suficientes hijos.

—No se murió —dijo Ana, sonriendo—. Yo era esa niña.

—¡No me digas! ¡Cuánto has crecido! —exclamó la mujer, como si le sorprendiera mucho que Ana no siguiera siendo un bebé—. Ahora que te miro veo el parecido. Eres igualita a tu padre. Era pelirrojo. Pero en los ojos y la boca has salido a tu madre. Qué joven tan encantadora. Mi hija era alumna suya y estaba loca por ella. Los enterraron en la misma sepultura y la Junta Escolar les puso una lápida, en recompensa por su dedicación. ¿Queréis pasar?

—¿Me dejaría ver toda la casa? —preguntó Ana, ilusionada.

—¡Faltaría más! No tardarás mucho: es pequeña. No dejo de pedirle a mi marido que haga una cocina nueva, pero no es un hombre diligente. Ahí está la salita y arriba hay dos dormitorios. Daos una vuelta tranquilamente. Voy a ver al niño. Tú naciste en el cuarto que da al este. Recuerdo que tu madre decía que le encantaba ver salir el sol; y recuerdo también haber oído que naciste justo cuando estaba saliendo el sol, y lo primero que vio tu madre fue la luz del sol en tu cara.

Con el corazón encogido, Ana subió por la escalera estrecha al cuartito que miraba al este. Para ella era un santuario. En él su madre había soñado los felices y exquisitos sueños de la maternidad que se espera con ilusión; en él, la luz roja del amanecer las había iluminado a las dos en la hora sagrada del nacimiento; en él había muerto su madre. Ana lo miró con reverencia y con los ojos llenos de lágrimas. Ese momento fue para ella uno de los tesoros de la vida que refulgen para siempre en la memoria.

—Y pensar que, cuando nací, mi madre era más joven que yo ahora —susurró.

Cuando bajó de nuevo, la señora de la casa la esperaba en el vestíbulo. Le entregó un paquetito atado con una cinta azul ya desvaída.

—Esto es un manojo de cartas antiguas que encontré en el armario de arriba cuando llegué a esta casa —explicó—. No sé qué habrá, porque nunca me molesté en leerlas, pero la primera va dirigida a la «Señorita Bertha Willis», y ese era el nombre de soltera de tu madre. Puedes llevártelas si las quieres.

—Ay, gracias, gracias —exclamó Ana, apretando el paquete llena de emoción.

—Era lo único que había en la casa —añadió la anfitriona—. Vendieron todos los muebles para pagar las facturas del médico, y la señora Thomas se quedó con la ropa y las cositas de tu madre. Calculo que no le durarían mucho, con esa caterva de niños... Los recuerdo como unos salvajes.

—No tengo nada que perteneciera a mi madre —dijo Ana, con la voz entrecortada—. Nunca... nunca podré darle las gracias como se merece por estas cartas.

—No hay de qué. ¡Pero si tienes los ojos de tu madre! Casi podía hablar con la mirada. Tu padre era feúcho, pero una buenísima persona. Recuerdo que cuando se casaron la gente decía que nunca había habido dos personas tan enamoradas como ellos. Pobrecillos, no vivieron mucho; pero mientras vivieron fueron muy felices, y supongo que eso es lo que cuenta.

Ana estaba impaciente por volver a casa y leer sus valiosas cartas, pero antes hizo una pequeña peregrinación. Fue sola hasta el rincón verde del cementerio «viejo» de Bolingbroke donde estaban enterrados su padre y su madre, y dejó en la tumba las flores blancas que llevaba. Luego volvió enseguida a Monte Acebo, se encerró en su habitación y leyó las cartas. Unas las había escrito su padre y otras su madre. No eran muchas —una docena en total—, porque Walter y Bertha Shirley no pasaron apenas tiempo separados mientras eran novios. Las cartas estaban amarillentas y la tinta se había vuelto muy tenue, desdibujada por el paso de los años. No había palabras de sabiduría profunda en las cuartillas arrugadas y manchadas: solo

renglones de amor y confianza. Conservaban intacta la dulzura de las cosas perdidas: los entrañables y lejanos sueños de dos enamorados fallecidos hacía mucho tiempo. Bertha Shirley tenía el don de plasmar en sus cartas su encantadora personalidad con palabras y pensamientos que, a pesar de los años, seguían cargados de belleza y fragancia. Eran cartas sagradas, íntimas y tiernas. La más bonita de todas fue para Ana la que su madre escribió a su padre después de que ella naciera, en una breve ausencia del marido. Estaba llena de noticias del «bebé», que la joven madre contaba con orgullo: de su inteligencia, su alegría y sus mil encantos.

«La quiero más que nunca cuando está dormida y mucho más aún cuando está despierta», decía Bertha Shirley en la posdata. Probablemente esta fue la última frase que escribió en la vida. Su final estaba ya muy cerca.

—Ha sido el día más bonito de mi vida —le dijo Ana a Phil esa noche—. He encontrado a mi padre y a mi madre. Esas cartas me han hecho mucho bien. Ya no soy una huérfana. Tengo la sensación de haber abierto un libro y haber encontrado entre sus páginas las dulces y queridas rosas del ayer.

Capítulo XXII
LA PRIMAVERA Y ANA VUELVEN A TEJAS VERDES

Las sombras del fuego bailaban en las paredes de la cocina de Tejas Verdes, porque el atardecer de primavera era fresco; por la ventana que miraba al este, abierta en ese momento, llegaban sutilmente las dulces voces de la noche. Marilla estaba sentada junto al fuego: al menos físicamente. Su espíritu deambulaba por antiguos caminos con unos pies que se habían vuelto jóvenes. De un tiempo a esta parte, Marilla pasaba muchas horas así, mientras la conciencia le recordaba que debería estar tejiendo para los gemelos.

—Supongo que me estoy haciendo vieja —dijo.

Pero Marilla apenas había cambiado en los últimos nueve años, si acaso había adelgazado un poco y estaba incluso más angulosa; tenía más canas y llevaba el pelo recogido en el mismo moño tenso, sujeto con dos horquillas: ¿serían las mismas horquillas? Pero su expresión era muy diferente. Tenía algo alrededor de la boca que insinuaba el milagroso desarrollo de cierto sentido del humor; los ojos eran más dulces y suaves; la sonrisa más tierna y más frecuente.

Marilla pensaba en su vida, en su infancia con estrecheces pero no infeliz; en los sueños que había ocultado con tanto celo y en las esperanzas truncadas de la juventud; en los años de la insulsa vida adulta que vinieron después: largos, estrechos, grises y monótonos. Y en la llegada de Ana: la niña impetuosa, rebosante de vida y de imaginación, que todo lo llenaba de luz, calidez y color, hasta que el páramo de la existencia floreció como una rosa. Marilla tenía la sensación de que, de sus sesenta años, únicamente había vivido los nueve siguientes a la llegada de Ana. Y Ana volvería a casa al día siguiente por la noche.

Se abrió la puerta de la cocina. Marilla miró, creyendo que sería la señora Lynde. Quien entraba era Ana, alta, con los ojos chispeantes y las manos llenas de violetas y flores de mayo.

—¡Ana Shirley! —exclamó Marilla. Tal era su sorpresa que por una vez en la vida no pudo contenerse. Abrazó a su niña, la estrechó contra su pecho y, aplastándole la cabeza y las flores, besó con cariño el pelo reluciente de Ana y su cara adorable—. No te esperaba hasta mañana por la noche. ¿Cómo has venido de Carmody?

—Andando, queridísima Marilla, como tantas otras veces cuando estudiaba en Queen's. Mi equipaje llegará mañana con el correo. De repente me entró nostalgia y me vine un día antes. He dado un paseo maravilloso bajo el atardecer de mayo. Paré en los páramos a coger estas flores de mayo; seguí por el Valle de las Violetas, que ahora mismo es como un cuenco rebosante de flores: estas maravillas teñidas del color del cielo. Huélalas, Marilla: empápese de su olor.

Marilla las olió amablemente, aunque su interés estaba más puesto en Ana que en oler violetas.

—Siéntate, hija. Estarás muy cansada. Voy a prepararte algo de cenar.

—Hay una luna preciosa detrás de los montes, Marilla, y vengo desde Carmody acompañada por el canto de las ranas. ¡Cuánto me gusta la música de las ranas! Parece que está ligada a mis recuerdos más felices de las tardes de primavera. Y siempre me hace revivir la noche que llegué a esta casa. ¿Se acuerda, Marilla?

—Pues sí —asintió Marilla, con énfasis—. No es probable que lo olvide.

—Ese año cantaban como locas en las marismas y el arroyo. Las oía en mi ventana al atardecer, y no entendía que pudieran estar tan contentas y tan tristes a la vez. ¡Qué bien sienta volver a casa! Redmond ha sido estupendo y Bolingbroke delicioso, pero Tejas Verdes es mi hogar.

—He oído que Gilbert no viene este verano —dijo Marilla.

—No. —Algo en el tono de Ana hizo que Marilla la observara atentamente, pero Ana parecía muy concentrada en colocar las violetas en un cuenco—. ¿Verdad que son preciosas? —añadió aturullada—. ¿Verdad que el año es como un libro, Marilla? Las páginas de la primavera se escriben con las flores de mayo y las violetas, el verano con las rosas, el otoño con las hojas rojas de los arces y el invierno con el acebo y los arbustos.

—¿Le ha ido bien a Gilbert en los exámenes? —insistió Marilla.

—Estupendamente. Es el primero de su clase. Pero ¿dónde están los gemelos y la señora Lynde?

—Rachel y Dora han ido a casa del señor Harrison. Davy está con los Boulter. Creo que lo oigo llegar.

Davy irrumpió en la cocina, vio a Ana, se paró en seco y se le echo encima con un alarido de alegría.

—¡Ay, Ana! ¡Qué alegría verte! Mira, Ana, he crecido cinco centímetros desde el otoño. La señora Lynde me ha medido hoy con su cinta, y mira, Ana, mira mi diente. Se me ha caído. La señora Lynde ató el extremo de un hilo al diente y el otro a la puerta, y luego cerró la puerta. Se lo he vendido a Milty por dos centavos. Es que colecciona dientes.

—¿Para qué narices los quiere? —preguntó Marilla.

—Para hacerse un collar de jefe indio —explicó Davy, sentándose en las rodillas de Ana—. Ya tiene quince, y como todo el mundo se los ha prometido, los demás ya no podemos coleccionar también. Os aseguro que los Boulter tienen mucho ojo para los negocios.

—¿Te has portado bien en casa de la señora Boulter? —le preguntó Marilla con severidad.

—Sí, Marilla. Pero estoy harto de portarme bien.

—Mucho antes te hartarías de portarte mal, Davy —dijo Ana.

—Pero sería divertido mientras durase, ¿no? —insistió Davy—. Ya tendría tiempo para arrepentirme después, ¿verdad?

—Arrepentirte no te libraría de las consecuencias por haberte portado mal, Davy. ¿No te acuerdas del domingo que no fuiste a catequesis, el verano pasado? Ese día me dijiste que portarse mal no merecía la pena. ¿Qué has hecho hoy con Milty?

—Pescar, perseguir al gato, buscar huevos y gritarle al eco. Hay mucho eco entre los matorrales, detrás del establo de los Boulter. Oye, Ana, ¿qué es el eco? Me gustaría saberlo.

—El eco es una ninfa preciosa, Davy, que vive en el corazón del bosque y se ríe del mundo desde los montes.

—¿Cómo es?

—Tiene el pelo y los ojos oscuros, y el cuello y los brazos blancos como la nieve. A ningún mortal se le permite ver lo guapa que es. Es más rápida que un ciervo y lo único que conocemos de ella es su voz burlona. De noche oímos su llamada y también su risa bajo las estrellas. Pero nunca la vemos. Si la persigues, se aleja volando y se ríe de ti desde el siguiente cerro.

—¿En serio, Ana? ¿O es una trola? —preguntó Davy.

—Davy —dijo Ana con desesperación—. ¿Es que no tienes suficiente sentido común para distinguir un cuento de hadas de una mentira?

—Entonces, ¿qué es lo que nos responde con tanto descaro entre los matorrales? Me gustaría saberlo —insistió Davy.

—Te lo explicaré todo cuando tengas unos años más.

Es evidente que esta alusión a la edad dio un giro a los pensamientos de Davy, porque tras unos momentos de reflexión susurró con voz solemne:

—Ana, voy a casarme.

—¿Cuándo? —preguntó Ana, con la misma solemnidad.

—Cuando sea mayor, claro.

—Ah, qué alivio, Davy. ¿Quién es la señorita?

—Stella Flechar. Está en mi clase. Y es la chica más guapa que he visto nunca. Si me muero antes de ser mayor, ¿cuidarás de ella?

—Davy Keith, deja de decir tonterías —le riñó Marilla.

—No son tonterías —protestó Davy en tono dolido—. Es mi prometida, y si me muriera sería mi viuda prometida, ¿no? Y no tiene a nadie que la cuide, aparte de su abuela, que es muy vieja.

—Ven a cenar, Ana —dijo Marilla—. Y no animes al niño a decir cosas absurdas.

Capítulo XXIII

PAUL NO ENCUENTRA A LA GENTE DE PIEDRA

La vida en Avonlea fue muy agradable ese verano, aunque entre los muchos placeres de las vacaciones Ana tenía en todo momento la sensación de que «faltaba algo». No reconocería, ni en lo más íntimo de sus pensamientos, que la causa de esta sensación era la ausencia de Gilbert. Pero cuando volvía a casa sola, después de un encuentro de oración o una asamblea de la Asociación para la Mejora de Avonlea, mientras Diana y Fred y otras muchas alegres parejas paseaban por los oscuros caminos a la luz de las estrellas, sentía en el corazón un dolor y una soledad que no lograba explicarse. Gilbert ni siquiera le escribía, tal como ella esperaba. Sabía que escribía a Diana de vez en cuando, pero no quería preguntar por él; y Diana, suponiendo que Ana sabía de Gilbert, no le daba noticias. La madre de Gilbert, que era una mujer alegre y franca pero no precisamente discreta, tenía la molesta costumbre de preguntar a Ana, siempre con una voz dolorosamente clara y siempre en presencia de un montón de gente, si había tenido noticias recientes de Gilbert. La pobre Ana solo acertaba a ponerse como un tomate y murmurar: «No muy recientes». Y todos, incluida la señora Blythe, lo tomaban por una mera evasiva.

Por lo demás, Ana disfrutó del verano. Priscilla vino de visita en junio y, cuando ya se había marchado, el señor y la señora Irving llegaron «a casa» con Paul y Charlotta Cuarta, a pasar los meses de julio y agosto.

El Pabellón del Eco volvió a ser escenario de alegres momentos, y los ecos del otro lado del río estuvieron muy ocupados imitando la risa que sonaba en el jardín, detrás de las píceas.

La «señorita Lavendar» había cambiado únicamente para volverse aún más encantadora y guapa. Paul la adoraba, y daba gusto ver la camaradería con que se trataban.

—Pero no la llamo «madre» a secas —le explicó a Ana—. Ese nombre es solo para mi mamá, y no puedo dárselo a nadie más. Ya lo sabe, maestra. La llamo «madre Lavendar» y es la persona a la que más quiero después de mi padre. Hasta... la quiero un poquito más que a usted, maestra.

—Como debe ser —contestó Ana.

Paul tenía trece años y era muy alto para su edad. Estaba tan guapo como siempre, con los ojos igual de bonitos, y su imaginación seguía siendo como un prisma que lo transformaba todo en un arcoíris. Ana y Paul disfrutaron de estupendos paseos por el bosque, los campos y la playa. Nunca hubo dos «almas gemelas» más idénticas.

Charlotta Cuarta estaba en la flor de la juventud. Ahora llevaba un aparatoso peinado *pompadour* y se había deshecho de los lazos azules de los viejos tiempos, pero tenía la cara igual de pecosa, la nariz igual de respingona y la sonrisa tan amplia como siempre.

—No le parece que hablo con acento yanqui, ¿verdad, señorita Shirley? —preguntó con preocupación.

—Yo no lo noto, Charlotta.

—Cuánto me alegro. En casa dicen que sí, pero creo que a lo mejor solo lo hacen para fastidiarme. No quiero tener acento yanqui. Aunque no tengo nada que decir en contra de los yanquis, señorita Shirley. Son muy civilizados. Pero yo me quedo con la Isla de Príncipe Eduardo.

Paul pasó las dos primeras semanas en Avonlea con su abuela, la señora Irving. Ana lo estaba esperando cuando llegó, y lo encontró impaciente por ir a la costa: allí estarían Nora, la Dama de Oro y los Marineros Gemelos.

Casi no pudo ni comer primero. Ya creía ver la cara de duende de Nora asomando detrás de una punta de tierra y esperándolo con ilusión. Pero Paul estaba muy serio cuando volvió de la costa al atardecer.

—¿Has visto a tu Gente de Piedra? —preguntó Ana.

Paul, muy triste, sacudió los rizos castaños al negar con la cabeza.

—Los Marineros Gemelos y la Dama de Oro no han venido —dijo—. Nora sí estaba... pero no es la misma, maestra. Ha cambiado.

—Ay, Paul, eres tú quien ha cambiado —dijo Ana—. Te has hecho demasiado mayor para la Gente de Piedra. A ellos solo les gusta jugar con los niños. Me temo que los Marineros Gemelos no volverán en su barco encantado, de perlas y con su vela de luz de luna; la Dama de Oro no volverá a tocar para ti con su arpa de oro. Hasta Nora dejará pronto de venir a buscarte. Tienes que pagar el precio por hacerte mayor, Paul. Tienes que dejar atrás ese mundo de fantasía.

— Vosotros dos seguís diciendo las mismas tonterías —observó la señora Irving, con una mezcla de indulgencia y reproche.

—No, no —dijo Ana, muy seria—. Nos estamos volviendo muy muy sabios, y es una lástima. Cuando aprendemos ese lenguaje que nos enseñan para ocultar nuestros pensamientos no somos ni la mitad de interesantes.

—Pero eso no es así: nos lo enseñan para comunicar nuestros pensamientos —replicó la señora Irving. Nunca había oído hablar de Talleyrand y no entendía los epigramas.

Ana pasó dos semanas de tranquilidad en el Pabellón del Eco, en la plenitud dorada de agosto. Y ya que estaba ahí se las ingenió para meter prisa a Ludovico el Veloz en su lento cortejo de Theodora Dix, tal como se relata debidamente en otra crónica de su historia: las *Crónicas de Avonlea*. Arnold Sherman, un antiguo amigo de los Irving, también vino de visita por esas fechas, y contribuyó no poco a que la vida fuese aún más placentera.

—Qué días tan agradables y divertidos —dijo Ana—. Me siento con fuerzas renovadas. Y dentro de quince días volveré a Kingsport, y a Redmond, y a la Casa de Patty. La Casa de Patty es una preciosidad, señorita Lavendar. Me siento como si tuviera dos hogares: uno es Tejas Verdes y el otro la Casa de Patty. Pero ¿adónde se ha ido el verano? Parece que ha pasado un día desde que llegué en primavera con las flores de mayo. Cuando era pequeña no veía el final del verano. Se extendía ante mí interminable. Y en realidad es «como un suspiro, como un cuento».

—Ana, ¿seguís siendo Gilbert y tú tan buenos amigos como antes? —preguntó en voz baja la señorita Lavender.

—Yo sigo siendo tan amiga de Gilbert como siempre.

La señorita Lavendar negó con la cabeza.

—Veo que ha pasado algo, Ana. Voy a tener la impertinencia de preguntártelo. ¿Habéis reñido?

—No. Es que Gilbert quiere más que amistad y yo no puedo dárselo.

—¿Estás segura, Ana?

—Completamente.

—Lo siento mucho.

—No entiendo por qué todo el mundo cree que debería casarme con Gilbert Blythe —contestó Ana con petulancia.

—Porque estáis hechos el uno para el otro, Ana, por eso. No lo niegues. Es evidente.

Capítulo XXIV
JONAS ENTRA EN ESCENA

Prospect Point, 20 de agosto

Querida Ana: («con a»: [decía Phil])

A ver si consigo que no se me cierren los párpados mientras te escribo. Te he desatendido de una manera vergonzosa este verano, cielo, pero tampoco he escrito a nadie más. Tengo un montón de cartas por responder, así que me pongo manos a la obra y a cavar. Disculpa la mezcla de metáforas. Me muero de sueño. Anoche estuve con la prima Emily en casa de una vecina. Había más gente y, en cuanto se marcharon, la anfitriona y sus tres hijas los pusieron verdes a los pobres. Estaba segura de que harían lo mismo con Emily y conmigo en cuanto hubiéramos cerrado la puerta. Al llegar a casa, la señora Lilly nos comunicó que el mozo de granja de la vecina en cuestión por lo visto tenía escarlatina. Me da pánico la escarlatina. Cuando me acosté me puse a pensar en eso y no podía dormir. No paraba de dar vueltas, y si conseguía dar una cabezada tenía unas pesadillas horribles; a las tres me desperté con fiebre alta, la garganta irritada y un dolor de cabeza brutal. Sabía que era la escarlatina; me levanté, llena de pánico, y fui a buscar el «libro de medicina» de la prima Emily para ver los síntomas. Los tenía todos, Ana. Así que volví a la cama y, ya sabiendo lo peor, dormí como un tronco toda la noche. Supongo que si me hubiera contagiado ayer mismo los síntomas no habrían aparecido tan deprisa. Estas cosas soy capaz de pensarlas de día, pero a las tres de la madrugada nunca puedo ser lógica.

Me imagino que te preguntarás qué hago en Prospect Point. Bueno, siempre me gusta pasar un mes del verano en la costa, y papá se empeña en que venga a la «pensión selecta» que Emily, su prima segunda, tiene aquí. El caso es que vine hace quince días, como de costumbre. Y, como de costumbre, el «tío Mark Miller» me esperaba en la estación con su calesa y lo que él llama su caballo de «nobles intenciones». Es un vejete muy simpático, y me dio un puñado de pastillas de menta rosas. Las pastillas de menta siempre me parecen un caramelo sagrado: supongo que porque cuando era pequeña mi abuela Gordon siempre me las daba en la iglesia. Una vez pregunté, refiriéndome al olor de las pastillas de menta: «¿Es este el olor a santidad?». No me apetecía tomarme las pastillas de menta del tío Mark, porque se las sacó del bolsillo, donde las llevaba sueltas, mezcladas con clavos oxidados y otras cosas que tuvo que apartar antes de dármelas. Pero por nada del mundo querría yo herir sus sentimientos, y las fui tirando poco a poco a lo largo del camino. Cuando me deshice de la última, el tío Mark me riñó: «No debería tomarse todas las pastillas de una vez, señorita Phil. Le dolerá la tripa».

La prima Emily tiene solo cinco huéspedes aparte de mí: cuatro señoras y un joven. Mi vecina de la derecha, en la mesa, es la señorita Lilly. Es de esas personas que parece encontrar un morboso placer en describir con todo lujo de detalles sus múltiples achaques, dolores y enfermedades. A ti no te deja nombrar ni una dolencia, pero ella dice, moviendo la cabeza con pesar: «Sí, lo conozco muy bien...», y te da todos los detalles. Jonas dice que una vez habló de la ataxia locomotriz y ella dijo que eso también lo conocía muy bien. La padeció durante diez años y al final se curó gracias a un médico ambulante.

¿Quién es Jonas? Espera, Ana Shirley. Te lo contaré todo a su debido tiempo. No quiero mezclarlo con ancianas respetables.

Mi vecina de la izquierda es la señora Phinney. Habla siempre con voz doliente y quejumbrosa, y te pone los nervios de punta, porque parece a punto de romper a llorar en cualquier momento. Da la impresión de que la vida es para ella un valle de lágrimas, y que una sonrisa, por no hablar de una carcajada, es una frivolidad imperdonable. Tiene peor opinión de mí que la tía Jamesina, pero no lo compensa con mucho cariño como la tita J.

La señorita Maria Grimsby se sienta en diagonal a mí. El día de mi llegada le dije que parecía que iba a llover, y se echó a reír. Le dije que el camino desde la estación estaba muy bonito, y se echó a reír. Le dije que aún parecía que había algunos mosquitos, y se echó a reír. Le dije que Prospect Point estaba tan bonito como siempre, y se echó a reír. Si le dijera a la señorita Maria: «Mi padre se ha ahorcado, mi madre ha tomado veneno, mi hermano está en la cárcel y yo me estoy muriendo de tuberculosis», se echaría a reír. No lo puede evitar: es así de nacimiento; pero es horrible, y muy triste.

La quinta anciana es la señora Grant. Es un encanto, pero como solo dice cosas buenas de todo el mundo su conversación tiene muy poco interés.

Y ahora Jonas, Ana.

El primer día, en la mesa, vi a un joven, sentado enfrente de mí, que me sonreía como si me conociera desde la cuna. Sabía, por el tío Mark, que se llamaba Jonas Blake, que era estudiante de Teología en St. Columbia y que ese verano estaba a cargo de la Iglesia Misionera de Point Prospect.

Es muy feo, de hecho es el hombre más feo que he visto en mi vida. Tiene el cuerpo grande y desgarbado, y unas piernas absurdamente largas; el pelo lacio y del color de la estopa; los ojos verdes; la boca grande y las orejas... prefiero no pensar en sus orejas si lo puedo evitar.

Tiene una voz preciosa —si cierras los ojos te parece un hombre adorable— y, por supuesto, una actitud y un alma encantadoras.

Nos hicimos amigos en el acto. Naturalmente, estudió en Redmond y eso nos une. Hemos ido a pescar en barco y a pasear por la playa a la luz de la luna y ha sido muy bueno conmigo. Irradia bondad. A las señoras, menos a la señora Grant, no les gusta Jonas, porque se ríe y gasta bromas, y porque salta a la vista que prefiere la compañía de gente frívola como yo a la suya.

No sé por qué, Ana, pero no quiero que él me considere frívola. Es una tontería. ¿Por qué me preocupa lo que piense de mí un hombre con el pelo del color de la estopa que se llama Jonas y al que no había visto nunca?

El domingo pasado predicó en la iglesia del pueblo. Fui a la iglesia, claro, pero me costaba asimilar que Jonas fuera a hacer la homilía. Que sea sacerdote —o que vaya a serlo— seguía pareciéndome una broma.

El caso es que Jonas predicó. Y, cuando llevaba diez minutos pronunciando el sermón, me sentí tan pequeña e insignificante que casi llegué a pensar que me había vuelto invisible. Jonas no me miró en ningún momento y tampoco habló de las mujeres, pero de pronto caí en la cuenta de lo ridícula, frívola y atolondrada que era, tan distinta de lo que para Jonas es la mujer ideal: una mujer noble, fuerte y extraordinaria. Habló con la mayor sinceridad, ternura y seriedad, como corresponde en todo a un sacerdote. No entendía que hubiera podido parecerme feo —¡aunque lo es!—, con esos ojos llenos de inspiración y esa frente de intelectual que el flequillo despeinado le esconde los demás días de la semana.

La homilía fue espléndida, y habría podido quedarme a escucharla eternamente, pero me hizo sentir muy desgraciada. Ay, Ana, ojalá fuera como tú.

Jonas me alcanzó volviendo a casa y sonrió tan alegre como siempre. Pero su sonrisa ya no me engañaba. Había visto al verdadero Jonas. Pensé si él vería alguna vez a la verdadera Phil, a la que nadie, ni siquiera tú, Ana, ha visto todavía.

Y le dije: «Jonas (se me olvidó llamarlo señor Blake. ¡Qué horror! Aunque hay momentos en los que esas cosas no tienen importancia), Jonas, ha nacido usted para ser sacerdote. No podría ser otra cosa».

«No, no podría —asintió tranquilamente—. He estado mucho tiempo intentando ser otra cosa: no quería ser sacerdote. Pero al final he visto que esa es la tarea que se me ha encomendado y, si Dios quiere, intentaré serlo.»

Habló en voz baja y con reverencia. Pensé que desempeñaría su tarea muy bien y con nobleza; ¡y qué feliz sería la mujer dotada por naturaleza para ayudarlo en ese empeño! No sería una pluma arrastrada por el viento voluble de la fantasía. Siempre sabría cómo vestir. Probablemente solo tendría un vestido. Los sacerdotes nunca tienen mucho dinero. Pero le daría lo mismo tener un solo sombrero que ninguno, porque tendría a Jonas.

Ana Shirley, no te atrevas a pensar o insinuar que me he enamorado del señor Blake. ¿Cómo iba a gustarme un teólogo pobre, feo y desgarbado que se llama Jonas? Como dice el tío Mark: «No solo es improbable, sino que es imposible».

Buenas noches,
Phil

P. S.: Es imposible pero... tengo la terrible sospecha de que es cierto. Estoy feliz, angustiada y asustada. Sé que él nunca podrá interesarse por mí. ¿Crees que podría llegar a convertirme en una mujer pasable para un sacerdote, Ana? ¿Y la gente esperará de mí que dirija las oraciones?

P. G.

Capítulo XXV
LLEGA EL PRÍNCIPE ENCANTADO

—Dudo entre lo que me llama a salir y lo que me llama a quedarme —dijo Ana, contemplando por la ventana de la Casa de Patty los pinos del parque a lo lejos—. Tengo una tarde para dedicar al dulce hacer nada, tía Jimsie. ¿La paso aquí, al lado de este fuego acogedor, una fuente de manzanas deliciosas, tres gatos ronroneantes y armoniosos y dos impecables perros de porcelana con el hocico verde? ¿O me voy al parque y me dejo cautivar por los bosques grises y el lameteo del agua gris en las rocas del puerto?

—Si fuera joven me decidiría por el parque —contestó la tía Jamesina, mientras hacía cosquillas a Joseph en la oreja amarilla con una aguja de hacer punto.

—Pero ¿usted no presumía de ser tan joven como nosotras, tita? —preguntó Ana, en broma.

—Sí, de espíritu. Pero reconozco que mis piernas no son tan jóvenes como las tuyas. Sal a tomar el aire, Ana. Últimamente estás pálida.

—Creo que iré al parque —decidió Ana con inquietud—. Hoy no tengo ganas de apacibles alegrías domésticas. Quiero sentirme sola, libre y salvaje. El parque estará desierto, porque todo el mundo habrá ido al partido de fútbol.

—¿Y tú por qué no has ido?

—«Nadie me lo pidió, señor.» Al menos nadie más que ese horrible Dan Ranger. No iría con él ni a la vuelta de la esquina, aunque para no herir sus delicados sentimientos le dije que no me apetecía ir al partido. Me da igual. De todos modos hoy no tengo ganas de fútbol.

—Sal a tomar el aire —repitió la tía Jamesina—, pero llévate el paraguas porque creo que va a llover. Me lo dice el reúma en la pierna.

—Solo la gente muy mayor puede tener reúma, tita.

—Todo el mundo puede tener reúma en las piernas, Ana. Lo que solo puede tener la gente muy mayor es reúma en el alma. Yo por suerte no lo tengo. Cuando empiezas a tener reúma en el alma ya puedes ir pensando en encargar el féretro.

Era noviembre: el mes de los atardeceres rojos, de la marcha de los pájaros, de los cánticos tristes y profundos del mar, y de la música apasionada del viento entre los pinos. Ana echó a andar por los caminos del pinar y, tal como había dicho, dejó que el viento impetuoso y fuerte se llevara las brumas de su alma. No estaba acostumbrada a tener bruma en el alma. Aunque, por alguna razón, desde que había vuelto a Redmond por tercer año, la vida no le devolvía el reflejo de su espíritu con la chispeante y perfecta claridad de antes.

Aparentemente, la vida en la Casa de Patty seguía, como siempre, la misma agradable rutina de trabajo, estudio y diversión. Los viernes por la tarde, la amplia sala de estar con su chimenea encendida se llenaba de gente y ecos de interminables risas y bromas, mientras la tía Jamesina los observaba a todos con una sonrisa radiante. El «Jonas» de la carta de Phil venía a menudo: corría para coger el primer tren en St. Columbia y volvía en el último. Era el favorito de todas en la Casa de Patty, aunque la tía Jamesina observaba con pesar que los estudiantes de lo divino ya no eran como antes.

—Es un encanto, hija —le dijo a Phil—, pero los sacerdotes deberían ser más serios y más dignos.

—¿Es que no puede un hombre reírse lo que quiera sin dejar de ser cristiano? —contestó Phil.

—Bueno, los hombres, sí. Pero yo hablaba de los sacerdotes, hija —le reprochó la tía Jamesina—. Y tú no deberías coquetear así con el señor Blake... No deberías.

—No coqueteo con él —protestó Phil.

Ana era la única que la creía. Las demás pensaban que se estaba divirtiendo, como de costumbre, y le decían abiertamente que hacía muy mal.

—El señor Blake no es como Alec y Alonzo, Phil —señaló Stella en tono severo—. Se toma las cosas en serio. Podrías destrozarle el corazón.

—¿De verdad lo crees? Es algo que me encantaría.

—¡Philippa Gordon! Nunca me imaginé que pudieras ser tan cruel. ¡Mira que decir que te encantaría destrozar el corazón de un hombre!

—Yo no he dicho eso, cielo. Cítame bien. He dicho que es algo que me encantaría. Me gustaría saber que tengo el poder de hacer eso.

—No te entiendo, Phil. Estás incitando a ese hombre deliberadamente... y sabes que tus intenciones no son serias.

—Mi intención es que me pida que me case con él —contestó tranquilamente Phil.

—Me rindo —dijo Stella con desesperación.

Gilbert pasaba de vez en cuando los viernes por la tarde. Siempre parecía de buen humor, bromeaba y participaba en la conversación ingeniosa. No buscaba a Ana, pero tampoco la evitaba. Cuando las circunstancias los acercaban, la trataba con cortesía y amabilidad, como a una simple conocida. La camaradería de otros tiempos se había esfumado por completo. Ana era muy consciente, pero se decía a sí misma que se alegraba de que Gilbert hubiera superado totalmente su decepción y daba las gracias por ello. Aquella tarde de abril en el huerto temió sinceramente que le había hecho muchísimo daño y le había dejado una herida que tardaría mucho en curarse. Ahora veía que no tenía por qué haberse preocupado. Los hombres se morían, y eran pasto de los gusanos, pero nunca por amor. Era evidente que Gilbert no corría ningún peligro de disolución inmediata. Disfrutaba de la vida y rebosaba energía y ambición. No tenía sentido para él perder el tiempo desesperándose por una mujer imparcial y fría. Ana, mientras oía el continuo intercambio de bromas entre Gilbert y Phil, dudaba haber visto esos ojos con que él la había mirado cuando le dijo que nunca podría quererlo.

No faltaban quienes con mucho gusto ocuparían el puesto libre de Gilbert. Pero Ana los desairaba a todos, sin miedo y sin reproche. Si el verdadero Príncipe Encantado no aparecía, Ana no aceptaría un sustituto. Esto pensó, muy en serio, ese día en el parque.

La profecía de lluvia de la tía Jamesina se cumplió de repente con un rumor y una descarga de agua. Ana abrió el paraguas y bajó la cuesta deprisa. Cuando llegó a la carretera del puerto, una violenta ráfaga de viento atacó el camino. Al instante, el paraguas se había dado la vuelta. Ana lo sujetó con desesperación. Y entonces, oyó una voz a su lado.

—Disculpe. ¿Puedo ofrecerle que se refugie en mi paraguas?

Ana levantó la vista. Alto, guapo y con aire distinguido... unos ojos inescrutables, oscuros y melancólicos... una voz amable, dulce y melodiosa: sí, tenía delante al héroe de sus sueños, en carne y hueso. Ni hecho de encargo habría podido parecerse más a su ideal.

—Gracias —aceptó, desconcertada.

—Más vale que vayamos corriendo a ese pabellón de aquel extremo —propuso el desconocido—. Allí podremos esperar hasta que pase el chaparrón. No es probable que una lluvia tan fuerte dure mucho.

Sus palabras eran muy corrientes, pero ¡el tono! ¡Y la sonrisa que las acompañaba! Ana sintió que el corazón le latía de un modo muy extraño.

Echaron a correr hacia el pabellón y se sentaron sin aliento bajo su amable cubierta. Ana, riéndose, levantó el engañoso paraguas.

—Cuando mi paraguas se da la vuelta me convenzo de la absoluta depravación de las cosas inanimadas —dijo alegremente.

Las gotas de lluvia centelleaban en su pelo reluciente, y varios mechones de pelo suelto le cubrían la frente y la nuca. Tenía las mejillas coloradas y sus ojos grandes relucían como las estrellas. Su acompañante la observó con admiración. Ana notó que se ruborizaba al ver su mirada. ¿Quién sería? ¡Pero si llevaba en la solapa la insignia roja y blanca de Redmond! Creía conocer, al menos de vista, a todos los estudiantes de Redmond, menos a los novatos. Y estaba claro que este joven tan elegante no era un novato.

—Veo que somos compañeros de universidad —observó con una sonrisa al ver la insignia de Ana—. Eso debería servir como carta de presentación. Me llamo Royal Gardner. Y usted es la señorita Shirley, la que leyó ese trabajo sobre Tennyson en la Sociedad de Amigos de las Ciencias la otra tarde, ¿verdad?

—Sí, pero no lo conozco a usted de nada —dijo Ana con franqueza—. Por favor, ¿dígame de dónde es?

—Tengo la sensación de no ser de ninguna parte. Estudié primero y segundo en Redmond, pero he estado dos años en Europa. Ahora he vuelto a terminar los estudios de Artes.

—Yo también estoy en tercero —dijo Ana.

—Entonces somos compañeros de curso además de universidad. Eso me hace reconciliarme con los años perdidos y devorados por las langostas —dijo el joven, con todo un mundo de significado en aquellos ojos tan maravillosos.

Siguió lloviendo sin parar casi una hora. Pero el tiempo pasó volando. Cuando las nubes se alejaron y el pálido sol de noviembre iluminó el puerto y los pinos, Ana y su acompañante volvieron a casa paseando. Al llegar a la puerta de la Casa de Patty, él ya había pedido permiso para pasar a verla y ella se lo había dado. Ana entró en casa con las mejillas encendidas y el corazón latiendo en las yemas de los dedos. Rusty, que se le subió encima e intentó acercarle el hocico, vio que lo recibían con distracción. Ana, con el alma llena de ilusiones románticas, no tenía en ese momento un ápice de atención libre para un gatito con las orejas rotas.

Esa tarde llegó un paquete para la señorita Shirley a la Casa de Patty. Era una caja con una docena de rosas magníficas. Phil tuvo la impertinencia de precipitarse sobre la tarjeta que cayó al suelo, para leer el nombre del remitente y la cita poética escritos al dorso.

—¡Royal Gardner! —exclamó—. ¡No sabía que conocieras a Roy Gardner!

—Lo he conocido esta tarde en el parque, cuando empezó a llover —explicó Ana apresuradamente—. Se me dio la vuelta el paraguas y él vino a rescatarme con el suyo.

—¡Ah! —Phil observó a Ana con curiosidad—. ¿Y un incidente tan común es motivo para que os envíe una docena de rosas de tallo largo con unos versos tan sentimentales? ¿Por qué os sonrojáis como la más divina de las rosas al mirar esta tarjeta? Ana, vuestra cara os delata.

—No digas tonterías, Phil. ¿Conoces al señor Gardner?

—Conozco a sus dos hermanas y sé cosas de él. Como todo el mundo que vale la pena en Kingsport. Los Gardner son una de las familias más ricas y de sangre más azul. Roy es guapísimo y listísimo. Hace dos años, su madre enfermó, y Roy tuvo que dejar los estudios para irse con ella al extranjero: su padre murió hace tiempo. Debió de ser muy duro para él dejar las clases, pero dicen que se lo tomó de maravilla. Uy, uy, uy, Ana. Huelo a historia de amor. Casi te envidio, aunque no del todo. Al fin y al cabo, Roy Gardner no es Jonas.

—¡Qué gansa eres! —dijo Ana con altanería. Pero esa noche se quedó en vela hasta muy tarde y ni siquiera tenía ganas de dormir. Sus fantasías, despierta, eran mucho más seductoras que cualquier visión del mundo de los sueños. ¿Había llegado por fin el verdadero príncipe? Al recordar esos ojos divinos y oscuros que habían mirado tan dentro de los suyos, Ana se inclinaba decididamente a pensar que sí.

Capítulo XXVI
LLEGA
CHRISTINE

Las chicas de la Casa de Patty se estaban vistiendo para la recepción que los de tercero ofrecían a los de cuarto en febrero. Ana se miró en el espejo del cuarto azul con satisfacción femenina. Se había puesto un vestido especialmente bonito. En su origen había sido un simple forro de seda beige con un sobrevestido de gasa, pero Phil se empeñó en llevárselo a casa, cuando fue a pasar las Navidades, para bordar la gasa con diminutos capullos de rosa. Y, como Phil tenía buenas manos, el vestido acabó siendo la envidia de todas las chicas de Redmond. Hasta Allie Boone, a quien le traían los vestidos de París, miró con deseo aquella pócima hecha con capullos de rosa cuando Ana subió la escalinata principal de Redmond.

Ana estaba comprobando el efecto que causaba una orquídea blanca en el pelo. Roy Gardner le había enviado orquídeas blancas para la recepción y ella sabía que ninguna otra chica de Redmond las llevaría esa noche. Justo en ese momento entró Phil y se quedó mirándola con admiración.

—Ana, es evidente que esta noche te toca estar guapa. Nueve de cada diez noches te supero con facilidad, pero la décima floreces de repente y me eclipsas por completo. ¿Cómo lo haces?

—Es el vestido, cielo. Las cosas bonitas.

—No es eso. La última noche que irradiabas belleza llevabas el vestido camisero de franela azul que te hizo la señora Lynde. Si Roy no hubiera perdido ya definitivamente la cabeza y el corazón por ti, esta noche los perdería sin falta. Pero no me gustas con las orquídeas, Ana. No es envidia. Es que parece que las orquídeas no te pegan. Son demasiado exóticas... demasiado tropicales... demasiado insolentes. En todo caso, no te las pongas en el pelo.

—Vale, no me las pondré. Confieso que no me gustan las orquídeas. No veo que tengan ninguna relación conmigo. Roy no me las envía a menudo: sabe que me gustan las flores que pueden llevarse cada día. Las orquídeas solo se llevan para ir de visita.

—Jonas me ha mandado unos capullos preciosos de rosas rosas para esta noche... pero... él no viene. ¡Dice que tenía un encuentro de oración en los suburbios! Yo creo que no quería venir, Ana. Tengo el horrible temor de que a Jonas en realidad no le intereso nada. Y estoy tratando de decidir si me muero de pena o si termino mi carrera como una persona sensata y útil.

—Tú nunca podrías ser sensata y útil, Phil, así que más vale que te mueras de pena —dijo Ana con crueldad.

—¡Qué bruta eres, Ana!

—¡Y tú qué tonta, Phil! Sabes muy bien que Jonas te quiere.

—Pero no me lo dice. Y yo no puedo obligarlo. Reconozco que sí lo parece. Pero que me hable con los ojos en realidad no es una razón fiable para ponerme a bordar tapetes y hacer manteles con vainica. No quiero empezar esas labores hasta que esté prometida. Sería tentar al destino.

—El señor Blake no se atreve a pedirte que te cases con él, Phil. Es pobre y no puede ofrecerte un hogar como el que siempre has tenido. Sabes que es el único motivo por el que no te lo ha pedido hace tiempo.

—Supongo que sí —asintió Phil con pena. Y, animándose, añadió—: Bueno, si él no me lo pide se lo pediré yo, y listo. Así seguro que sale bien. Por cierto, Gilbert Blythe va a todas partes con Christine Stuart. ¿Lo sabías?

Ana intentaba prenderse una cadenita de oro en el cuello. De repente, notó que le costaba abrochar el cierre. ¿Qué le pasaba, o qué le pasaba a sus dedos?

—No —dijo Ana con indiferencia—. ¿Quién es Christine Stuart?

—La hermana de Ronald Stuart. Está en Kingsport este invierno, estudiando música. No la he visto, pero dicen que es muy guapa y que Gilbert está loco por ella. Me enfadé mucho cuando rechazaste a Gilbert, Ana. Pero Roy Gardner te estaba predestinado. Ahora lo entiendo. Al final tenías razón.

Ana no se puso colorada como era habitual cuando sus amigas daban por hecho que se casaría con Roy Gardner. De repente perdió el entusiasmo. La conversación de Phil le parecía trivial y la recepción un aburrimiento. Le dio un cachete en las orejas al pobre Rusty.

—¡Eh, gato, baja ahora mismo de ese cojín! ¿Por qué no te quedas abajo, en tu sitio?

Bajó con sus orquídeas al cuarto de estar, donde la tía Jamesina presidía una hilera de abrigos colgados delante del fuego para calentarlos. Roy Gardner ya estaba esperando a Ana y, entre tanto, le dio por chinchar a la gata Sarah. A la gata no le gustaba Roy. Siempre le daba la espalda. Pero a todas las demás ocupantes de la Casa de Patty les gustaba mucho. La tía Jamesina, dejándose llevar por la inquebrantable y respetuosa cortesía del joven y el tono suplicante de su maravillosa voz, declaró que en la vida había visto un chico más encantador y que Ana era muy afortunada. Este tipo de comentarios ponían nerviosa a Ana. El cortejo de Roy habría cumplido con todas las expectativas románticas de cualquier muchacha, pero Ana prefería que la tía Jamesina y sus compañeras no lo dieran todo por sentado. Cuando Roy murmuró un cumplido poético, mientras la ayudaba a ponerse el abrigo, Ana no se ruborizó ni se emocionó como de costumbre, y él la notó muy callada en el breve paseo hasta Redmond. Le pareció que estaba algo pálida cuando la vio salir del guardarropa de las alumnas, pero al entrar en el salón Ana recuperó al instante el brillo y el color. Se volvió hacia Roy con su expresión más alegre. Él sonrió con lo que Phil llamaba «su profunda sonrisa de terciopelo negro». Sin embargo, Ana no veía a Roy en absoluto. Era plenamente consciente de que Gilbert estaba debajo de las palmeras, al otro lado del salón, hablando con una chica que debía de ser Christine Stuart.

Era muy guapa: tenía ese estilo majestuoso destinado a desbordarse en la mediana edad: alta, con los ojos grandes y de color azul oscuro, rasgos marfileños y el brillo de la oscuridad en el pelo liso.

«Es como yo siempre he querido ser físicamente —pensó Ana con desesperación—. El cutis como una rosa... Los ojos como un par de estrellas violetas... El pelo como el ala de un cuervo. Sí: lo tiene todo. ¡Ya es raro que no se llame Cordelia Fitzgerald, también! Aunque creo que no tiene tan buen porte como yo, y desde luego en la nariz no me gana.»

Ana se consoló un poco con esta conclusión.

Capítulo *XXVII*
MUTUAS CONFIDENCIAS

Marzo llegó ese invierno como el más manso y dulce de los corderos, con días frescos, tersos y dorados, seguidos siempre de un atardecer gélido y rosa que se perdía poco a poco en el élfico resplandor de la luna.

La sombra de los exámenes de abril empezaba a perseguir a las chicas de la Casa de Patty, que se emplearon a fondo en el estudio; hasta Phil se instaló entre sus libros y cuadernos con una constancia que nadie esperaba.

—Voy a por la beca Johnson de matemáticas —anunció tranquilamente—. Podría aspirar fácilmente a la de griego, pero prefiero conseguir la de matemáticas para demostrarle a Jonas que soy listísima.

—A Jonas le gustan más tus ojazos castaños y tu sonrisa pícara que todo el cerebro que tienes debajo de los rizos —dijo Ana.

—Cuando yo era pequeña no se consideraba femenino saber matemáticas —observó la tía Jamesina—. Pero los tiempos han cambiado. No sé yo si a mejor en todo. ¿Sabes cocinar, Phil?

—No, no he preparado nada en la vida, aparte de un pan de jengibre que fue un desastre: plano en el centro y como rodeado de montañas en los bordes. Ya sabe. Pero, tita, si me pongo a cocinar en serio, ¿no cree que el

cerebro que me ayuda a ganar una beca de matemáticas también me ayudará a aprender a cocinar?

—Puede —contestó la tía Jamesina con cautela—. No critico la educación superior de las mujeres. Mi hija es licenciada en Humanidades y también sabe cocinar. Pero yo le enseñé a cocinar antes de que un profesor de
universidad le enseñara matemáticas.

A mediados de marzo llegó una carta de la señorita Patty Spofford en
la que anunciaba que la señorita Maria y ella habían decidido quedarse un
año más en el extranjero.

«O sea, que podéis seguir en la Casa de Patty también el próximo invierno —decía—. Maria y yo nos vamos a recorrer Egipto. Quiero ver la Esfinge
antes de morir.»

—¡Tiene gracia imaginarse a dos señoras como ellas recorriendo Egipto!
¿Se pondrán a tricotar mientras miran la Esfinge? —dijo Priscilla, riéndose.

—Cuánto me alegro de que podamos seguir en esta casa un año más
—señaló Stella—. Temía que volvieran, y entonces este nidito tan alegre
que hemos hecho aquí se rompería, y nosotras, pobres polluelas inexpertas,
nos veríamos de nuevo arrojadas al mundo cruel de las casas de huéspedes.

—Voy a dar un paseo por el parque —anunció Phil, apartando su libro—.
Creo que cuando tenga ochenta años me alegraré de haber salido a pasear
por el parque esta noche.

—¿Qué quieres decir? —preguntó Ana.

—Ven conmigo y te lo cuento, cielo.

Disfrutaron a lo largo del paseo de toda la magia y el misterio de un atardecer de marzo. Hacía una tarde suave y apacible, envuelta en un silencio
blanco y caviloso, un silencio entreverado todavía de un sinfín de levísimos
sonidos argentinos que se oían si uno aguzaba tanto el alma como el oído.
Se adentraron por un largo pasillo del pinar que parecía desembocar justo
en el corazón de un desbordante atardecer de invierno profundamente rojo.

—Me iría a casa ahora mismo a escribir un poema si fuera capaz —aseguró Phil, deteniéndose en un claro donde la luz rosada teñía las puntas verdes de los pinos—. Esto es maravilloso: esta blanca quietud y esos árboles
oscuros que siempre parecen estar pensando.

—«Los bosques fueron los primeros templos de Dios» —citó Ana en voz baja—. Es imposible no sentir reverencia y adoración en un sitio así. Siempre me siento muy cerca de él cuando paseo entre los pinos.

—Ana, soy la chica más feliz del mundo —confesó Phil de buenas a primeras.

—Entonces, ¿el señor Blake te ha pedido por fin que te cases con él? —preguntó Ana con tranquilidad.

—Sí. Y sorbí tres veces por la nariz mientras me lo pedía. ¡Qué horror! Pero dije que sí casi antes de que hubiera terminado, de tanto miedo como me daba que pudiese cambiar de opinión y callarse. Estoy locamente feliz. Me parecía imposible que Jonas pudiera interesarse por una frívola como yo.

—Phil, en realidad tú no eres frívola —dijo Ana, muy seria—. En el fondo, detrás de esa fachada frívola, tienes un alma encantadora, femenina y leal. ¿Por qué la escondes tanto?

—No puedo evitarlo, reina Ana. Tienes razón. En el fondo no soy frívola. Pero tengo una especie de capa frívola que no me puedo quitar. Como dice la señora Poyser, para cambiar eso tendrían que volver a empollarme y hacerme de otra manera. De todos modos, Jonas sabe cómo soy en realidad y me quiere así, con frivolidad y todo. Y yo lo quiero. La mayor sorpresa de mi vida fue descubrir que estaba enamorada de él. Nunca pensé que pudiera enamorarme de un hombre feo. ¡Imagínate: he acabado con un solo novio! ¡Y para colmo se llama Jonas! Pero pienso llamarlo Jo. Es bonito y contundente. A Alonzo no podía ponerle un apodo.

—¿Qué ha sido de Alec y Alonzo?

—Bueno, en Navidades les dije que no podía casarme con ninguno de los dos. Ahora se me hace raro pensar que en algún momento lo creyera posible. Se lo tomaron tan mal que lloré por los dos: a lágrima viva. Pero sabía que solamente había un hombre en el mundo con el que podría casarme. Por fin me he decidido y ha sido facilísimo. Es maravilloso sentirse tan segura y saber que esa seguridad es enteramente tuya y no de otra persona.

—¿Crees que serás capaz de perseverar?

—¿En mi decisión, quieres decir? No lo sé, pero Jo me ha enseñado una regla estupenda. Dice que, cuando no sepa qué hacer, haga lo que me gustaría haber hecho cuando tenga ochenta años. El caso es que él toma sus decisiones enseguida, y sería incómodo que hubiera dos personas de mente ágil en la misma casa.

—¿Qué dicen tu padre y tu madre?

—Mi padre no dice mucho. Todo lo que hago le parece bien. Pero mi madre sí dirá. Tiene la lengua de los Byrne, tan larga como la nariz. Pero al final todo se arreglará.

—Cuando te cases con el señor Blake tendrás que renunciar a muchas cosas buenas que siempre has tenido, Phil.

—Pero lo tendré a él. No echaré de menos esas cosas. Nos casaremos en junio del año que viene. Ya sabes que Jo se gradúa en St. Columbia esta primavera. Luego va a aceptar una iglesia misionera en los suburbios de la calle Patterson. ¡Imagíname a mí en los suburbios! Pero con él me voy a los suburbios o a las montañas heladas de Groenlandia.

—Y esta es la chica que nunca se casaría con un hombre que no fuera rico —le dijo Ana a un pino joven.

—Ay, no me eches en cara mis tonterías de juventud. Seré tan alegre de pobre como lo he sido de rica. Ya lo verás. Voy a aprender a cocinar y a hacer vestidos. Ya he aprendido a hacer la compra desde que vivo en la Casa de Patty; y una vez me pasé un verano entero dando clase de catequesis a los niños. La tía Jamesina dice que voy a estropear la carrera de Jo si me caso con él. Pero no es verdad. Sé que no tengo mucho sentido de la austeridad, pero tengo algo mucho mejor: el don de caer bien a la gente. En Bolingbroke hay un hombre que cecea y siempre toma la palabra en los encuentros de oración. Y dice: «*Zi* no *puedez* arder como una *eztrella* eléctrica, arde como una vela». Yo seré la velita de Jo.

—Phil, eres incorregible. Te quiero tanto que no puedo darte la enhorabuena a la ligera, con palabras bonitas. Pero me alegro en el alma de tu felicidad.

—Ya lo sé. Esos ojazos grises rebosan amistad sincera, Ana. Algún día yo te miraré del mismo modo. Te vas a casar con Roy, ¿verdad?

—Mi querida Philippa, ¿has oído hablar de la famosa Betty Baxter, que «rechazó a un hombre antes de que él le propusiera matrimonio»? No pienso imitar a esta famosa señora, ni rechazando ni aceptando a nadie antes de que «me lo pida».

—Todo el mundo en Redmond sabe que Roy está loco por ti —dijo Phil, con sinceridad—. Y tú lo quieres, ¿verdad que sí, Ana?

—Sí... supongo que sí —dijo Ana con reparo. Pensó que tendría que haberse puesto colorada al hacer semejante confesión, y no fue así; en cambio, siempre se ponía coloradísima cuando alguien hacía algún comentario sobre Gilbert Blythe o Christine Stuart. Gilbert Blythe y Christine Stuart no le interesaban nada en absoluto. Pero Ana había renunciado al intento de analizar el motivo de sus sonrojos. Y, en cuanto a Roy, claro que estaba enamorada de él, locamente enamorada. ¿Cómo no estarlo? ¿No era su ideal? ¿Quién podía resistirse a esos maravillosos ojos oscuros y esa voz suplicante? ¿No se morían de envidia la mitad de las chicas de Redmond? ¡Y qué preciosidad de soneto le había enviado por su cumpleaños, con una caja de violetas! Ana se lo sabía de memoria. Y además era un soneto muy bueno. No exactamente a la altura de Keats o de Shakespeare —ni siquiera Ana estaba tan locamente enamorada para pensar eso—, pero más que aceptable para publicarlo en una revista. Y estaba dedicado a ella; no a Laura o a Beatriz o a la Doncella de Atenas, sino a ella: Ana Shirley. Decir en rítmica cadencia que sus ojos eran luceros del alba... que sus mejillas tenían el color que le robaban al amanecer... que sus labios eran más rojos que las rosas del paraíso, era de lo más emocionante y romántico. A Gilbert, ni en sueños se le habría ocurrido escribir un soneto a sus cejas. Pero, a cambio, Gilbert pillaba bien las bromas. Ana solo le había contado a Roy un chiste, una vez, y no lo había entendido. Se acordó de cuánto se habían reído Gilbert y ella con ese mismo chiste cuando eran amigos, y la asaltó la inquietante duda de si la vida con un hombre que no tenía sentido del humor no resultaría a la larga poco interesante. Pero ¿quién podía esperar que el héroe inescrutable y melancólico viera el lado gracioso de las cosas? Sería de todo punto ilógico.

Capítulo XXVIII
UN ATARDECER
DE JUNIO

—¿Cómo sería vivir en un mundo en el que siempre fuera junio? —preguntó Ana, cuando se acercaba entre las flores y las aromáticas del huerto, al atardecer, hacia las escaleras de la puerta principal, donde Marilla y la señora Rachel estaban sentadas, hablando del funeral de la mujer de Samson Coates, al que habían asistido ese día. Dora estaba entre las dos mujeres, estudiando sus lecciones con diligencia, mientras que Davy se había sentado en la hierba, con las piernas cruzadas, y parecía todo lo triste y compungido que su único hoyuelo le permitía.

—Te cansarías —contestó Marilla con un suspiro.

—Me imagino que sí, pero ahora mismo creo que tardaría mucho en cansarme si todo estuviera tan bonito como hoy. A todo le encanta junio. Davy, hijo, ¿a qué viene esa cara de noviembre melancólico cuando todo está en flor?

—A que estoy asqueado y harto de vivir —dijo el niño, con pesimismo.

—¿A los diez años? ¡Madre mía, qué triste!

—No estoy para bromas —advirtió Davy con dignidad—. Estoy... desanimado —añadió, pronunciando la importante palabra con valeroso esfuerzo.

—¿Por qué? —preguntó Ana, sentándose a su lado.

—Porque la nueva maestra, la que tenemos desde que el señor Holmes se puso enfermo, me ha puesto diez sumas para el lunes. Mañana tendré que pasarme todo el día haciéndolas. Y no es justo trabajar los sábados. Milty Boulter dice que él no piensa hacerlas, pero Marilla dice que las tengo que hacer. No me gusta ni un pelo la señorita Carson.

—No hables así de tu maestra, Davy Keith —le reprendió la señora Rachel—. La señorita Carson es una chica estupenda. No se anda con tonterías.

—Eso no suena muy divertido —dijo Ana, echándose a reír—. A mí me gusta la gente que hace algunas tonterías. Aunque me inclino a tener mejor opinión de la señorita Carson que tú, Davy. La vi anoche, en el encuentro de oración, y tiene unos ojos que no siempre son sensatos. Venga, Davy, échale valor. Mañana será otro día, y te ayudaré con las sumas de todo corazón. No malgastes este atardecer tan bonito preocupándote por la aritmética.

—Muy bien —dijo Davy, animándose—. Si me ayudas con las sumas, las haré a tiempo para ir de pesca con Milty. Ojalá que el funeral de la tía Atossa hubiera sido mañana en vez de hoy. Quería ir, porque Milty dice que su madre ha dicho que seguro que la tía Atossa se levantaría del ataúd y le diría cosas sarcásticas a todo el mundo que fuera al entierro. Pero Marilla dice que no se levantó.

—La pobre Atossa se quedó en su ataúd bien serena —dijo la señora Lynde con solemnidad—. La verdad es que nunca la había visto tan serena. Y nadie ha llorado mucho por ella, pobrecilla. La familia de Elisha Wright se alegra de haberse librado de ella, y tampoco puedo decir que yo se lo reproche.

—Es horrible irse de este mundo y no dejar a nadie que te eche de menos —dijo Ana con un escalofrío.

—A la pobre Atossa nunca la ha querido nadie más que sus padres, las cosas como son. Ni siquiera su marido —aseguró la señora Lynde—. Ella era su cuarta mujer. Como que cogió la costumbre de casarse. Se murió pocos años después de casarse con ella. El médico dijo que había muerto de dispepsia, pero yo mantendré siempre que murió por culpa de la lengua de Atossa, seguro. Pobrecilla, siempre lo sabía todo de los vecinos y nunca llegó a conocerse a sí misma. En fin, ya se ha ido; y supongo que el próximo acontecimiento será la boda de Diana.

—Es gracioso y horrible a la vez pensar que Diana se va a casar —suspiró Ana, abrazándose las rodillas y mirando por un hueco del Bosque Encantado la luz encendida en el cuarto de Diana.

—No creo que tenga nada de horrible: yo la veo la mar de contenta —replicó la señora Lynde—. Fred Wright tiene una buena granja y es un joven modélico.

—Desde luego no es el chico malo, guapetón y aventurero con el que Diana quería casarse —dijo Ana sonriendo—. Fred es buenísimo.

—Como debe ser. ¿Querrías que Diana se casara con un hombre malo? ¿O te casarías tú?

—Claro que no. No me casaría con un hombre malo, aunque me gustaría que pudiera ser malo pero no lo fuera. Y Fred es desesperantemente bueno.

—Espero que algún día tengas más sentido común —sentenció Marilla.

El tono de Marilla fue muy seco. Estaba profundamente decepcionada. Sabía que Ana había rechazado a Gilbert Blythe. Avonlea era un hervidero de rumores sobre el asunto, que se había filtrado nadie sabía cómo. A lo mejor Charlie Sloane se lo imaginó y tomó sus imaginaciones por certezas. A lo mejor Diana se lo había contado a Fred y Fred había sido indiscreto. El caso es que se sabía; la señora Blythe ya no le preguntaba a Ana, en público ni en privado, si tenía noticias de Gilbert, y, cuando la veía, ponía mala cara y pasaba de largo. A Ana, que siempre le había caído estupendamente la madre de Gilbert, porque era una mujer alegre y joven de espíritu, esto le dolía en secreto. Marilla no decía nada, pero la señora Lynde no paraba de lanzarle a Ana fastidiosas indirectas, hasta que la buena señora se enteró de cotilleos más frescos a través de la madre de Moody Spurgeon MacPherson: Ana tenía otro novio en la universidad, y era rico, guapo y bueno, todo en uno. Desde ese momento, la señora Rachel se mordió la lengua, aunque en lo más profundo de su corazón seguía lamentando que Ana no hubiera aceptado a Gilbert. Los ricos estaban muy bien, pero ni siquiera la señora Rachel, con todo su espíritu práctico, creía que la riqueza fuese un requisito esencial. Si a Ana le gustaba el «Apuesto Desconocido» más que Gilbert, no había más que decir; pero la señora Rachel tenía el grave temor de que Ana estuviera cometiendo el error de casarse por dinero. Marilla conocía a Ana demasiado bien para compartir estos temores, aunque tenía la sensación de que algo, en el orden general de las cosas, se había torcido de una manera muy triste.

—Lo que tenga que ser, será —observó la señora Rachel con aire sombrío—. Y lo que no tiene que ser a veces es. No puedo quitarme de la cabeza la idea de que eso es lo que va a pasar en el caso de Ana, salvo que Dios lo impida —suspiró la señora Rachel. Temía que Dios no lo impidiera, y ella no se atrevía.

Ana había ido paseando hasta la Burbuja de la Dríade y estaba acurrucada entre los helechos, a los pies del enorme abedul blanco, donde tantas veces se había sentado con Gilbert otros veranos. Él había vuelto a la oficina del periódico cuando terminó el curso, y Avonlea parecía muy aburrido sin él. Nunca escribía, y Ana echaba de menos unas cartas que jamás llegaban. Roy, en cambio, le escribía dos veces a la semana; sus cartas era composiciones exquisitas que habrían podido incluirse perfectamente en las páginas de unas memorias o una biografía. Ana se enamoraba más que nunca cuando leía las cartas, pero al verlas no le daba un vuelco el corazón —un vuelco doloroso, inmediato y extraño—, como le dio el día que la señora Sloane le entregó un sobre con la letra de Gilbert, negra y derecha. Ana volvió corriendo a su buhardilla y abrió el sobre con impaciencia. Lo que encontró fue una copia mecanografiada de un artículo de una asociación universitaria: nada más. Ana tiró el inofensivo escrito al suelo y se sentó a escribir a Roy una carta especialmente bonita.

Diana se casaba dentro de cinco días. La casa gris de El Bancal era un torbellino de actividad, entre repostería, guisos, asados y brebajes varios, porque sería una boda a la antigua usanza, por todo lo alto. Ana, naturalmente, iba a ser la madrina, y, según lo acordado desde que tenían doce años, Gilbert vendría de Kingsport para ser el padrino. Ana estaba muy ilusionada con los preparativos, pero por dentro tenía algo de pena. En cierto modo, iba a perder a su querida amiga de la infancia; la casa de Diana y

Fred se encontraba a más de tres kilómetros de Tejas Verdes y ya no podrían hacerse compañía a todas horas, como antes. Ana se quedó mirando la luz encendida en el cuarto de su amiga, pensando que había sido para ella como un faro durante muchos años y que ahora pronto dejaría de brillar en el crepúsculo del verano. Dos lagrimones de pena le llenaron los ojos grises.

—Ay —pensó—. Es horrible que la gente tenga que crecer... y casarse y ¡cambiar!

Capítulo XXIX
LA BODA
DE DIANA

—En el fondo, las verdaderas rosas son las de color rosa —dijo Ana mientras ataba con un lazo blanco el ramo de Diana en la buhardilla de El Bancal—. Son las flores del amor y de la fe.

Diana estaba en el centro de la habitación, nerviosa, con su vestido blanco y los rizos negros salpicados por la escarcha del velo nupcial. Ana le había puesto el velo, cumpliendo así con un pacto sentimental de años antes.

—Es todo muy parecido a como lo imaginaba hace mucho tiempo, cuando lloré por tu inevitable boda y nuestra consiguiente separación —dijo, con una carcajada—. Eres la novia de mis sueños, Diana, con el «precioso velo brumoso»; y yo tu dama de honor. La pena es que no tengo mangas de farol. Aunque estas cortas de encaje son casi más bonitas. Tampoco tengo el corazón roto en mil pedazos ni odio a Fred.

—No nos estamos despidiendo, Ana —protestó Diana—. No me voy lejos. Nos querremos la una a la otra tanto como siempre. Siempre hemos cumplido ese juramento de amistad que hicimos hace muchos años, ¿no?

—Sí. Lo hemos cumplido con lealtad. Hemos tenido una amistad preciosa, Diana. Nunca la hemos estropeado con riñas, frialdad o una mala palabra; y espero que siga siendo siempre así. Pero las cosas no pueden ser iguales a partir de hoy. Tendrás otros intereses y yo no formaré parte de ellos. Claro que, así es la vida, como dice la señora Rachel. La señora Rachel te ha regalado una de sus preciosas colchas, con rayas de color tabaco, y dice que cuando me case me regalará otra a mí también.

—Lo malo de que te cases es que no podré ser tu dama de honor —se lamentó Diana.

—Seré la dama de honor de Phil el mes de junio del año que viene, cuando se case con el señor Blake, y después tengo que parar porque ya conoces el refrán: «tres veces dama, nunca novia» —dijo Ana, mirando por la ventana los árboles del huerto llenos de flores blancas y rosas—. Ya llega el sacerdote, Diana.

—Ay, Ana —susurró Diana, poniéndose muy pálida de pronto y echándose a temblar—. Ay, Ana. ¡Qué nerviosa estoy! No voy a ser capaz, Ana. Sé que me voy a desmayar.

—Como te desmayes te arrastro al tonel de agua de lluvia y te tiro dentro —dijo Ana, muy poco comprensiva—. Anímate, cariño. Casarse no puede ser tan horrible si tanta gente sobrevive a la ceremonia. Mira lo tranquila que estoy yo y échale valor.

—Ya verás cuando llegue el momento, querida Ana. Ay, Ana, ya oigo subir a mi padre. Dame el ramo. ¿Tengo el velo bien puesto? ¿Estoy muy pálida?

—Estás maravillosa, Di. Anda, cariño, dame un último beso de despedida. Diana Barry nunca volverá a besarme.

—Pero Diana Wright sí. Mamá nos llama, vamos.

Siguiendo la antigua y sencilla costumbre de la época, Ana llegó al salón del brazo de Gilbert. Se encontraron en lo alto de las escaleras por primera vez desde Kingsport, porque él había llegado ese mismo día. Gilbert le dio la mano con cortesía. Tenía muy buen aspecto, aunque Ana notó nada más verlo que estaba bastante delgado. Pero no estaba pálido; tenía en las mejillas un rubor que se encendió al ver acercarse a Ana por el pasillo, con su delicado vestido blanco y el pelo reluciente adornado con lirios del valle. Cuando aparecieron juntos, un murmullo de admiración recorrió la sala.

«Qué buena pareja hacen», le susurró a Marilla la impresionable señora Rachel.

Fred entró solo, muy colorado, y después llegó Diana, del brazo de su padre. No se desmayó, y ningún incidente inoportuno estropeó la ceremonia, seguida del banquete y la celebración. Luego, cuando ya declinaba la tarde, Fred y Diana se fueron en la calesa, a la luz de la luna, a su nuevo hogar, y Gilbert acompañó a Ana hasta Tejas Verdes.

Habían recuperado parte de su antigua camaradería con la alegría informal de la fiesta. ¡Qué agradable hacer de nuevo ese camino tan familiar en compañía de Gilbert!

La noche era tan silenciosa que casi llegaba a oírse el susurro de las rosas en flor... la risa de las margaritas... la flauta de las hierbas... un sinfín de dulces sonidos entrelazados. La belleza de la luna en aquellos campos familiares iluminaba el mundo.

—¿Por qué no damos un paseo por el Camino de los Enamorados antes de que entres en casa? —propuso Gilbert mientras cruzaban el puente sobre el Lago de Aguas Centelleantes, donde la luna refulgía como una enorme flor de oro sumergida.

Ana aceptó sin dudarlo. El Camino de los Enamorados era esa noche una auténtica vereda en un mundo de hadas: un mundo resplandeciente y misterioso, rebosante de magia bajo el hechizo blanco que tejía la luz de la luna. En otro tiempo, este paseo con Gilbert habría sido demasiado peligroso, pero la existencia de Roy y Christine lo volvían ahora seguro. Ana se dio cuenta de que tenía muy presente a Christine mientras charlaba alegremente con Gilbert. La había visto en varias ocasiones antes de irse de Kingsport y había sido encantadora con ella. Christine también había sido encantadora. Lo cierto es que se trataban con la mayor cordialidad. Sin embargo, de estos encuentros no surgió la amistad. Christine, claramente, no era un alma gemela.

—¿Piensas quedarte en Avonlea todo el verano? —preguntó Gilbert.

—No. El fin de semana que viene me voy a Valley Road. Esther Haythorne me ha pedido que la sustituya en julio y agosto. Van a hacer un curso de verano en la escuela y Esther no se encuentra bien. Así que voy a ocupar su puesto. Por un lado no me importa. Empiezo a sentirme un poco extraña en Avonlea, ¿sabes? Me da pena, pero es la verdad. Es horrible ver la cantidad de niños que se han convertido de golpe en chicos y chicas, en jóvenes hechos y derechos estos dos últimos años. La mitad de mis alumnos ya son mayores. Me siento muy vieja cuando los veo en los sitios que antes llenábamos tú, yo y nuestros amigos.

Se echó a reír y suspiró. Se sentía muy mayor, madura y sabia, lo que demostraba lo joven que era. Pensaba que le encantaría volver a esos días tan alegres y queridos, cuando veía la vida a través de un velo rosa de ilusiones y esperanzas; unos días que tenían algo indefinible que se había ido para siempre. ¿Qué había sido del esplendor y los sueños?

—«Así se mueve el mundo», citó Gilbert con espíritu práctico y algo distraído. Ana se preguntó si estaría pensando en Christine. Ay, ¡qué solitario iba a quedarse Avonlea... ahora que Diana se había marchado!

Capítulo XXX
EL CORTEJO DE LA SEÑORA SKINNER

Ana bajó del tren en la estación de Valley Road y echó un vistazo alrededor para ver si alguien la esperaba. Iba a alojarse en casa de una tal señorita Janet Sweet, y no veía a nadie que respondiera a la idea que se había formado de ella a partir de la carta de Esther. La única persona a la vista era una señora mayor, sentada en un carro y rodeada de sacas de correo. Decir que pesaría unos cien kilos habría sido una estimación benévola. Tenía la cara tan redonda, roja y desprovista de rasgos como la luna de la cosecha. Llevaba un vestido de cachemira negro y ajustado, a la moda de diez años antes, un polvoriento sombrerito de paja negro, adornado con una cinta amarilla, y unos guantes de encaje negros, ya desvaídos.

—Eh, usted —llamó, señalando a Ana con el látigo—. ¿Es usted la nueva maestra de Valley Road?

—Sí.

—Ya me lo imaginaba. Valley Road es famoso por sus guapas maestras, como Millersville lo es por sus maestras feúchas. Janet Sweet me preguntó esta mañana si podía recogerla. Y le dije: «Claro que puedo, si no le importa ir un poquillo apretujada». Este carro mío es algo pequeño para las sacas del correo y yo un poco más grande que Thomas. Espere un momento, señorita, que voy a mover un poco las sacas para hacerle sitio. La casa de Janet está a unos tres kilómetros. El mozo de su vecino vendrá mañana a por su baúl. Me llamo Skinner. Amelia Skinner.

Ana por fin encontró un hueco, después de intercambiar divertidas sonrisas consigo misma en el intento.

—Arre, yegua negra —ordenó la señora Skinner, sujetando las riendas con las manos rechonchas—. Es mi primer viaje en la ruta del correo. Thomas tenía que recoger hoy los nabos y me ha pedido que hiciera yo la ronda. Conque me preparé, desayuné de pie y me puse en camino. Me apetecía. Aunque es muy aburrido. Me paso una parte del tiempo sentada, pensando, y la otra parte solo sentada. Arre, yegua negra. Quiero llegar a casa pronto. Thomas se siente muy solo cuando no estoy. Es que llevamos muy poco tiempo casados, ¿sabe usted?

—Ah —dijo Ana con cortesía.

—Hace solo un mes. Aunque Thomas me estuvo cortejando mucho tiempo. Fue muy romántico.

Ana trató de imaginarse a la señora Skinner dejándose cortejar, pero no pudo.

—¿Ah? —repitió.

—Sí. Es que tenía otro pretendiente. Arre, yegua negra. Llevaba viuda tantos años que la gente ya no esperaba que volviera a casarme. Pero cuando mi hija, que es maestra de escuela, como usted, se fue a enseñar al oeste, me sentí muy sola y no me pareció tan mala idea. Poco después Thomas empezó a venir por casa y el otro también: William Obadiah Seaman se llamaba. Tardé mucho en decidir con cuál de los dos quedarme, y ellos seguían viniendo y yo seguía dando vueltas. Porque W. O. era rico: tenía una buena casa y un porte muy distinguido. Era de largo el mejor partido. Arre, yegua negra.

—¿Por qué no se casó con él? —preguntó Ana.

—Pues porque no me quería —contestó la señora Skinner con aire solemne.

Ana la miró con unos ojos como platos. Pero no vio ni una pizca de humor en su expresión. Era evidente que la señora Skinner no pretendía hacer un chiste.

—Llevaba tres años viudo, y su hermana se ocupaba de la casa. Luego ella se casó y él solo quería alguien que atendiera la casa. La verdad es que salía a cuenta, creo yo. Es una casa bien bonita. Arre, yegua negra. Thomas era pobre, y lo único bueno que podía decir de su casa es que cuando no llueve no hay goteras, pero es una casita pintoresca. El caso es que yo quería a Thomas y W. O. me importaba un pepino. Así que debatí conmigo misma. «Sarah Crowe», me dije, porque mi primer marido se llamaba Crowe. «Cásate si quieres con un hombre rico, pero no serás feliz. Dos personas no pueden llevarse bien en este mundo sin un poco de amor. Mejor que te unas a Thomas, porque te quiere y tú lo quieres, y todo lo que no sea eso no te contentará.» Arre, yegua negra. Conque le dije a Thomas que sí. Mientras se acercaba el momento, no me atrevía a pasar por delante de la casa de W. O., por miedo a que esa casa tan bonita me hiciera dudar de nuevo. Pero ahora ya ni me acuerdo de ella, y estoy feliz y contenta con Thomas. Arre, yegua negra.

—¿Cómo se lo tomó William Obadiah? —preguntó Ana.

—Bueno, alborotó un poco. Pero ahora está cortejando a una solterona flaca de Millersville, y me parece que ella le dará el sí pronto. Será mejor que su primera mujer. W. O. nunca quiso casarse con ella. Se lo pidió solo «porque era lo que quería su padre, y en ningún momento se le pasó por la cabeza que ella pudiera decir otra cosa que no. Y resultó que le dijo que sí. Se vio en un dilema. Arre, yegua negra. Era una buena ama de casa, pero tacaña hasta decir basta. Se pasó dieciocho años con el mismo sombrero. Cuando se compró uno nuevo y W. O. se encontró con ella en el camino, no la reconoció. Arre, yegua negra. Tengo la sensación de que me he librado por los pelos. Podría haberme casado con él y haber sido muy infeliz, como mi pobre prima Jane Ann. Jane Ann se casó con un hombre rico por el que no sentía nada de nada y ha tenido una vida de perros. Vino a verme la semana pasada y me dijo: «Sarah Skinner, te envidio. Preferiría vivir en una cabaña al borde del camino con un hombre al que quisiera que en esa casona con el marido que tengo». El marido de Jane Ann no es mala persona, pero le gusta tanto llevar la contraria que se pone un abrigo de piel cuando hace treinta grados. Para conseguir que haga una cosa hay que animarlo a hacer justo lo contrario. Pero cuando no hay amor que allane el camino, la vida no es fácil.

Arre, yegua negra. Ahí está la casa de Janet, en la vaguada. «A la orilla del camino» la llama ella. Muy pintoresca, ¿verdad? Supongo que se alegrará de bajar del carro, con todo este montón de sacas de correo.

—Sí, pero he disfrutado mucho del viaje —dijo Ana, sinceramente.

—¡Anda ya! —dijo la señora Skinner, muy halagada—. Verá cuando se lo cuente a Thomas. Siempre se pone muy contento cuando me hacen un cumplido. Sooo, yegua negra. Bueno, ya hemos llegado. Espero que le vaya bien en la escuela, señorita. Puede ir por un atajo que cruza la marisma por detrás de casa de Janet. Si va por allí tenga mucho cuidado. Como se meta en ese lodo negro, se la tragará al momento, y nadie volverá a saber de usted hasta el día del juicio final, como le pasó a la vaca de Adam Palmer. Arre, yegua negra.

Capítulo XXXI
ANA A
PHILIPPA

Ana Shirley saluda a Philippa Gordon.

Querida mía:

Ya iba siendo hora de escribirte. Aquí estoy, instalada otra vez como maestra de escuela en Valley Road y alojada en la pensión de la señorita Janet Sweet: «A la orilla del camino». Janet es encantadora y muy guapa; alta pero no demasiado; fuerte, pero con cierta moderación en los contornos que sugiere un espíritu moderado y dispuesto a evitar el derroche incluso en cuestión de peso. Tiene el pelo castaño con algunas canas, rizado y recogido en un moño, y una cara muy alegre, de mejillas sonrosadas y ojos grandes, bonachones y azules como los nomeolvides. Además, es una magnífica cocinera a la antigua usanza, y no tiene ningún reparo en destrozarte el estómago con tal de ofrecerte un buen festín de grasas.

Nos caemos bien: sobre todo, al parecer, porque tenía una hermana que se llamaba Ana y murió joven.

«Cuánto me alegro de verte», me dijo con alegría en cuanto aterricé en su patio. «No te pareces nada a como te imaginaba. Estaba segura de que serías morena. Mi hermana Ana era morena. ¡Y eres pelirroja!»

Al principio pensé que Jane no iba a gustarme tanto como esperaba a primera vista. Luego me obligué a recordar que tengo que ser más prudente y no juzgar a nadie porque diga que mi pelo es «rojo».

Puede que la palabra «caoba» no forme parte del vocabulario de Janet.

«A la orilla del camino» es un sitio precioso. La casa es blanca y pequeña, y está en una vaguada preciosa que baja desde el camino. Entre el camino y la casa hay un huerto y un jardín de flores, todo mezclado. El paseo que lleva hasta la puerta principal tiene un reborde de coquinas: Janet las llama tellinas. Hay una parra virgen encima del porche y musgo en el tejado. Mi habitación es un cuartito muy «alejado de la sala de estar» y con espacio justo para la cama y yo. Sobre la cabecera de mi cama hay un retrato de Robby Burns junto a la sepultura de Mary Campbell, a la sombra de un enorme sauce llorón. La cara de Robby es tan triste que no me extraña que haya tenido pesadillas. La primera noche que pasé aquí soñé que no podía reírme.

La sala de estar es pequeñita y muy pulcra. La única ventana recibe la sombra de un sauce grande que da a la pieza una penumbra verde, como si fuera una gruta. Hay cojines preciosos en los asientos, alfombrillas de colores vistosos en el suelo, libros y tarjetas dispuestos con esmero en una mesa redonda, y jarrones de flores secas en la repisa de la chimenea. Entre los jarrones hay una alegre decoración de placas de ataúdes de plata: cinco en total, correspondientes al padre y la madre de Janet, un hermano, su hermana Ana y un mozo de granja que murió aquí. Si me volviera loca de repente un día de estos, por la presente hago saber que la culpa habrá sido de esas placas de ataúdes.

Pero todo es muy agradable y así se lo he dicho. Y, por decírselo, Janet me quiere tanto como detestaba a la pobre Esther, que le dijo que tanta sombra era poco higiénica y puso reparos a dormir en un colchón de plumas. A mí me encantan los colchones de plumas, y cuanto más antihigiénicos y más mullidos, más me encantan. Janet dice que da gusto verme comer. Se temía que yo fuera como la señorita Haythorne, que solo comía fruta, desayunaba agua caliente e intentaba que Janet dejara de hacer fritos. Esther es una chica estupenda, pero muy dada a las modas. Lo que le pasa es que tiene poca imaginación y tendencia a la indigestión.

¡Janet me ha dicho que podía recibir a cualquier joven en la sala de estar! No creo que vengan muchos. Todavía no he visto a ningún joven en Valley Road, aparte del mozo del vecino, Sam Toliver, un chico muy alto, con el pelo rubio y lacio. Hace poco vino una tarde y se pasó una hora sentado en la cerca del jardín, cerca del porche, mientras Janet y yo bordábamos. Los únicos comentarios que hizo en todo el tiempo fueron: «¡Tome una pastilla de menta, señorita! Ya sabe que son buenas para el catarro». Y: «¡Qué cantidad de saltamontes hay por aquí!».

Pero aquí se está cociendo una historia de amor. Parece que mi sino es verme enredada, más o menos activamente, en las historias de amor de la gente mayor. El señor y la señora Irving siempre dicen que se casaron gracias a mí. La mujer de Stephen Clark, el de Carmody, está empeñada en darme las gracias por sugerirle algo que cualquiera habría podido sugerirle. Sí creo, en cambio, que Ludovico el Veloz nunca habría pasado más allá de un plácido cortejo con Theodora Dix de no haber sido por mi ayuda.

Del presente romance soy solo una espectadora pasiva. Ya he intentado una vez facilitar las cosas y armé un lío tremendo. Así que no pienso volver a entrometerme. Te lo contaré todo cuando nos veamos.

Capítulo XXXII
LA MERIENDA CON LA SEÑORA DOUGLAS

El primer jueves por la noche de la estancia de Ana en Valley Road, Janet la invitó al encuentro de oración. Janet floreció como una rosa ante la perspectiva de asistir a dicho encuentro. Llevaba un vestido de muselina azul claro, salpicado de pensamientos, con más volantes de lo que nadie habría imaginado que la austera Janet se atrevería a permitirse, y un sombrero de paja blanco adornado con flores rosas y tres plumas de avestruz. Ana se mostró muy sorprendida. Poco después descubriría el motivo por el que Janet se arreglaba tanto, un motivo tan antiguo como el Edén.

Los encuentros de oración en Valley Road eran, al parecer, esencialmente femeninos. A este asistieron treinta y dos mujeres, dos muchachos y un solo hombre además del sacerdote. Ana se sorprendió examinando al hombre en cuestión. No era guapo ni joven ni elegante; tenía las piernas larguísimas —tanto que no le quedaba más remedio que recogerlas por debajo de la silla— y los hombros encorvados. Era de manos grandes y bigote descuidado, y a su pelo le hacía falta pasar por la barbería. Sin embargo, decidió que le gustaba su cara: una cara bondadosa, honrada y tierna. Y había algo más en sus facciones: algo que a Ana le costaba definir. Por fin llegó a la conclusión de que era un hombre que había sufrido y se había vuelto fuerte, y esto se manifestaba en sus facciones. Había en su expresión una especie de resistencia cómica y paciente que insinuaba que, llegado el caso de arder en la hoguera, conservaría la serenidad hasta que empezara a retorcerse.

Terminado el encuentro de oración, este hombre se acercó a Janet.

—¿Puedo acompañarte a casa, Janet? —preguntó.

Janet le ofreció el brazo «tímida y recatada como si no tuviera más de dieciséis años y la acompañaran a casa por primera vez», les contaría Ana a las chicas más adelante en la Casa de Patty.

—Señorita Shirley, permítame presentarle al señor Douglas —dijo muy envarada.

El señor Douglas asintió con la cabeza y saludó:

—La he estado observando en la oración, señorita, y he pensado que era una chiquilla encantadora.

Semejante comentario hecho por nueve de cada diez personas habría molestado a Ana profundamente, pero el tono del señor Douglas le permitió recibirlo como un cumplido muy agradable y sincero. Se lo agradeció con una sonrisa y dejó cortésmente que la pareja se adelantara a la luz de la luna.

¡O sea que Janet tenía un novio! Ana estaba encantada. Janet sería una esposa modélica: alegre, ahorradora, tolerante y toda una reina de la cocina. Sería un flagrante desperdicio de la naturaleza dejarla soltera para siempre.

—John Douglas me ha pedido que te lleve a ver a su madre —dijo Janet al día siguiente—. Pasa mucho tiempo en la cama y nunca sale de casa. Pero le gusta mucho la compañía y siempre quiere conocer a mis huéspedes. ¿Puedes venir esta tarde?

Ana asintió, pero a lo largo de la mañana el señor Douglas pasó para invitarlas de parte de su madre a merendar el sábado.

—Ay, ¿por qué no se ha puesto ese vestido tan bonito, el de pensamientos? —preguntó Ana cuando salían de casa. Hacía calor, y la pobre Janet, entre la emoción y el vestido de cachemira negro, parecía que se estaba achicharrando.

—La señora Douglas lo encontraría indecoroso y frívolo. Aunque creo que a John le gusta ese vestido —añadió con pena.

La finca Douglas se encontraba a un kilómetro de la pensión, posada en un cerro expuesto al viento. La casa era grande y cómoda, con años suficientes para tener un aire señorial, y estaba rodeada de huertos y arcedos. Detrás de la vivienda había establos grandes y bien cuidados, y todo irradiaba prosperidad. Fuera cual fuera la causa de esa expresión de aguante y paciencia del señor Douglas, pensó Ana, estaba claro que no eran ni las deudas ni los requerimientos de pago.

John Douglas las recibió en la puerta y las llevó a la sala de estar, donde su madre ocupaba una butaca como si fuera un trono.

Ana se había imaginado que la señora Douglas sería alta y delgada, porque su hijo lo era. Resultó ser una mujer diminuta, de mejillas sonrosadas, dulces ojos azules y boca de niña de cuna. Llevaba un vestido elegante y precioso, de seda negra, con un chal blanco y esponjoso sobre los hombros y una delicada cofia de encaje en el pelo blanco como la nieve. Parecía una muñeca.

—¿Cómo estás, querida Janet? —dijo con amabilidad—. Cuánto me alegro de volver a verte. —Acercó la cara bonita para dejarse besar—. Y esta es nuestra nueva maestra. Encantada de conocerla. Mi hijo la ha elogiado tanto que casi tengo celos, y seguro que Janet también los tiene.

La pobre Janet se puso colorada, Ana respondió con una fórmula de cortesía y todos se sentaron a charlar. No era una tarea fácil, ni siquiera para Ana, porque aparte de la señora Douglas, para quien la conversación no presentaba ninguna dificultad, nadie parecía cómodo. Hizo que Janet se sentara a su lado, y de vez en cuando le acariciaba la mano. Janet sonreía, incomodísima con aquel vestido horrible, y John Douglas estaba serio.

En la mesa, la señora Douglas pidió amablemente a Janet que sirviera el té. Janet se puso más roja todavía. Ana le describió la merienda a Stella en una carta:

«Tomamos pollo y lengua fríos, fresas en conserva, tarta de limón, tarta de chocolate, galletas de pasas, bizcocho cuatro cuartos y bizcocho de fruta, y algunas cosas más, como otra tarta... de caramelo, creo que era. Cuando ya había comido el doble de lo que me convenía, la señora Douglas suspiró y dijo que sentía no tener nada con lo que tentar mi apetito.

»Me temo que con la excelente cocina de nuestra querida Janet ya no le quedan ganas para nada —observó con dulzura—. No hay nadie en Valley Road que aspire a competir con ella. ¿No le apetece un poco más de tarta, señorita Shirley? No ha comido usted nada.

»Había comido, Stella, una ración de lengua y una de pollo, tres galletas, un generoso plato de fresas en conserva, un trozo de tarta, una tartaleta y un trozo de bizcocho de chocolate.»

Después de merendar, la señora Douglas sonrió con benevolencia y le dijo a John que fuera al jardín con «la querida Janet» y le trajera unas rosas.

—La señorita Shirley me hará compañía mientras tanto, ¿verdad que sí? —dijo en tono quejumbroso. Y se acomodó en su butaca con un suspiro—. Soy muy mayor y estoy muy frágil, señorita Shirley. Llevo cerca de veinte años sufriendo: veinte largos y agotadores años muriendo poco a poco.

—¡Qué duro! —dijo Ana, que intentaba ser compasiva pero solo consiguió sentirse idiota.

—Ha habido docenas de noches en las que creí que ya no vería amanecer —añadió la señora Douglas con aire solemne—. Nadie sabe cuánto he pasado: nadie más que yo puede saberlo. Bueno, ahora ya no puede quedar mucho. Mi ardua peregrinación pronto habrá terminado, señorita Shirley. Es un gran consuelo para mí saber que John tendrá una mujer tan buena como Janet, que lo cuide cuando su madre se haya ido: un gran consuelo, señorita Shirley.

—Janet es encantadora —dijo Ana con afecto.

—¡Encantadora! Tiene un carácter maravilloso —asintió la señora Douglas—. Y es un ama de casa perfecta... cosa que yo no he sido nunca. Mi salud no me lo ha permitido, señorita Shirley. Doy gracias sinceramente por que John haya elegido tan bien. Espero que sean felices, y creo que lo serán. Es mi único hijo, señorita Shirley, y su felicidad es muy importante para mí.

—Claro —contestó Ana, como una mema. Por primera vez en la vida se había vuelto mema. No entendía por qué. No tenía absolutamente nada que decirle a esta anciana tan dulce, sonriente y angelical que le acariciaba la mano con tanta amabilidad.

—Ven a verme pronto, querida Janet —le pidió la señora Douglas, muy cariñosa, cuando ya se marchaban—. No vienes ni la mitad de lo que deberías. Aunque me imagino que John cualquier día te traerá a vivir aquí para siempre.

Ana, que por casualidad estaba mirando a John Douglas mientras su madre decía esto, se encogió visiblemente de horror. Parecía un hombre al límite de su resistencia, cuando los verdugos dan la última vuelta al torno del potro. Segura del mal trago que él estaba pasando, Ana se llevó rápidamente a la pobre Janet, que se había puesto colorada.

—¿Verdad que la señora Douglas es muy cariñosa? —dijo Janet, cuando ya iban por el camino.

—Pueees... —contestó Ana con aire distraído. No entendía por qué John Douglas había reaccionado así.

—Ha sufrido mucho —añadió Janet con compasión—. Le dan unos ataques horribles. John siempre está preocupado. No se atreve a salir de casa por miedo a que a su madre le pase algo estando sola con la criada.

Capítulo XXXIII
«ÉL SEGUÍA VINIENDO CONTINUAMENTE»

Tres días después, al volver de la escuela, Ana encontró a Janet llorando. Que Janet llorase parecía tan raro que Ana se alarmó sinceramente.

—¿Qué pasa? —preguntó con preocupación.

—Hoy... hoy cumplo cuarenta años —sollozó Janet.

—Bueno, ayer ya casi los tenía y no le pasó nada —la tranquilizó Ana, tratando de no sonreír.

—Pero... pero —dijo Janet, tragándose las lágrimas—. John Douglas nunca me pedirá que me case con él.

—Seguro que sí —contestó Ana sin convencimiento—. Tiene que darle tiempo, Janet.

—¡Tiempo! —repitió Janet, con un desprecio indescriptible—. Ya ha tenido veinte años. ¿Cuánto tiempo necesita?

—¿Quiere decir que John Douglas viene a verla desde hace veinte años?

—Sí. Y nunca ha insinuado que quiera casarse conmigo. Y ahora ya no creo que me lo vaya a pedir. Nunca le he dicho ni una palabra a nadie, pero tengo la sensación de que necesito contarlo para no volverme loca. John Douglas empezó a visitarme hace veinte años, antes de que mi madre muriera. Bueno, venía continuamente, y al cabo de un tiempo empecé a hacer colchas y esas cosas; pero nunca me pedía que nos casáramos; solo seguía viniendo continuamente. Yo no podía hacer nada. Cuando murió mi madre, llevábamos ya ocho años así. Pensé que entonces me diría algo, al ver que me había quedado sola en el mundo. Fue muy bueno y cariñoso. Hizo todo lo que pudo por mí, pero nunca me habló de casamiento. Y así seguimos desde entonces. La gente me echa a mí la culpa. Dicen que no quiero casarme con él porque su madre está muy enferma y no quiero cargar con el peso de cuidarla. ¡Y a mí me encantaría cuidar de la madre de John! Pero que piensen lo que quieran. ¡Prefiero que me echen la culpa a que se compadezcan de mí! ¡Es tan humillante que John no me lo pida...! ¿Y por qué no me lo pide? Creo que si supiera por qué no me dolería tanto.

—A lo mejor su madre no quiere que se case con nadie —aventuró Ana.

—Sí que quiere. Me ha dicho mil veces que le encantaría ver a John casado antes de que llegue su hora. Siempre le está soltando indirectas... Usted misma lo vio el otro día. Creí que iba a tragarme la tierra.

—Se me escapa —dijo Ana con impotencia. Pensó en Ludovico el Veloz, pero no eran casos paralelos. John Douglas no se parecía a Ludovico—. Debería demostrar más valor, Janet —añadió con determinación—. ¿Por qué no lo mandó a paseo hace mucho tiempo?

—No podía —dijo la pobre Janet de una manera desgarradora—. Es que siempre he querido mucho a John. Daba igual que viniera o no viniera, porque yo nunca he querido a otro, así que no habría cambiado nada.

—A lo mejor eso le habría animado a expresarse —señaló Ana.

Janet negó con la cabeza.

—No, creo que no. De todos modos, me daba miedo que él pensara que iba en serio y no volviera. Supongo que soy una cobarde, pero eso es lo que siento. No lo puedo evitar.

—Sí que puede evitarlo, Janet. Aún está a tiempo. Póngase firme. Dígale que no está dispuesta a tolerar más titubeos. Yo la apoyaré.

—No sé —dijo Janet sin confianza—. No sé si alguna vez seré capaz de armarme de valor. Lo he dejado correr demasiado tiempo. Pero lo pensaré.

Ana estaba decepcionada con John Douglas. Le caía muy bien y no se imaginaba que pudiera pasarse veinte años jugando al tira y afloja con los sentimientos de una mujer. Se merecía una lección, y Ana, con ánimo vengativo, pensó que iba a disfrutar con el proceso. Por eso, al día siguiente, cuando iban al encuentro de oración, le alegró saber que Janet estaba dispuesta a demostrar un poco de valor.

—Voy a decirle a John Douglas que no pienso dejar que me siga pisoteando.

—Tienes toda la razón —asintió Ana.

Al salir del encuentro de oración, John Douglas se acercó con su petición habitual. Janet parecía asustada pero firme.

—No, gracias —contestó con voz gélida—. Sé ir a casa sola perfectamente. Y no es de extrañar, teniendo en cuenta que llevo cuarenta años haciendo este camino. No es necesario que se moleste, señor Douglas.

Ana observaba a John Douglas, y a la intensa luz de la luna vio que el hombre había recibido el golpe de gracia. Sin decir palabra, John Douglas dio media vuelta y se alejó.

—¡Espere! ¡Espere! —lo llamó Ana alborotadamente, sin preocuparse lo más mínimo por la gente que miraba boquiabierta—. ¡Espere, señor Douglas! Vuelva.

John Douglas se detuvo pero no volvió. Ana echó a correr, lo sujetó del brazo y lo llevó hasta donde estaba Janet.

—Tiene que volver —le imploró—. Es todo un error, señor Douglas. Es todo culpa mía. Yo he animado a Janet a decir eso. Ella no quería, pero ya está arreglado. ¿Verdad que sí, Janet?

Sin decir palabra, Janet echó a andar del brazo de John Douglas. Ana los siguió a casa humildemente y entró por la puerta de atrás.

—¡Qué bien me has apoyado! —dijo Janet con sarcasmo.

—No he podido evitarlo, Janet —se disculpó Ana, arrepentida—. Me sentí como si estuviera presenciando un asesinato y me cruzara de brazos. Tuve que salir corriendo.

—Bueno, me alegro de que lo hicieras. Cuando vi que John Douglas se marchaba, sentí que lo poquito de alegría y felicidad que quedaba en mi vida se iba con él. Fue una sensación horrible.

—¿Le ha preguntado por qué le ha dicho eso?

—No. No ha dicho ni una palabra —explicó Janet con tedio.

Capítulo *XXXIV*
JOHN DOUGLAS HABLA POR FIN

A na aún conservaba una mínima esperanza de que algo cambiase. Pero todo seguía igual. John Douglas pasaba a ver a Janet, la llevaba a pasear en la calesa y la acompañaba a casa después del encuentro de oración tal como llevaba haciendo veinte años, y, a juzgar por las apariencias, era probable que siguiera así otros veinte más. Pasó el verano. Ana dio sus clases, escribió cartas y estudió un poco. Disfrutaba del paseo a la ida y a la vuelta de la escuela. Siempre iba por el camino de las marismas. Era un sitio precioso: un terreno pantanoso y verde verdísimo, como el musgo de los montes, surcado por un arroyo plateado y poblado de píceas con sus ramas llenas de líquenes colgantes y sus raíces cubiertas con una maravillosa variedad de vegetación.

De todos modos, la vida en Valley Road resultaba algo monótona para Ana. Hasta que un día, cómo no, ocurrió algo divertido.

No había vuelto a ver a Samuel —el chico de las pastillas de menta y el pelo rubio y lacio— desde aquella tarde, al margen de algún encuentro ocasional en el camino. Pero una cálida noche de agosto, Samuel apareció y se sentó ceremoniosamente en el banco rústico del porche. Llevaba la ropa de trabajo habitual, que consistía en unos pantalones llenos de parches, una camisa vaquera con las mangas recogidas hasta el codo y un sombrero de paja destrozado. Estaba mordisqueando una pajita, y así siguió un buen rato mientras observaba a Ana con aire solemne. Ana apartó su libro con un suspiro y retomó su labor. Tener una conversación con Sam estaba fuera de lugar.

Tras un largo silencio, Sam anunció de pronto:

—Me voy de ahí —dijo sin que viniera a cuento, señalando con la pajita hacia la casa del vecino.

—¿Se va? —preguntó Ana, con cortesía.

—Sí.

—¿Y adónde va?

—He estado pensando en instalarme por mi cuenta. En Millersville hay una granja que me vendría bien. Pero si la arriendo quiero estar casado.

—Ya me imagino —dijo Ana vagamente.

—Sí.

Hubo otro largo silencio. Sam se sacó por fin la pajita de la boca.

—¿Me diría que sí? —preguntó

—¿¿¿Qué??? —Ana se quedó de piedra.

—¿Me diría que sí?

—¿Quiere decir que si me casaría con usted? —preguntó la pobre Ana con un hilo de voz.

—Sí.

—Pero si apenas lo conozco —protestó, indignada.

—Ya me iría conociendo después de la boda —contestó Sam.

Ana hizo acopio de su maltrecha dignidad.

—Sinceramente no quiero casarme con usted —dijo en tono altivo.

—Bueno, podría terminar casada con alguien peor —le advirtió Sam—. Soy muy trabajador y tengo algo de dinero en el banco.

—No vuelva a hablarme de esto. ¿Cómo se le ha metido semejante idea en la cabeza? —preguntó Ana, cuando el sentido del humor venció a la rabia. Era una situación absurda.

—Es usted una chica guapa y anda con brío —dijo Sam—. No quiero una mujer perezosa. Piénselo. De momento no cambiaré de opinión. Bueno, tengo que irme. Hay que ordeñar a las vacas.

Las ilusiones de Ana en lo tocante a proposiciones de matrimonio se habían reducido tanto a lo largo de los últimos años que ya apenas quedaba nada de ellas. Así, esta vez pudo reírse con ganas y sin ningún secreto resquemor. Esa noche le contó el incidente a Janet, imitando a Sam, y las dos se partieron de risa por el arrebato sentimental del joven.

Una tarde, cuando la estancia de Ana en Valley Road se acercaba a su fin, Alec Ward llegó en un carro, buscando a Janet con mucha prisa.

—Quieren que vaya usted enseguida a casa de los Douglas —dijo—. Creo que la señora Douglas por fin se está muriendo de verdad, después de veinte años fingiendo que se muere.

Janet corrió a por su sombrero. Ana preguntó si la señora Douglas estaba peor de lo habitual.

—No está ni la mitad de mal —dijo Alec, muy serio—, y eso es precisamente lo que me hace pensar que es grave. Otras veces se pone a gritar y a retorcerse por toda la casa. Ahora está muda y muy quieta. Y tenga por seguro que si la señora Douglas se queda muda es que está muy enferma.

—¿No te cae bien la señora Douglas? —preguntó Ana con curiosidad.

—Me gusta que los gatos sean gatos. No me gusta que los gatos sean mujeres —fue la enigmática respuesta de Alec.

Janet volvió a casa cuando ya oscurecía.

—La señora Douglas ha muerto —anunció con cansancio—. Murió poco después de que yo llegara. Solo me dijo una cosa: «¿Supongo que ahora te casarás con John?». Me dolió en el alma, Ana. ¡Pensar que hasta la madre de John creía que no me casaba con él por ella! Yo tampoco fui capaz de decir nada: había otras mujeres delante. Menos mal que John había salido en ese momento.

Janet se echó a llorar desconsoladamente. Ana le preparó un té de jengibre para que se tranquilizara. Y luego descubrió que en vez de jengibre había puesto pimienta blanca, pero Janet ni notó la diferencia.

El día siguiente al funeral, cuando caía la tarde, Janet y Ana estaban sentadas en los peldaños del porche. El viento se había quedado dormido en los pinares y los cegadores destellos del sol cruzaban el cielo de oeste a norte. Janet llevaba su vestido negro y feo, y tenía una pinta horrible, con los ojos y la nariz enrojecidos por el llanto. Hablaban poco, porque parecía que a Janet le dolía que Ana tratase de animarla. Sencillamente, prefería sufrir.

De pronto se oyó el chasquido del cerrojo en la cancela y John Douglas entró en el jardín a grandes zancadas. Se acercó directamente sin bordear el arriate de geranios. Janet se levantó. Ana también. Ana era alta y llevaba un vestido blanco, pero John Douglas no la veía.

—Janet, ¿quieres casarte conmigo?

Le salió la pregunta a borbotones, como si llevara veinte años queriendo hacerla y de repente no pudiera aguantar más.

Y, como Janet estaba tan colorada de llorar que ya no podía ponerse más roja, se puso de un color morado muy poco favorecedor.

—¿Por qué no me lo has pedido antes? —preguntó, despacio.

—No podía. Me obligó a prometérselo: mi madre me obligó a prometer que no me casaría. Hace diecinueve años tuvo un ataque horrible. Creíamos que se moría. Me suplicó que le prometiera que no me casaría contigo mientras ella viviese. Yo no quería prometérselo, aunque nadie esperaba que viviese mucho tiempo... El médico le dio solo seis meses. Pero me lo pidió de rodillas, enferma y sufriendo. Tuve que prometérselo.

Janet se echó a llorar.

—¿Qué tenía tu madre contra mí? —preguntó.

—Nada... nada. Es que no quería que hubiera otra mujer en casa mientras ella viviera: ninguna. Dijo que si no se lo prometía se moriría en el acto, que yo la habría matado. Así que se lo prometí. Y desde entonces me ha obligado a cumplir la promesa, a pesar de que también me he puesto de rodillas para rogarle que me liberara.

—¿Por qué no me lo dijiste? —preguntó Janet, ahogándose de llanto—. ¡Ojalá lo hubiera sabido! ¿Por qué no me lo dijiste?

—Me hizo prometer que no se lo diría a nadie —explicó John con aspereza—. Tuve que jurarlo sobre la Biblia, Janet. Nunca habría hecho eso de haber sabido que pasaría tanto tiempo. No te imaginas lo que he sufrido estos diecinueve años, Janet. Sé que te he hecho sufrir a ti también, pero por fin te casarás conmigo, ¿verdad, Janet? Ay, Janet, dime que sí. He venido a pedírtelo en cuanto he podido.

En ese momento, la estupefacta Ana volvió en sí y cayó en la cuenta de que allí no pintaba nada. Se escabulló y no volvió a ver a Janet hasta la mañana siguiente, cuando esta terminó de contarle la historia.

—¡Qué vieja tan falsa, despiadada y cruel! —exclamó Ana.

—Calla... que está muerta —le recordó Janet, muy seria—. Si no lo estuviera... pero lo está. Así que no podemos hablar mal de ella. Pero por fin soy feliz, Ana. Y si hubiera sabido la razón no me habría importado nada esperar tanto tiempo.

—¿Cuándo se casan?

—El mes que viene. Aunque será una boda muy tranquila. Supongo que la gente dirá barbaridades: que buena prisa me he dado en cazar a John en cuanto su pobre madre se ha quitado de en medio. John quería contar la verdad, pero le he dicho: «No, John. Al fin y al cabo era tu madre, y guardaremos el secreto sin ensombrecer su memoria. Me da igual lo que diga la gente ahora que sé la verdad. Me importa un rábano. Que se lleve el secreto a la tumba»: eso le he dicho. Y he conseguido que nos pongamos de acuerdo.

—Yo nunca podría perdonar como usted —dijo Ana muy contrariada.

—Cuando tengas mi edad habrás cambiado mucho —señaló Janet con tolerancia—. Esa es una de las cosas que aprendemos cuando nos hacemos mayores: a perdonar. A los cuarenta resulta más fácil que a los veinte.

Capítulo XXXV

COMIENZA EL ÚLTIMO AÑO EN REDMOND

—Aquí estamos todas otra vez, bronceadas y llenas de ilusión como quien va a correr una carrera —dijo Phil, sentándose en una maleta con un suspiro de placer—. ¡Qué alegría volver a ver la Casa de Patty... con la tía Jamesina... y con los gatos! Rusty ha perdido otro trozo de oreja, ¿no?

—Rusty sería el gato más bonito del mundo aunque no tuviera orejas —proclamó con lealtad Ana, que se había sentado en su baúl y tenía a Rusty en el regazo, retorciéndose de alegría para darle la bienvenida.

—¿No te alegras de vernos, tita? —preguntó Phil.

—Sí. Pero quiero que recojáis todo esto —se quejó la tía Jamesina, mirando el caos de maletas y baúles que rodeaba a las cuatro muchachas sonrientes y parlanchinas—. Podéis hablar igual de bien después. «Primero el deber y luego el placer»: ese era mi lema de joven.

—Es que nuestra generación ha cambiado el orden, tita. Nuestro lema es: «Disfruta primero que ya habrá tiempo para ir al tajo». Se trabaja mucho mejor después de un buen disfrute.

—Si vas a casarte con un sacerdote —le recordó la tía Jamesina, volviendo con su gato y su labor, y resignándose a lo inevitable con la gracia y el encanto que la convertían en la reina de las directoras de una casa de estudiantes—, tendrás que olvidarte de expresiones como «ir al tajo».

—¿Por qué? —gimoteó Phil—. ¿Por qué se supone que la mujer de un sacerdote tiene que ser tan melindrosa? Yo no pienso hacer eso. En Patterson Street todo el mundo habla la lengua de la calle (es decir, un lenguaje metafórico), y si no hablo como ellos me tomarán por una engreída y una estirada.

—¿Le has comunicado ya la noticia a tu familia? —preguntó Priscilla mientras daba a la gata Sarah trocitos de la comida que llevaba en la cesta.

Phil asintió.

—¿Cómo se lo han tomado?

—Bueno, mi madre casi se vuelve loca. Pero me mantuve firme como una roca: yo, Philippa Gordon, que nunca he tenido constancia para nada. Mi padre estaba más tranquilo. Su padre era sacerdote, y siente cierta debilidad por las túnicas. Invité a Jo a Monte Acebo cuando mi madre se tranquilizó, y tanto ella como mi padre se enamoraron de él. Aunque, en todas las conversaciones, ella le lanzaba indirectas horribles sobre lo que esperaba para mí. Ay, mis vacaciones no han sido exactamente un camino de rosas, queridas. Pero he ganado y tengo a Jo. Lo demás da lo mismo.

—Para ti —replicó la tía Jamesina herméticamente.

—Y para Jo —contraatacó Phil—. Siempre se compadece usted de él. ¿Por qué? Yo creo que tendría que envidiarlo. Se lleva a una mujer con cerebro, belleza y un corazón de oro.

—Menos mal que sabemos interpretar tus palabras —contestó la tía Jamesina con paciencia—. Espero que no se te ocurra hablar así delante de desconocidos. ¿Qué pensarían?

—Me trae sin cuidado lo que piensen. No quiero verme a través de los ojos de los demás. Seguro que sería incomodísimo. Y tampoco creo que el propio Burns fuera verdaderamente sincero en su plegaria.

—Pues yo diría que todos rezamos por cosas que en realidad no queremos: lo veríamos si tuviéramos la honestidad suficiente para mirar en nuestro corazón —reconoció la tía Jamesina con franqueza—. Tengo la impresión de que esas oraciones no llegan muy lejos. Yo antes pedía en mis rezos la capacidad de perdonar a cierta persona, pero ahora sé que en el fondo no quería perdonarla. Cuando por fin decidí que sí quería, la perdoné sin necesidad de rezar.

—La imagino capaz de no perdonar en mucho tiempo —dijo Stella.

—Antes era así. Pero a la larga, guardar rencor no merece la pena.

—Eso me recuerda algo —dijo Ana. Y les contó la historia de John y Janet.

—Ah, háblanos de esa escena romántica que insinuabas tan misteriosamente en una de tus cartas —le pidió Phil.

Ana representó con entusiasmo la proposición de Samuel. Las chicas se rieron a carcajada limpia y la tía Jamesina sonrió.

—No es de buen gusto burlarse de los pretendientes —sentenció—, aunque yo siempre lo hacía —añadió con la mayor tranquilidad.

—Háblenos de sus pretendientes, tita —le pidió Phil—. Seguro que ha tenido unos cuantos.

—No hables en pasado —protestó la tía Jamesina—. Todavía los tengo—. En casa hay tres viudos que me hacen ojitos desde hace algún tiempo. No creáis, niñas, que el amor es solo para vosotras.

—Unos viudos que hacen ojitos no parece un cuadro muy romántico, tita.

—Pues no. Pero los jóvenes no siempre son románticos. Algunos de mis pretendientes no lo eran, desde luego. Me reía de ellos escandalosamente, pobrecillos. Uno era Jim Elwood... estaba siempre como en las nubes, como si no se enterase de nada. Tardó un año en darse cuenta de que le había dicho que no. Cuando se casó, su mujer se cayó del trineo una noche, al volver de la iglesia, y él no la echó de menos. Luego vino Dan Winston. Se pasaba de listo. Lo sabía todo de este mundo y la mayor parte de lo que hay que saber del siguiente. Te podía responder cualquier pregunta, hasta cuándo iba a ser el Día del Juicio Final. Milton Edwards era muy guapo y me gustaba mucho, pero no me casé con él. Por un lado, tardaba una semana en entender un chiste, y por otro lado nunca me lo pidió. Horatio Reeve fue el más interesante de todos mis pretendientes. Pero, cuando contaba algo, lo adornaba con tantos volantes que no lo veías. Nunca sabía si mentía o solo dejaba volar la imaginación.

—¿Y los demás, tita?

—Id a deshacer las maletas —ordenó la tía Jamesina, señalando por error con el gato Joseph en vez de señalar con una aguja—. Los demás eran muy buenos y no se merecen burlas. Respetaré su memoria. Tienes una caja de flores en tu habitación, Ana. Llegó hace cosa de una hora.

A partir de la primera semana, las chicas se instalaron en la rutina del estudio, porque este era su último año en Redmond y había que ponerle ahínco para graduarse con honores. Ana se entregó a la lengua, Priscilla se enfrascó en los clásicos y Philippa le dio duro a las matemáticas. A veces se cansaban, a veces se desanimaban, a veces no veían que el esfuerzo mereciese la pena. Sumida en uno de estos estados de ánimo, Stella entró en la habitación azul una lluviosa tarde de noviembre. Ana estaba sentada en el suelo, en el pequeño círculo de luz que proyectaba la lámpara, rodeada de papeles estrujados como si hubiera nevado.

—¿Qué narices estás haciendo?

—Solo estaba echando un vistazo a algunos cuentos de nuestro antiguo club de relatos. Necesitaba animarme y embriagarme un poco. Llevo tanto tiempo estudiando que ya empezaba a verlo todo negro, así que he subido y he sacado estos textos del baúl. Están tan llenos de tragedia y lágrimas que te partes de risa.

—Yo también estoy desanimada —dijo Stella, tirándose en el sofá—. Me parece que nada merece la pena. Hasta mis pensamientos se han vuelto viejos. Ya los he pensado todos antes. ¿Qué sentido tiene la vida en el fondo, Ana?

—Cielo, es el cansancio mental el que nos hace hablar así, y el mal tiempo que hace. Una noche como esta, lloviendo a cántaros y después de un interminable día de estudio, hundiría a cualquiera menos a Mark Tapley. Sabes que la vida vale la pena.

—Supongo que sí. Pero ahora mismo no lo puedo demostrar.

—Piensa en toda la gente grande y noble que ha vivido y trabajado en este mundo —dijo Ana como en sueños—. ¿No merece la pena llegar después de ellos y heredar sus logros y sus enseñanzas? ¿No merece la pena pensar que podemos compartir su inspiración? ¿Y qué me dices de la gente grande que vendrá en el futuro? ¿No merece la pena esforzarse un poco para allanarles el camino... aunque solo sea un paso?

—Sí, Ana, mi cerebro te da la razón, pero mi alma sigue triste y no encuentra inspiración. Las noches de lluvia siempre me pongo triste y lúgubre.

—A mí me gusta que llueva algunas noches. Me gusta acostarme en la cama y oír el repiqueteo en el tejado y el goteo de los pinos.

—A mí me gusta cuando no pasa del tejado —dijo Stella—. Pero no siempre es así. El verano pasado viví una noche horrible en una granja vieja. Había goteras y la lluvia caía encima de mi cama. Te aseguro que no era nada poético. Tuve que levantarme a media noche para apartar la cama de la gotera, y era una de esas camas antiguas que pesan alrededor de una tonelada. Y luego, el goteo no paró en toda la noche. Me destrozó los nervios. No tienes ni idea de lo espeluznante que es el ruido de una gota de lluvia al caer en el suelo con un golpe blando a media noche. Suena como los pasos de un fantasma y esas cosas. ¿De qué te ríes, Ana?

—De estos cuentos. Phil diría que son para morirse... en más de un sentido, porque en ellos todo el mundo se muere. ¡Qué deslumbrantes eran nuestras heroínas! ¡Y cómo las vestíamos! Seda, raso, terciopelo, encaje, joyas: nunca llevaban otra cosa. Aquí hay un cuento de Jane Andrews en el que describe a su heroína dormida con un precioso camisón de raso blanco adornado con perlas cultivadas.

—Sigue —dijo Stella—. Empiezo a pensar que mientras haya risa la vida merece la pena.

—Aquí hay uno mío. Mi heroína se está divirtiendo en un baile «toda engalanada de enormes diamantes de la mayor pureza». Pero ¿a qué acumular tanta belleza y lujo? «Los senderos de la gloria únicamente llevan a la tumba». Había que matarlos a todos o dejar que se murieran de pena. No había otra salida para ellos.

—Déjame leer algún cuento.

—Bueno, esta es mi obra maestra. Fíjate qué título tan alegre tiene: *Mis sepulturas*. Lloré a mares mientras lo escribía, y las demás también cuando lo leyeron. La madre de Jane Andrews le echó una buena bronca por ensuciar tantos pañuelos esa semana. Es un relato desgarrador de las andanzas de la mujer de un sacerdote metodista. La hice metodista porque necesitaba que fuera deambulando de pueblo en pueblo. En cada pueblo enterraba a

un hijo. Tuvo nueve, y sus tumbas estaban muy lejos las unas de las otras, de Terranova a Vancouver. Describía a los niños, los retrataba en su lecho de muerte y retrataba sus lápidas y epitafios con todo lujo de detalles. Mi intención era enterrarlos a todos, pero cuando llegué al octavo se me agotó la capacidad de inventar desgracias y al noveno le dejé vivir, tullido para siempre.

Mientras Stella leía *Mis sepulturas,* subrayando los pasajes trágicos con leves carcajadas, y Rusty, acurrucado en un cuento de Jane Andrews —sobre una joven de quince años que se iba de enfermera a una leprosería... y, por supuesto, acababa muriendo de esta espantosa enfermedad—, dormía el sueño de los gatos justos que se han pasado la noche rondando por ahí, Ana se puso a ojear los demás manuscritos y a recordar los viejos tiempos en la escuela de Avonlea, cuando las chicas que formaban el club de relatos se sentaban a escribir al pie de las píceas o entre los helechos, a la orilla del arroyo. ¡Cuánto se habían divertido! ¡Cómo volvió a sentir, mientras leía, el sol y la alegría de esos veranos remotos! Ni todo el esplendor de Grecia o la grandeza de Roma habrían bastado para trenzar la magia de aquellos relatos tan divertidos como lacrimógenos. Entre los manuscritos, Ana encontró uno, escrito en papel de envolver. Una carcajada iluminó sus ojos grises al recordar el momento y el lugar de su creación. Era el borrador que escribió el día que se cayó del tejado del gallinero de las hermanas Copp, en el camino Tory.

Ana le echó un vistazo antes de leerlo detenidamente. Era un diálogo entre los ásteres, las alverjillas, los canarios silvestres del lilo y el espíritu guardián del jardín. Después de leerlo se quedó mirando al vacío, y cuando Stella ya se había marchado, alisó el manuscrito arrugado.

—Creo que lo haré —dijo con determinación.

Capítulo XXXVI

LA VISITA DE
LAS GARDNER

—Aquí hay una carta para usted, tía Jimsie, con sello indio —dijo Phil—. Otras tres para Stella, dos para Pris y una maravillosamente gorda de Jo para mí. Para ti solo hay una circular, Ana.

Nadie se fijó en lo colorada que se puso Ana al ver la carta fina que Phil le lanzó con descuido. Pero al cabo de un rato, al levantar la vista, Phil vio a Ana transfigurada.

—¿Qué maravilla te ha pasado, cielo?

—El *Youth's Friend* ha aceptado un cuentito que les envié hace dos semanas —explicó Ana, haciendo un esfuerzo enorme por hablar como si estuviera acostumbrada a que le aceptaran cuentos continuamente, aunque sin conseguirlo del todo.

—¡Ana Shirley! ¡Eso es maravilloso! ¿Qué cuento era? ¿Cuándo se publicará? ¿Te han pagado por él?

—Sí, me envían un cheque de diez dólares, y el editor dice que le gustaría ver más trabajos míos. Qué hombre tan bueno: los verá. Era un cuento antiguo que encontré en una caja. Lo reescribí antes de enviarlo, pero en realidad no esperaba que lo aceptasen, porque no tenía trama —señaló, recordando la amarga experiencia de *La expiación de Averil.*

—¿Qué vas a hacer con esos diez dólares, Ana? Vamos al centro a emborracharnos —propuso Phil.

—Voy a despilfarrarlo en algún capricho descabellado —anunció Ana con alegría—. Por lo menos no es dinero sucio... como el cheque que recibí por ese cuento horrible de la levadura Rollings. Esa vez fui práctica y me lo gasté en ropa, pero cada vez que me la ponía me horrorizaba.

—¡Quién nos iba a decir que tendríamos a toda una escritora en la Casa de Patty! —dijo Priscilla.

—Es una enorme responsabilidad —señaló la tía Jamesina en tono solemne.

—Desde luego que sí —asintió Phil, en el mismo tono—. Los escritores son gente caprichosa. Nunca sabes dónde o cuándo van a aparecer. Ana es capaz de retratarnos.

—Yo me refería a la responsabilidad de escribir para la prensa —protestó la tía Jamesina—, y espero que Ana se haya dado cuenta. Mi hija también escribía cuentos antes de irse al extranjero, pero ahora se dedica a cosas más altas. Siempre decía que su lema era: «No escribas una sola línea que pueda avergonzarte si se leyera en tu funeral». Sigue el ejemplo, Ana, si te vas a embarcar en una aventura literaria. Aunque la verdad es que —añadió la tía Jamesina, desconcertada— Elizabeth siempre se reía cuando decía eso. Se reía tanto que no sé cómo llegó a tomar la decisión de hacerse misionera. Y doy las gracias de que se decidiera... recé para que fuera así... aunque... ojalá no hubiera ocurrido.

Y, acto seguido, la tía Jamesina se preguntó de qué se reían aquellas chicas tan alocadas.

A Ana le brillaron los ojos todo el día. Su cerebro era un semillero de ambiciones literarias. Con este entusiasmo participó en el pícnic de Jennie Cooper, y ni siquiera el ver a Gilbert y a Christine, que iban justo delante de Roy y ella, consiguió atenuar el brillo de sus rutilantes esperanzas. A pesar de su trance, no perdía la conciencia de las cosas terrenales y reparó en que Christine tenía unos andares muy poco elegantes.

«Supongo que Gilbert solo se fija en su cara. Así son los hombres», pensó con desdén.

—¿Estarás en casa el sábado por la tarde? —preguntó Roy.

—Sí.

—Mi madre y mis hermanas vienen a verte —dijo Roy en voz baja.

Ana sintió algo que podría describirse como un cosquilleo, aunque nada agradable. No conocía a la familia de Roy; y comprendió el significado del anuncio: tenía una nota de irrevocabilidad que la dejó helada.

—Me alegraré mucho de verlas —se limitó a decir. Y acto seguido se preguntó si de verdad se alegraría. Debería alegrarse. Pero ¿no sería una especie de prueba? A Ana le habían llegado rumores sobre la opinión que los Gardner tenían de las fantasías amorosas de su hijo y hermano. Seguramente Roy había insistido mucho para que se produjera esta visita. Ana sabía que la pondrían en la balanza. Pero el mero hecho de que accedieran a conocerla le hizo entender que, de buena o mala gana, la veían como un posible miembro del clan.

«Seré natural. No me esforzaré en causar buena impresión», pensó con altanería. Pero ya estaba pensando qué vestido le convenía ponerse el sábado por la tarde, y si el nuevo estilo de peinado alto la favorecía más que el antiguo; y se le estropeó el pícnic. Esa noche ya había decidido ponerse el vestido de gasa marrón pero no hacerse el nuevo peinado.

El viernes por la tarde ninguna de las chicas tenía clase en Redmond. Stella aprovechó para escribir un artículo para la Sociedad de Amigos de las Ciencias, y estaba en la mesa de la esquina del cuarto de estar, con un montón de notas y papeles esparcidos por el suelo. Siempre decía que era incapaz de escribir si no iba tirando las cuartillas al suelo a medida que las terminaba. Ana, con su blusa de franela y su falda de sarga, despeinada por el viento en el camino de vuelta a casa, estaba en el suelo, incitando a la gata Sarah con una espina de pescado, con Joseph y Rusty acurrucados en su regazo. Priscilla estaba cocinando y un agradable olor a ciruelas inundaba la casa. En ese momento salió de la cocina, con un enorme delantal y una mancha de harina en la nariz, para enseñarle a la tía Jamesina el bizcocho de chocolate que acababa de glasear.

En tan oportuno instante llamaron a la puerta. Nadie prestó atención, menos Phil, que se levantó de un salto y fue a abrir, porque esperaba al repartidor con el sombrero que había comprado esa mañana. En la puerta estaban la señora Gardner y sus hijas.

Ana consiguió levantarse a toda prisa, desalojando a los dos gatos indignados y pasando la espina mecánicamente de la mano derecha a la izquierda. Priscilla, que tenía que cruzar toda la sala para llegar a la puerta de la cocina, se puso nerviosa, escondió el bizcocho de chocolate debajo de un cojín del sofá de rinconera y subió las escaleras como una exhalación. Stella se puso a recoger sus papeles frenéticamente. Solo la tía Jamesina y Phil reaccionaron con normalidad. Gracias a ellas, todo el mundo empezó a sentarse enseguida, incluso Ana. Priscilla bajó sin delantal y con la nariz limpia; Stella dejó su rincón en un estado decente y Phil salvó la situación charlando de nimiedades.

La señora Gardner era guapa, alta y delgada, iba exquisitamente vestida y hacía gala de una cordialidad que resultaba un poquitín forzada. Aline Gardner era una edición más joven de su madre, pero sin la cordialidad. Intentaba ser amable pero solo conseguía ser altiva y condescendiente. Dorothy Gardner era alegre, esbelta y bastante chicazo. Ana, sabiendo que Dorothy era la hermana favorita de Roy, se mostró encantadora con ella. Se parecería mucho a Roy si tuviera los ojos soñadores y oscuros, y no esos ojos pícaros de color avellana. Gracias a Dorothy y a Phil la visita transcurrió muy bien, fuera de cierta tensión en el ambiente y un par de percances menores. Rusty y Joseph, dejados a sus anchas, se enzarzaron en un juego de persecución y pasaron saltando como locos por el regazo de seda de la señora Gardner en su carrera sin freno. La señora Gardner se levantó los impertinentes y se quedó mirando a los gatos en fuga como si nunca hubiera visto un gato, y Ana, ahogándose de risa nerviosa, pidió disculpas como mejor pudo.

—¿Le gustan los gatos? —preguntó la señora Gardner con un deje de tolerante sorpresa.

A pesar del cariño que le tenía a Rusty, a Ana no le gustaban especialmente los gatos, pero le molestó el tono de la señora Gardner. Se acordó, absurdamente, de que a la señora de John Blythe le gustaban muchísimo los gatos y tenía tantos como su marido le permitía.

—¿Verdad que son unos animales adorables? —preguntó con maldad.

—A mí nunca me han gustado —contestó la señora Gardner con distancia.

—A mí me encantan —dijo Dorothy—. Son bonitos y orgullosos. Los perros son demasiado buenos y humildes. Hacen que me sienta incómoda. Pero los gatos son maravillosamente humanos.

—Tenéis dos perros de porcelana antigua preciosos. ¿Puedo verlos de cerca? —preguntó Aline, que al acercarse a la chimenea se convirtió, sin querer, en la causa de otro accidente. Levantó a Magog y se sentó en el cojín debajo del que Priscilla había escondido su bizcocho de chocolate. Priscilla y Ana se miraron con desesperación, pero no podían hacer nada. La majestuosa Aline siguió sentada encima del bizcocho, hablando de perros de porcelana hasta que se marcharon.

Dorothy se rezagó un momento para apretarle la mano a Ana y susurrarle impulsivamente:

—Sé que tú y yo vamos a ser amigas. Roy me ha hablado mucho de ti. Soy la única de la familia a quien le cuenta las cosas, el pobre. En mamá y en Aline nadie puede confiar, ya ves cómo son. ¡Qué momentos tan maravillosos debéis de pasar en esta casa! ¿Me dejáis que venga de vez en cuando?

—Ven cuando quieras —dijo Ana, de corazón, y agradeciendo que Roy tuviera al menos una hermana agradable. Aline nunca le caería bien, de eso estaba segura; y ella a Aline tampoco. A la señora Gardner se la podría ganar. En conjunto, Ana suspiró y se tranquilizó al ver que el suplicio terminaba.

—«No hay palabras tan tristes en el mundo como "podría haber sido"» —citó Priscilla con dramatismo a la vez que levantaba el cojín—. Este bizcocho es ahora lo que se llama un desastre irreparable. Y el cojín está hecho una pena. No me digáis nunca que el viernes no es un día de mala suerte.

—Quien anuncia que viene el sábado no debería venir el viernes —observó la tía Jamesina.

—Me imagino que Roy se confundió —dijo Phil—. El pobre no es consciente de lo que dice cuando habla con Ana. ¿Dónde está Ana?

Ana había subido a su dormitorio. Tenía unas curiosas ganas de llorar, pero en vez de llorar se echó a reír. ¡Qué mal se habían portado Rusty y Joseph! Y Dorothy era un cielo.

Capítulo XXXVII
LICENCIADAS HECHAS Y DERECHAS

—Me gustaría estar muerta, o que fuera mañana por la noche —se lamentó Phil.

—Si vives lo suficiente, tus dos deseos se harán realidad —señaló tranquilamente Ana.

—Para ti es muy fácil estar tranquila. En filosofía te sientes como en casa. Yo no. Y cuando pienso en el examen de mañana me echo a temblar. ¿Qué diría Jo si suspendo?

—No vas a suspender. ¿Qué tal te ha salido el examen de griego?

—No lo sé. No sé si lo he hecho bien o lo he hecho tan mal como para que Homero se revuelva en su tumba. He estudiado y reflexionado tanto que soy incapaz de formarme una opinión sobre nada. ¡Cuánto voy a alegrarme cuando se acaben las examinaciones!

—¿Examinaciones? Nunca he oído esa palabra.

—¿No tengo el mismo derecho que cualquiera a inventarme una palabra? —protestó Phil.

—Las palabras no se inventan, crecen —contestó Ana.

—Da igual. Empiezo a vislumbrar vagamente aguas claras y serenas, libres del oleaje de los exámenes. Chicas, ¿os dais cuenta de que nuestra vida en Redmond ya casi ha terminado?

—Yo no —dijo Ana con pena—. Parece que fue ayer cuando Pris y yo nos sentimos tan solas entre aquella multitud de novatos. Y ahora somos veteranas y estamos a punto de hacer los exámenes finales.

—«Poderosas, sabias y estimadas veteranas» —citó Phil—. ¿De verdad somos algo más sabias que cuando llegamos a Redmond?

—A veces no lo parece —señaló la tía Jamesina.

—Venga, tía Jimsie, no me diga que en general no hemos sido unas chicas buenísimas estos tres inviernos —dijo Phil.

—Habéis sido cuatro de las chicas más buenas, encantadoras y cariñosas que hayan pasado por la universidad —aseguró la tía Jamesina, que nunca escatimaba en cumplidos—. Aunque no sé yo si tenéis demasiado sentido común. Es natural, claro. Eso se aprende con la experiencia. No se enseña en la universidad. Habéis ido cuatro años a la universidad y yo no, pero sé mucho más que vosotras, señoritas.

Stella citó entonces:

Hay cantidad de cosas que no siguen las reglas,
y una inmensa montaña de saber
que no se enseña en la universidad.
Hay montones de cosas que nunca se aprenden en la escuela.

—¿Habéis aprendido algo en Redmond, aparte de lenguas muertas, geometría y tonterías por el estilo? —preguntó la tía Jamesina.

—Claro que sí, tita —protestó Ana.

—Hemos aprendido una verdad que el profesor Woodleigh nos contó en la última reunión de la Sociedad de Amigos de la Ciencia —dijo Phil—. Nos dijo: «El humor es el mejor condimento en el festín de la existencia. Ríete de tus errores pero aprende de ellos; tómate a broma tus preocupaciones pero saca fortaleza de ellas; búrlate de tus dificultades pero supéralas». ¿No le parece una buena enseñanza, tía Jimsie?

—Sí, cielo. Cuando aprendáis a reíros de lo que hay que reírse, y a no reíros de lo que no procede, tendréis sabiduría y comprensión.

—¿Qué has aprendido en Redmond, Ana? —preguntó Priscilla en voz baja.

—Creo —dijo Ana, despacio— que he aprendido de verdad a mirar los pequeños obstáculos como una broma y los grandes como el preludio de la victoria. En resumen, creo que eso es lo que Redmond me ha enseñado.

—Voy a tener que recurrir a otra cita del profesor Woodleigh para expresar lo que ha significado para mí —dijo Priscilla—: «El mundo está lleno de cosas para quien tenga ojos para ver, corazón para querer y manos para aceptarlas... Tanto en los hombres como en las mujeres; tanto en el arte como en la literatura, en todas partes hay cosas con las que disfrutar y por las que sentir gratitud». Creo que Redmond me ha enseñado eso en parte.

—A juzgar por lo que decís todas —dijo la tía Jamesina—, lo esencial es que en cuatro años de universidad, siempre y cuando se tenga el valor necesario, uno puede aprender lo que en la vida tardaría en aprender veinte años. En mi opinión eso justifica la educación superior. Hasta ahora siempre había tenido muchas dudas.

—¿Y qué pasa con la gente que no tiene el valor necesario?

—La gente que no tiene el valor necesario no aprende nunca —afirmó la tía Jamesina—. Ni en la universidad ni en la vida. Aunque vivan mil años no llegan a saber más que un recién nacido. Es una desgracia: los pobrecillos no tienen la culpa. Pero quienes tenemos un poco de valor debemos dar gracias a Dios.

—¿Podría definir qué es el valor, tía Jimsie? —le pidió Phil.

—No, hija. Quien tiene valor lo sabe, y quien no lo tiene no lo entenderá nunca. Así que no hay necesidad de definirlo.

Los días pasaron volando con tantas tareas y los exámenes terminaron. Ana sacó matrícula de honor en lengua. Priscilla sobresaliente en clásicas y Phil en matemáticas. Stella consiguió buena nota en todas las asignaturas. Llegó el momento de la graduación.

—Esto es lo que en otro tiempo habría llamado una etapa de mi vida —dijo Ana mientras sacaba de la caja las violetas de Roy y las miraba con aire pensativo. Pensaba ponérselas, naturalmente, pero se le fueron los ojos a otra caja que estaba encima de la mesa, llena de lirios del valle, tan fragantes y frescos como los que crecían en el patio de Tejas Verdes cuando junio llegaba a Avonlea. Al lado de la caja había una tarjeta de Gilbert Blythe.

A Ana le sorprendió que Gilbert le enviara flores para la graduación. Lo había visto muy poco a lo largo del inverno. Desde las vacaciones de Navidad él solo había estado en la Casa de Patty un viernes por la tarde, y rara vez se encontraban en ninguna parte. Ana sabía que Gilbert estaba estudiando mucho, que aspiraba a la matrícula de honor y el premio Cooper, y apenas participaba en las actividades sociales de Redmond. Ella, en cambio, había pasado un invierno muy animado. Había visto mucho a los Gardner; se había hecho muy amiga de Dorothy; en los círculos universitarios se esperaba el anuncio de su compromiso con Roy en cualquier momento. También Ana lo esperaba. Pero justo antes de salir de casa, apartó las violetas de Roy y se puso los lirios del valle. No habría sabido decir por qué. Por alguna razón, sentía muy cerca los viejos tiempos de Avonlea, con sus sueños y sus amistades, ahora que había alcanzado esas ambiciones acariciadas durante muchos años. Gilbert y ella se habían imaginado una vez, con alegría, el día en que serían licenciados en Humanidades, con birrete y toga. El gran día había llegado y no había en él lugar para las violetas de Roy. Únicamente las flores de su amigo de la infancia podían acompañar el momento en que las viejas esperanzas compartidas por ambos se veían cumplidas.

Ana llevaba años soñando con este día, pero cuando llegó, el único recuerdo intenso y duradero que dejó en su memoria no fue el emocionante momento en que el majestuoso presidente de Redmond le entregó su birrete y su diploma y la felicitó por su licenciatura; no fue el destello en los ojos de Gilbert cuando vio que llevaba sus lirios; tampoco la mirada de pena y desconcierto de Roy al pasar a su lado en la tribuna. No fueron las condescendientes felicitaciones de Aline Gardner ni los fogosos e impulsivos buenos deseos de Dorothy. Fue el de un inexplicable y extraño dolor que le estropeó el día largamente esperado y dejó en su recuerdo para siempre un leve regusto amargo.

Esa noche, los licenciados en Humanidades celebraban un baile de graduación. Mientras se vestía, Ana apartó las perlas que solía llevar y sacó del baúl la cajita que llegó a Tejas Verdes un día de Navidad. Era una cadena de oro con un corazoncito rosa esmaltado. La tarjeta que la acompañaba decía: «Con los mejores deseos de tu viejo amigo, Gilbert». Ana, riéndose del recuerdo que le había despertado el corazón de esmalte —el del día fatídico en que Gilbert la llamó «Zanahorias» y luego intentó inútilmente hacer las paces con un corazón rosa de caramelo—, le envió una breve nota de agradecimiento. Pero nunca se había puesto el colgante. Esa noche se lo abrochó alrededor del cuello blanco con una sonrisa soñadora.

Fue hasta Redmond paseando con Phil. Ana iba callada; Phil charlando sin parar. De repente dijo:

—Hoy he oído que el compromiso de Gilbert Blythe y Christine Stuart se anunciaría después de la ceremonia de graduación. ¿Sabías algo?

—No.

—Creo que es verdad —añadió Phil sin darle importancia.

Ana no contestó. En la oscuridad, sintió que le ardían las mejillas. Se metió la mano por debajo del cuello del abrigo y buscó la cadena de oro. Bastó un tirón enérgico para que se rompiera. Guardó la baratija en el bolsillo. Le temblaban las manos y le escocían los ojos.

Pero esa noche fue la más alegre de los asistentes al baile, y le dijo a Gilbert, sin ninguna pena, que tenía el carné lleno cuando él se acercó a pedirle un baile. Más tarde, sentada con las chicas en la Casa de Patty, delante de las brasas agonizantes que atenuaban en su piel de raso el frío de la primavera, ninguna habló con más entusiasmo que ella de los acontecimientos del día.

—Moody Spurgeon MacPherson ha venido esta noche cuando ya os habíais ido —dijo la tía Jamesina, que no se había acostado para cuidar del fuego—. No sabía lo del baile de graduación. Ese chico debería dormir con una cinta de goma en la cabeza para aplastarse las orejas. Una vez tuve un pretendiente que hacía eso y mejoró una barbaridad. Se lo recomendé yo y siguió mi consejo, pero nunca me lo perdonó.

—Moody Spurgeon es un chico muy formal —contestó Priscilla con un bostezo—. Le preocupan otras cosas más importantes que sus orejas. Ya sabéis que va a ordenarse sacerdote.

—Bueno, supongo que Dios no se fija en la orejas de la gente —dijo la tía Jamesina, muy seria, renunciando a seguir criticando a Moody Spurgeon. Las sotanas le inspiraban el debido respeto, incluso la de un clérigo novato.

Capítulo *XXXVIII*
UN FALSO
AMANECER

—¡Qué delicia pensar que de hoy en una semana estaré en Avonlea! —dijo Ana, agachándose sobre la caja en la que estaba guardando las colchas de la señora Lynde—. Pero ¡qué horrible pensar que de hoy en una semana me habré ido para siempre de la Casa de Patty!

—No sé si el fantasma de nuestras risas se colará en los sueños de la señorita Patty y la señorita Maria —especuló Phil.

Las señoritas volvían a casa tras su periplo por la mayor parte del mundo habitado.

«Llegamos la segunda semana de mayo —anunciaba en su carta la señorita Patty—. Supongo que la Casa de Patty nos parecerá muy pequeña en comparación con el Salón de los Reyes de Karnak, pero nunca me ha gustado vivir en sitios grandes. Y me alegraré mucho de volver a casa. Cuando una empieza a viajar ya con muchos años, es fácil que quiera hacer demasiadas cosas, porque sabe que no le queda mucho tiempo, y la idea resulta cada vez más atractiva. Me temo que Maria nunca volverá a estar satisfecha.»

—Dejaré aquí mis sueños y mis fantasías para quien venga detrás de mí —dijo Ana, mirando con nostalgia la habitación azul: su preciosa habitación azul, donde había pasado tres años tan felices. Delante de esa ventana se había arrodillado para rezar, y a ella se había asomado para ver la puesta de sol por detrás de los pinos. En su cristal había oído la lluvia del otoño y en su alféizar había recibido a los petirrojos en primavera. Se preguntó si los sueños podían hechizar las habitaciones; si, cuando alguien dejaba para siempre el cuarto en el que había gozado y sufrido, reído y llorado, algo suyo, intangible e invisible pero no menos real, no se quedaba allí como un recuerdo sonoro.

—Creo —dijo Phil— que la habitación donde alguien sueña y sufre y disfruta y vive está inseparablemente unida a estos procesos, y cobra una personalidad propia. Estoy segura de que si entrara en este cuarto dentro de cincuenta años, me diría: «Ana, Ana». ¡Qué buenos momentos hemos pasado aquí, cielo! ¡Qué conversaciones y qué bromas y qué jolgorios! ¡Ay! En junio me caso con Jo y sé que voy a ser muy feliz. Pero ahora mismo quisiera que esta preciosa vida de Redmond durase eternamente.

—Yo también tengo el mismo deseo absurdo —reconoció Ana—. Aunque la vida nos traiga alegrías más profundas, nunca volveremos a disfrutar de una existencia tan irresponsable y deliciosa. Se acabó para siempre, Phil.

—¿Qué vas a hacer con Rusty? —preguntó Phil cuando el privilegiado gatito entró en la habitación.

—Me lo llevo a casa con Joseph y la gata Sarah —anunció la tía Jamesina, que venía detrás de Rusty—. Sería una lástima separar a esos gatos ahora que han aprendido a convivir. Es una lección difícil para los gatos y para las personas.

—Me da pena separarme de Rusty —dijo Ana—, pero no puedo llevarlo a Tejas Verdes. Marilla no soporta a los gatos y Davy le haría la vida imposible. Además, no creo que vaya a quedarme en casa mucho tiempo. Me han ofrecido la dirección del instituto de Summerside.

—¿Vas a aceptarlo? —preguntó Phil.

—Aún no lo he decidido —dijo Ana, poniéndose colorada.

Phil se dio cuenta y asintió. Naturalmente, Ana no podía hacer planes antes de que Roy declarara sus intenciones. No cabía la menor duda de que lo haría muy pronto. Y no cabía la menor duda de que cuando él le preguntara: «¿Quieres?», Ana respondería: «Sí». La propia Ana veía la situación con una complacencia que muy rara vez se alteraba. Estaba profundamente enamorada de Roy. Cierto que no era el amor que se había imaginado. Pero ¿había en la vida algo, se preguntó con cansancio, que se parezca a lo que una se había imaginado? Otra vez más se repetía la desilusión de la infancia: la misma decepción que sintió al ver por primera vez el brillo frío del diamante en lugar del resplandor púrpura que esperaba. «No es la idea que tengo de un diamante», dijo entonces. Pero Roy era una buena persona y serían muy felices juntos, aunque a la vida le faltara algo indefinible. Esa tarde, cuando Roy fue a verla y le propuso que salieran a dar un paseo por el parque, todo el mundo en la Casa de Patty sabía lo que le iba a decir; y todo el mundo sabía o creía saber cuál sería la respuesta de Ana.

—Ana es una chica muy afortunada —dijo la tía Jamesina.

—Supongo que sí —asintió Stella, encogiéndose de hombros—. Roy es un chico agradable, pero en realidad no tiene nada dentro.

—Eso parece un comentario muy envidioso, Stella Maynard —le reprochó su tía.

—Lo parece, pero no tengo envidia —contestó Stella sin alterarse—. Quiero a Ana y me cae bien Roy. Todo el mundo dice que Ana ha encontrado un buen partido, y hasta la señora Gardner está encantada con ella. Suena todo divino, pero yo tengo mis dudas. Téngalo muy en cuenta, tía Jamesina.

Roy le pidió a Ana que se casara con él en el pabellón del puerto donde se refugiaron de la lluvia y tuvieron su primera conversación. A Ana le pareció muy romántico que eligiera ese sitio. Además, formuló su petición de maravilla, como si la hubiera copiado, igual que uno de los pretendientes de Ruby Gillis, que la sacó de un manual titulado «Cómo comportarse en el noviazgo y el matrimonio». Todo resultó impecable. Y también sincero. Era indudable que Roy expresaba sus verdaderos sentimientos. Ni una sola nota falsa vino a estropear la sinfonía. Ana pensó que debería estar temblando de pies a cabeza. Y no lo estaba: estaba horrorosamente tranquila. Cuando Roy guardó silencio para oír su respuesta, Ana abrió los labios para dar su trascendental «sí». Entonces se echó a temblar, como si se alejara de un precipicio. Se vio en uno de esos momentos en los que de repente comprendemos, como si un destello cegador lo iluminara todo, más de lo

que hemos aprendido en todos los años anteriores. Apartó su mano de la de Roy.

—Ay, no puedo casarme contigo... No puedo... No puedo —exclamó, angustiada.

Roy se puso pálido, y también se le puso cara de bobo. Estaba muy seguro —como es lógico— de que Ana lo aceptaría.

—¿Qué quieres decir? —balbució.

—Quiero decir que no puedo casarme contigo —repitió Ana con desesperación—. Creía que sí, pero no puedo.

—¿Por qué no puedes? —preguntó Roy, algo más calmado.

—Porque... no te quiero lo suficiente.

Roy se puso muy rojo.

—Entonces, ¿estos dos años solo has estado divirtiéndote? —preguntó, despacio.

—No, no es eso —dijo la pobre Ana con la voz entrecortada. ¿Cómo explicarlo? No sabía explicarlo. Hay cosas que no se pueden explicar—. Creía que te quería, lo creía sinceramente, pero ahora sé que no.

—Me has destrozado la vida —dijo Roy con rencor.

—Perdóname —le rogó Ana patéticamente, con las mejillas ardiendo y el picor de las lágrimas en los ojos.

Roy dio media vuelta y se quedó un rato mirando el mar. Cuando se volvió hacia Ana, seguía estando muy pálido.

—¿No puedes darme ninguna esperanza? —preguntó.

Ana negó con la cabeza, en silencio.

— Entonces, adiós —dijo Roy—. No lo entiendo. No me puedo creer que no seas la mujer que creía que eras. Pero no hay lugar para el reproche entre nosotros. Eres la única mujer a la que podré querer en la vida. Te doy las gracias al menos por tu amistad. Adiós, Ana.

—Adiós —contestó Ana con la voz temblorosa.

Se quedó un buen rato sentada en el pabellón después de que Roy se marchara, contemplando la neblina blanca que se acercaba desde el puerto sutilmente y sin remordimientos. Había llegado para ella la hora de la humillación, la vergüenza y el desprecio de sí misma. Sintió las oleadas de estas tres emociones. Y al mismo tiempo, muy en el fondo, tenía la extraña sensación de haber recuperado la libertad.

Volvió a casa cuando ya oscurecía y subió a hurtadillas a su habitación, pero Phil estaba en el asiento de la ventana.

—Espera, Phil —dijo Ana, ruborizándose al imaginar la escena—. Espera y déjame que diga lo que tengo que decir. Roy me ha pedido que me case con él y lo he rechazado.

—¿Lo... lo... lo has rechazado? —dijo Phil, atónita.

—Sí.

—¿Tú estás en tus cabales?

—Creo que sí —dijo Ana con cansancio—. Por favor, Phil, no me riñas. No lo entiendes.

—Desde luego que no. Llevas dos años dando motivos a Roy Gardner para que se haga ilusiones y ahora me dices que lo has rechazado. Eso quiere decir que has estado coqueteando con él de una manera escandalosa, Ana. Nunca me habría esperado eso de ti.

—No he estado coqueteando con él. Hasta el último momento he creído sinceramente que lo quería... Y entonces, bueno, de repente me di cuenta de que nunca podría casarme con él.

—Supongo —dijo Phil con crueldad— que pensabas casarte con él por su dinero, pero al final tu parte buena ganó la partida y no te lo permitió.

—No. Nunca he pensado en su dinero. No te lo puedo explicar. Como tampoco he podido explicárselo a él.

—Sinceramente, creo que has tratado a Roy de un modo vergonzoso —insistió Phil con exasperación—. Es guapo, listo, rico y bueno. ¿Qué más quieres?

—Quiero a alguien que encaje en mi vida. Y no es él. Al principio me dejé llevar por lo guapo que era y por sus cumplidos románticos; luego pensé que me había enamorado, porque era mi ideal de ojos oscuros.

—Mira que yo soy un desastre para entenderme a mí misma, pero tú eres todavía peor —dijo Phil.

—Yo sí me entiendo a mí misma —protestó Ana—. El problema es que cambio de opinión y necesito tiempo para asimilarlo.

—En fin, supongo que es inútil que te diga nada.

—No hace falta, Phil. Estoy derrotada. Esto lo ha estropeado todo. Ya no podré pensar en la época de Redmond sin recordar la humillación de esta tarde. Roy me desprecia... tú me desprecias... y yo me desprecio.

—Pobrecita —dijo Phil, enterneciéndose—. Anda, ven y deja que te consuele. No tengo ningún derecho a regañarte. Me habría casado con Alec o Alonzo si no hubiera conocido a Jo. Ay, Ana, qué complicadas son las cosas en la vida real. No se ven tan claras y bien perfiladas como en las novelas.

—Espero que nadie vuelva a pedirme en la vida que me case con él —sollozó la pobre Ana, sinceramente convencida de que lo decía en serio.

Capítulo *XXXIX*
COSAS
DE BODAS

De vuelta en Tejas Verdes y a lo largo de las primeras semanas, Ana tenía la sensación de que la vida entraba en una fase de declive. Echaba de menos la alegre compañía de las chicas. Había tenido sueños deslumbrantes a lo largo del invierno pasado y ahora los veía tirados por el suelo. En aquel estado de malestar consigo misma no podía ponerse a soñar inmediatamente. Y descubrió que si la soledad con sueños es gloriosa, la soledad sin ellos tiene pocos encantos.

No había vuelto a ver a Roy desde su dolorosa despedida en el pabellón del parque, pero Dorothy pasó a verla antes de que se marchara de Kingsport.

—Siento muchísimo que no te cases con Roy —dijo—. Quería que fueras mi hermana. Pero haces muy bien. Con él te morirías de aburrimiento. Yo lo quiero mucho, y es un encanto, pero en el fondo no es nada interesante. Lo parece, pero no lo es.

—Espero que esto no estropee nuestra amistad —dijo Ana con inquietud.

—¡Ni hablar! Vales demasiado para perderte. Si no puedo tenerte como hermana pienso conservarte al menos como amiga. Y no te preocupes por

Roy. Ahora mismo lo está pasando fatal —tengo que escuchar sus desahogos a diario—, pero se le pasará. Siempre se le pasa.

—¿Siempre? —dijo Ana, con un ligero cambio en la voz—. ¿Quieres decir que ya «se le ha pasado» antes?

—Claro que sí —asintió Dorothy con franqueza—. Dos veces. Y las dos tuve que escuchar sus delirios igual que ahora. Aunque las otras no lo rechazaron: simplemente anunciaron que se habían prometido con otro. Naturalmente, cuando te conoció me dijo que nunca había querido a nadie como a ti, que las otras relaciones habían sido fantasías infantiles. Pero creo que no tienes que preocuparte.

Ana decidió no preocuparse. Sentía una mezcla de alivio y resentimiento. Roy le había dicho que nunca había querido a otra. Seguro que lo creía de verdad. Y era muy tranquilizador saber que, con toda probabilidad, no le había destrozado la vida. Había otras diosas, y Roy, según Dorothy, inevitablemente acabaría venerando en otros altares. Aun así, no era esta la única ilusión que se esfumaba de su vida, y Ana empezaba a tener una melancólica sensación de vacío.

La tarde de su llegada, bajó de la buhardilla con cara triste.

—¿Qué le ha pasado a la vieja Reina de las Nieves, Marilla?

—Ay, ya sabía yo que te disgustarías —dijo Marilla—. Yo también me he disgustado. Ese árbol estaba ahí desde que yo era pequeña. Se cayó con el vendaval que tuvimos en marzo. Tenía la raíz podrida.

—Lo echaré mucho de menos —se lamentó Ana—. El cuarto de la buhardilla no parece el mismo sin él. Nunca podré volver a mirar por la ventana sin sentir su pérdida. Y también es la primera vez que vuelvo a Tejas Verdes y Diana no está aquí para darme la bienvenida.

—Diana tiene otras cosas en que pensar —insinuó la señora Lynde.

—Bueno, cuénteme las noticas de Avonlea —le pidió Ana, sentándose en las escaleras del porche, donde el sol del atardecer le iluminaba el pelo como una lluvia de oro.

—No hay muchas más noticias aparte de las que te contamos en las cartas —dijo la señora Lynde—. Supongo que no te has enterado de que Simon Fletcher se rompió la pierna la semana pasada. Es una suerte inmensa para su familia. Están haciendo mil cosas que siempre han querido hacer pero no podían, con ese viejo chiflado danzando por ahí.

—Viene de una familia desquiciante —señaló Marilla.

—¿Desquiciante? ¡Más que eso! Su madre se levantaba en los encuentros de oración para contar con pelos y señales los defectos de sus hijos y pedirnos que rezáramos por ellos. Como es natural, los hijos se enfadaban y se portaban peor que nunca.

—No le has contado a Ana las noticias de Jane —apuntó Marilla.

—Ah, sí —resopló la señora Lynde—. Bueno —añadió de mala gana—, Jane Andrews volvió del oeste la semana pasada, y va a casarse con un millonario de Winnipeg. Como te podrás imaginar, a la señora Andrews le faltó tiempo para pregonarlo a los cuatro vientos.

—Mi querida Jane... Cuánto me alegro —dijo Ana de todo corazón—. Se merece todo lo bueno en esta vida.

—Yo no tengo nada en contra de Jane. Es una chica bien buena. Pero no es de la clase de los millonarios, y seguro que ese hombre es poco recomendable, aparte de su dinero. La señora Andrews dice que es un inglés que ha hecho fortuna en las minas, pero yo creo que va a ser yanqui. Que tiene dinero es seguro, porque ya ha cubierto a Jane de joyas. Le ha regalado un anillo de compromiso con un diamante tan grande que parece que lleva una tirita en los dedos rechonchos.

La señora Lynde no podía disimular cierta amargura en la voz. Ahí estaba Jane Andrews, una chica del montón aunque perseverante, prometida con un millonario, mientras que a Ana, al parecer, nadie se lo pedía, ni rico ni pobre. Y la señora Andrews presumía de un modo inaguantable.

—¿Qué le ha pasado a Gilbert Blythe en la universidad? —preguntó Marilla—. Lo vi la semana pasada, cuando volvió a casa, y está tan pálido y delgado que casi no lo reconocía.

—Ha estudiado mucho este invierno —dijo Ana—. Ha sacado matrícula de honor en Clásicas y ha ganado el premio Cooper. ¡Hacía cinco años que nadie lo ganaba! Creo que está agotado. Todos estamos un poco cansados.

—De todos modos, tú eres licenciada y Jane Andrews ni lo es ni lo será nunca —añadió la señora Lynde con siniestra satisfacción.

Unos días después, Ana fue a ver a Jane, pero resultó que su amiga se había ido a Charlottetown, «a la modista», le informó con orgullo la señora Andrews.

—Naturalmente, no podíamos pedírselo a una modista de Avonlea, dadas las circunstancias.

—Me han dado una buena noticia de Jane —dijo Ana.

—Sí, a Jane le ha ido muy bien, aunque no sea licenciada —contestó la señora Andrews, irguiendo ligeramente la cabeza—. El señor Inglis tiene millones, y se van a Europa de viaje de novios. Cuando vuelvan vivirán en Winnipeg, en una mansión de mármol. Jane solo se lamenta de una cosa: cocina de maravilla, y su marido no le permite cocinar. Es tan rico que encarga la comida. Tendrán cocinera, dos doncellas, un cochero y un chico para todo. Pero ¿cómo estás tú, Ana? No he oído decir que te cases, después de ir a la universidad.

Ana se echó a reír.

—Seré una solterona. La verdad es que no encuentro a nadie que me convenga. —Fue una maldad por su parte. Lo dijo adrede, para recordarle a la señora Andrews que si se convertía en una solterona no sería por no haber tenido al menos una oportunidad de casarse. Pero la señora Andrews se tomó la revancha al instante.

—Sí, me he fijado en que las chicas demasiado especiales normalmente se quedan solas. ¿Y qué es eso de que Gilbert Blythe se ha prometido con una tal señorita Stuart? Charlie Sloane dice que es guapísima. ¿Es verdad?

—No sé si es verdad que se ha prometido con la señorita Stuart —dijo Ana con estoicismo—, pero no hay duda de que es encantadora.

—Yo pensaba que Gilbert y tú os casaríais. Como no te andes con cuidado, Ana, se te escurrirán de las manos todos los pretendientes.

Ana decidió dar por concluido el duelo con la señora Andrews. No se puede combatir con un adversario que responde a la embestida del estoque con el golpe de un hacha de guerra.

—Bueno —dijo, levantándose con altivez—, creo que no puedo quedarme más tiempo esta mañana si Jane no está. Volveré cuando esté en casa.

—Ven —contestó efusivamente la señora Andrews—. Jane no es nada orgullosa. Piensa seguir relacionándose con sus amigos como siempre. Se alegrará mucho de verte.

El millonario de Jane llegó el último día de mayo y se la llevó envuelta en un resplandor cegador. La señora Lynde se alegró maliciosamente al ver que el señor Inglis tenía sus cuarenta años bien cumplidos —ni un día menos—, y era bajito, delgado y canoso. Tened por seguro que la buena mujer no escatimó a la hora de enumerar sus defectos.

—Hará falta todo el oro que tiene para dorar una píldora como él —sentenció la señora Rachel.

—Parece un hombre amable y de buen corazón —dijo Ana con lealtad—. Y estoy segura de que valora muchísimo a Jane.

—¡Bah! —dijo la señora Rachel.

Phil Gordon se casaba la semana siguiente y Ana fue a Bolingbroke para ser su dama de honor. Phil, vestida de novia, parecía un hada exquisita, y el reverendo Jo estaba tan radiante de felicidad que nadie lo encontraba feo.

—Iremos de luna de miel por la zona de Evangeline —dijo Phil—. Y luego nos instalaremos en Patterson Street. A mi madre le parece horroroso: dice que Jo al menos debería buscar una iglesia en un barrio decente. Pero esa jungla de los suburbios de Patterson será para mí como un jardín de rosas si Jo está conmigo. Ay, Ana, soy tan feliz que me duele el corazón.

Ana siempre se alegraba de la felicidad de sus amigas, pero uno se siente un poco solo a veces cuando está rodeado de felicidad ajena. Y lo mismo le ocurrió al volver a Avonlea. Esta vez era Diana quien estaba viviendo el momento glorioso que vive una mujer cuando tiene a su lado a su primer hijo. Ana miró a la blanca madre con una admiración que nunca había sentido por Diana. ¿Podía esta mujer tan pálida, con esa mirada de éxtasis, ser la niña de los rizos negros y las mejillas sonrosadas que jugaba con ella en los tiempos de la escuela? Ana tenía la extraña y desoladora sensación de que en cierto modo solo se reconocía en esos años del pasado y no pintaba nada en el presente.

—¿Verdad que es precioso? —dijo Diana con orgullo.

El niño gordito era absurdamente idéntico a Fred: igual de redondo, igual de colorado. Ana no podía decir con buena conciencia que le pareciera precioso, pero sí dijo con total sinceridad que era un niñito muy dulce y delicioso, para comérselo a besos.

—Antes de verlo quería que fuese una niña, para llamarla Ana —dijo Diana—. Pero ahora que está aquí, no lo cambiaría ni por un millón de niñas. Solo podía ser esta preciosidad.

—«Todo recién nacido es el mejor y el más lindo» —citó alegremente la señora Allan—. Si hubiera llegado la pequeña Ana sentirías por ella exactamente lo mismo.

La señora Allan estaba de visita en Avonlea por primera vez desde que se marchó. Seguía tan cariñosa, encantadora y alegre como siempre. Sus amigas la recibieron llenas de alegría. La mujer del párroco actual era una señora respetada, pero no exactamente un alma gemela.

—Estoy impaciente por que empiece a hablar —suspiró Diana—. Qué ganas tengo de oírle decir «mamá». Ah, y quiero que el primer recuerdo que tenga de mí sea bonito. El primer recuerdo que tengo de mi madre es que me daba un cachete. Seguramente me lo merecía, porque mi madre siempre ha sido muy buena y la quiero mucho. Pero preferiría que mi primer recuerdo de ella fuese más bonito.

—Yo solo tengo un recuerdo de mi madre y es el más bonito de todos mis recuerdos —dijo la señora Allan—. Tenía cinco años, y me dejaron ir a la escuela con mis dos hermanas mayores. Al terminar la clase, cada una de mis hermanas volvió a casa con un grupo distinto, y las dos dieron por hecho que yo iba con la otra. El caso es que me fui con una niña con la que había estado jugando en el recreo. Fuimos a su casa, que estaba cerca de la escuela, y nos pusimos a hacer tartas de barro. Lo estábamos pasando de maravilla cuando llegó mi hermana mayor, jadeando y muy enfadada. «¡Qué niña más mala!», me gritó. Me agarró de la mano y me arrastró. «A casa, ahora mismo. ¡Te la vas a ganar! Mamá está enfadadísima. Te va a dar una buena tunda.» Nunca me habían pegado, y estaba aterrorizada. En la vida había pasado tanta angustia como en ese momento, camino de casa. No era mi intención ser mala. Phemy Cameron me invitó a su casa, y yo no sabía que eso estuviera mal. Y ahora me iban a dar una tunda. Cuando llegamos, mi hermana me llevó a la cocina, donde mi madre estaba sentada junto al fuego, en la penumbra. Me temblaban tanto las piernas que casi no podía tenerme en pie. Y mi madre... mi madre me abrazó, sin una sola palabra de reproche o aspereza; me dio un beso y me estrechó contra su pecho. «¡Qué miedo tenía de que te hubieras perdido, cariño!», me dijo con ternura. Vi cómo le brillaban los ojos de amor cuando me miró. No me regañó ni me reprochó nada. Solo me dijo que no volviera a irme sin pedir permiso. Murió muy poco después. Es el único recuerdo que tengo de ella. ¿Verdad que es precioso?

Ana se sintió más sola que nunca mientras volvía a casa por la Senda de los Abedules y la Laguna de los Sauces. Hacía muchas lunas que no pasaba por allí. La noche tenía un color violeta oscuro. El aire estaba cargado de fragancias de flores: casi demasiado. Era como un perfume tan empalagoso que llega a ser desagradable. Los jóvenes abedules del mundo de las hadas se habían convertido en árboles grandes. Todo había cambiado. Pensó que se alegraría cuando terminase el verano y volviera de nuevo al trabajo. Tal vez entonces la vida no le parecería tan vacía.

> He probado el mundo... y ya no tiene
> ese gusto a romance de antaño.

Ana suspiró, ¡y la idea romántica de que el mundo estuviera desprovisto de idilios la reconfortó enseguida!

Capítulo XL
EL LIBRO DE LAS REVELACIONES

Los Irving volvieron al Pabellón del Eco a pasar el verano y Ana disfrutó de tres felices semanas con ellos en el mes de julio. La señorita Lavendar no había cambiado; Charlotta Cuarta ya era una joven hecha y derecha, pero seguía adorando a Ana.

—La verdad, señorita Shirley, es que no he visto en Boston a nadie como usted —le dijo con franqueza.

También Paul era casi adulto. Tenía dieciséis años, sus rizos castaños se habían convertido en tirabuzones cortos y ahora le interesaba más el fútbol que las fantasías. Pero su vínculo con su antigua maestra seguía siendo muy sólido. Únicamente las almas gemelas no cambian con el paso de los años.

Fue una tarde de julio, cruel, lúgubre y lluviosa, cuando Ana volvió a Tejas Verdes. Uno de los violentos temporales de verano que a veces barren el golfo de San Lorenzo azotaba el mar. Las primeras gotas se estrellaron contra las ventanas justo cuando entraba en casa.

—¿Era Paul quien te ha traído? —preguntó Marilla—. ¿Por qué no le has dicho que se quede a dormir? Va a caer una buena tormenta.

—Creo que llegará al Pabellón del Eco antes de que descargue. Además, quería volver esta noche. Bueno, he pasado unos días maravillosos, pero me alegro de volver a veros. «Ni el este, ni el oeste: mi hogar es este». Davy, ¿has crecido en estos días?

—Dos centímetros y medio desde que te fuiste —afirmó el niño con orgullo—. Ya soy tan alto como Milty Boulter. No veas qué contento estoy. Ahora tendrá que dejar de presumir de que es más alto que yo. Oye, Ana, ¿sabías que Gilbert Blythe se está muriendo?

Ana se quedó muda y tiesa. Se le puso la cara tan blanca que Marilla pensó que iba a desmayarse.

—Cierra el pico, Davy —le riñó la señora Rachel—. Ana, no pongas esa cara. ¡No pongas esa cara! No queríamos decírtelo así, de sopetón.

—¿Es... cierto? —preguntó Ana, con una voz que no era suya.

—Gilbert está muy enfermo —explicó la señora Rachel muy seria—. Enfermó de fiebres tifoideas justo después de que te fueras al Pabellón del Eco. ¿No lo sabías?

—No —dijo la voz desconocida.

—Es un caso muy grave desde el principio. El médico dijo que estaba muy mal. Han contratado a una enfermera y lo han probado todo. No pongas esa cara, Ana. Mientras hay vida hay esperanza.

—Pues el señor Harrison ha venido esta tarde y ha dicho que no había esperanza para Gilbert —insistió Davy.

Marilla, que parecía muy cansada y mayor, se levantó y se llevó a Davy de la cocina con cara seria.

—Ay, hija, no pongas esa cara —repitió la señora Rachel, rodeando con sus brazos bondadosos y viejos a la pálida Ana—. Yo no he perdido la esperanza. De verdad que no. Tiene a su favor la buena constitución de los Blythe. Te lo digo yo.

Ana apartó con delicadeza los brazos de la señora Lynde, cruzó a ciegas la cocina y el vestíbulo y subió a su antigua habitación. Se arrodilló junto a la ventana, mirando hacia fuera sin ver nada. Todo estaba muy oscuro. La lluvia caía con fuerza sobre los campos temblorosos. De los bosques encantados llegaban los gemidos de los poderosos árboles azotados por el temporal. El aire palpitaba con las violentas embestidas de las olas en la costa lejana. ¡Y Gilbert se estaba muriendo!

En toda vida hay un Libro de las Revelaciones, como lo hay en la Biblia. Ana leyó el suyo en su larga y angustiosa vigilia nocturna, rodeada de tormenta y oscuridad. Quería a Gilbert... ¡Siempre lo había querido! Ahora lo sabía. Sabía que no podía expulsarlo de su vida sin sentir un dolor comparable al de cortarse la mano derecha. Y el reconocimiento había llegado demasiado tarde: demasiado tarde incluso para el amargo consuelo de acompañarlo en su final. Si no hubiera estado tan ciega... si no hubiera sido tan necia... ahora tendría el derecho de estar a su lado. Pero él nunca sabría que lo amaba: dejaría este mundo convencido de que ella no sentía nada por él. ¡Ah, los largos años de vacío que la esperaban! No podría soportarlos... ¡no podría! Acurrucada junto a la ventana, por primera vez en su vida joven y alegre quiso morir también. Si Gilbert la dejaba, sin una palabra o una señal o un mensaje, no podría vivir. Nada tenía valor sin él. Estaban hechos el uno para el otro. En aquellas horas de máxima agonía no lo dudó ni por un instante. Gilbert no quería a Christine Stuart: nunca la había querido. Ay, ¿cómo podía haber sido tan tonta de no ver el vínculo que la unía a Gilbert, de tomar por amor lo que había sentido por Roy Gardner, cuando no eran más que vanidad halagada y fantasías? Y ahora tenía que pagar por su estupidez como se paga por un delito.

La señora Lynde y Marilla se acercaron a su puerta antes de irse a la cama; se miraron en silencio, con gesto de duda, y se retiraron. La furia de la tormenta duró toda la noche, sin amainar hasta el amanecer. Ana vio entonces una prodigiosa franja de luz en las orillas de la oscuridad. Las cimas de los cerros, a levante, no tardaron en cobrar un borde rojo como un incendio. Las nubes se alejaron hacia el horizonte en una masa blanca y suave; el cielo resplandecía de plata y azul. El mundo se llenó de quietud.

Ana, que seguía de rodillas, se levantó y bajó sin hacer ruido. Al salir al patio, la frescura de la lluvia en el aire le golpeó la cara blanca y le refrescó los ojos ardientes y secos. Un silbido alegre y juguetón resonó en el camino. Momentos después llegaba Pacifique Buote.

Ana perdió las fuerzas de repente. De no haberse sujetado a la rama de un sauce se habría caído. Pacifique era el ayudante de George Fletcher, y George Fletcher era el vecino de los Blythe. La señora Fletcher era la tía de Gilbert. Pacifique sabría si... si... Pacifique sabría lo que había que saber.

El muchacho avanzaba con paso decidido por el camino rojo, silbando. No vio a Ana. En vano, ella intentó llamarlo. Ya casi había pasado de largo cuando los labios temblorosos de Ana acertaron a decir: «¡Pacifique!».

El chico se volvió con una sonrisa y un alegre buenos días.

—Pacifique —dijo Ana con voz débil—. ¿Vienes de casa de George Fletcher?

—Sí —contestó amablemente—. Anoche me llegó el recado de que mi padre estaba enfermo. Con la tormenta no pude ir, así que me he puesto en camino esta mañana temprano. Voy por el bosque para atajar.

—¿Sabes cómo se encontraba Gilbert Blythe esta mañana? —Ana, desesperada, no pudo evitar la pregunta. Incluso lo peor sería más soportable que esta zozobra atroz.

—Está mejor. Anoche dio un cambio. El médico dice que ahora no tardará en recuperarse. ¡Aunque se ha salvado por los pelos! Ese chico se ha matado en la universidad. Bueno, que tengo prisa. Mi padre querrá verme cuanto antes.

El muchacho reanudó su camino y su silbido. Ana se quedó mirándolo con unos ojos en los que la alegría empezaba a desbancar a la angustia de la noche. Era un chico feúcho, desgarbado y mal vestido. Pero a ella le pareció tan hermoso como quienes llevan la buena nueva de cerro en cerro. Nunca, mientras viviese, miraría Ana la cara redonda y oscura de Pacifique y sus ojos negros sin el cálido recuerdo del momento en que la ungió con el óleo de la alegría que quita la pena.

Mucho después de que el alegre silbido de Pacifique se fuera desvaneciendo hasta quedar sumido en el silencio que reinaba muy por encima de los arces del Paseo de los Enamorados, Ana seguía a los pies del sauce, saboreando la conmovedora dulzura de la vida cuando un gran temor se ha retirado. La mañana era una copa rebosante de bruma y esplendor. En un rincón, muy cerca, había una exquisita sorpresa: unas rosas recién nacidas y bañadas de perlas de rocío. Los gorjeos y los trinos de los pájaros posados en las ramas del sauce parecían en perfecta armonía con su estado de ánimo. Una frase de un libro muy antiguo, muy cierto y maravilloso le vino a los labios.

«El llanto puede durar toda una noche, pero la alegría llega con la mañana.»

Capítulo XLI
EL AMOR LEVANTA LA COPA DEL TIEMPO

—He venido a pedirte que esta tarde demos uno de nuestros antiguos paseos por los bosques de septiembre y «los montes donde crecen las especias» —dijo Gilbert, que apareció de pronto a la vuelta de la esquina del porche—. ¿Qué te parece si vamos al jardín de Hester Gray?

Ana, sentada en el escalón de piedra, con una vaporosa gasa verde claro sobre el regazo, levantó la vista y se quedó de piedra.

—Ay, me encantaría, Gilbert —dijo despacio—, pero no puedo. Ya sabes que esta tarde voy a la boda de Alice Penhallow. Tengo que arreglar este vestido y cuando termine ya tendré que empezar a prepararme. Lo siento muchísimo. Me encantaría acompañarte.

—Bueno, ¿puedes mañana por la tarde? —preguntó Gilbert, que no parecía muy decepcionado.

—Sí, creo que sí.

—Entonces, ahora mismo me voy a casa a hacer lo que tenía planeado para mañana. Conque Alice Penhallow se casa esta noche. Llevas ya tres bodas este verano, Ana. La de Phil, la de Alice y la de Jane. Nunca le perdonaré a Jane que no me invitara a su boda.

—No se lo reproches. Piensa en la cantidad de familiares a los que tuvo que invitar. Casi no cabían en la casa. A mí tuvieron la cortesía de invitarme por ser antigua amiga de la novia... al menos esa fue la intención de Jane. Creo que la señora Andrews me invitó para que viera que su hija me supera en belleza.

—¿Es cierto que llevaba tantos diamantes que uno casi no sabía dónde terminaban los diamantes y empezaba Jane?

Ana se echó a reír.

—Llevaba muchos, sí. Entre tantos diamantes, el raso blanco, el encaje, el tul, las rosas y las flores de azahar, casi no se veía a nuestra remilgada Jane. Pero estaba muy contenta, y el señor Inglis también lo estaba... y la señora Andrews.

—¿Es el vestido que te pondrás esta noche? —preguntó Gilbert, mirando las puntillas y los volantes.

—Sí. ¿A que es bonito? Y voy a ponerme en el pelo unas flores de borraja. El Bosque Encantado está llenito este verano.

Gilbert tuvo una repentina visión de Ana, con un vestido verde de volantes del que asomaban las curvas virginales de su cuello y sus brazos, y el pelo rojizo salpicado de relucientes estrellas blancas. Se quedó sin aliento. Pero se fue tranquilamente.

—Bueno, subiré mañana. Que lo pases bien esta noche.

Ana lo miró alejarse y suspiró. Gilbert estaba cordial, muy cordial, demasiado cordial. Había pasado a menudo por Tejas Verdes desde que se recuperó, pero Ana seguía sin estar satisfecha. Comparada con la rosa del amor, la flor de la amistad era una cosa insulsa y sin fragancia. Y Ana de nuevo volvía a dudar si Gilbert sentía por ella algo más que amistad. A la luz corriente de los días corrientes, la radiante certeza de esa mañana de éxtasis se había desvanecido. Estaba obsesionada por el miedo a que su error no tuviera reparación posible. Era muy probable que, a fin de cuentas, Gilbert quisiera a Christine. Puede que incluso ya estuviera prometido con ella. Ana intentó apartar de su corazón toda clase de esperanzas inquietantes, y reconciliarse con un futuro en el que el trabajo y la ambición tendrían que ocupar el lugar del amor. Podía desempeñar un buen trabajo como profesora, incluso un trabajo noble; y el éxito que sus relatos breves cosechaban poco a poco en ciertos círculos editoriales era un buen augurio para sus sueños literarios, que ya empezaban a dar fruto. Pero... pero... Ana retomó el vestido verde y volvió a suspirar.

Cuando Gilbert llegó al día siguiente, Ana lo esperaba fresca como el amanecer y clara como una estrella, tras la diversión de la noche anterior. Llevaba un vestido verde, pero no el que se había puesto para la boda sino uno viejo que, en una recepción de Redmond, Gilbert le había dicho que le gustaba especialmente. Tenía el tono verde perfecto para realzar los preciosos matices de su pelo, el gris de sus ojos chispeantes y su piel delicada como un iris. Gilbert, mirándola de reojo mientras paseaban por un sendero del bosque, pensó que nunca la había visto tan preciosa. Ana, que también lo miraba de reojo de vez en cuando, pensó que parecía mucho mayor a raíz de la enfermedad. Como si hubiera dejado atrás la juventud para siempre.

El día era maravilloso y el camino estaba maravilloso. A Ana casi le dio pena llegar al jardín de Hester Gray y sentarse en el banco. Aunque también el jardín estaba precioso, lleno de narcisos y violetas; las varas de oro llameaban en las esquinas como antorchas mágicas y el suelo era una alfombra de ásteres azules. La voz del arroyo llegaba por el bosque, desde el valle de los abedules, con su encanto de siempre; el murmullo del mar resonaba en el aire suave; a lo lejos, los campos, blanqueados por los soles de un sinfín de veranos, tenían una tenue tonalidad gris plateada, y los montes se envolvían con el chal de las nieblas otoñales; el viento del oeste traía consigo antiguos sueños.

—Creo —dijo Ana en voz baja— que la tierra donde los sueños se vuelven realidad está detrás de ese resplandor azulado, en ese valle.

—¿Tienes sueños sin cumplir, Ana? —preguntó Gilbert.

Había algo en su voz, algo que Ana no había vuelto a oír desde aquella tarde fatídica en el huerto de la Casa de Patty y que le encogió el corazón. De todos modos, respondió con tranquilidad.

—Claro. Como todo el mundo. No estaría bien que pudiéramos cumplir todos nuestros sueños. Si no nos quedara nada que soñar sería lo mismo

que estar muertos. ¡Qué aroma tan delicioso saca el sol de los helechos y los ásteres! Cuánto me gustaría que además de oler los perfumes pudiéramos verlos. Estoy segura de que serían preciosos.

Gilbert no estaba dispuesto a cambiar de conversación.

—Yo tengo un sueño —dijo, muy despacio—. Me empeño en soñarlo, aunque a veces me parece que nunca podrá hacerse realidad. Sueño con un hogar, una chimenea encendida, un gato y un perro, los pasos de los amigos... ¡y tú!

Ana quería decir algo pero no encontraba las palabras. La felicidad la envolvió como una ola. Casi se asustó.

—Hará cosa de dos años te hice una pregunta, Ana. ¿Si vuelvo a hacértela hoy me darás una respuesta distinta?

Ana seguía sin poder hablar. Pero levantó los ojos, y en sus ojos brillaba el amor de incontables generaciones cuando miró un momento en los ojos de Gilbert. Él no necesitaba otra respuesta.

Se quedaron en el jardín hasta el atardecer, dulce como seguramente era el crepúsculo en el Edén. Tenían mucho que hablar y recordar: cosas que habían dicho y hecho y oído y pensado y sentido y malinterpretado.

—Creía que querías a Christine Stuart —le reprochó Ana, como si ella no le hubiera dado mil motivos para pensar que quería a Roy Gardner.

Gilbert se echó a reír como un niño.

—Christine estaba prometida con alguien de su pueblo. Yo lo sabía y ella sabía que lo sabía. Cuando su hermano se graduó, me dijo que su hermana vendría a Kingsport el curso siguiente, a estudiar música, y me pidió que cuidara de ella, porque no conocía a nadie y seguramente se sentiría muy sola. Eso hice. Y después me gustó cómo era Christine. Es una de las chicas más buenas que he conocido. Sabía que circulaban rumores de que estábamos enamorados. Me daba igual. Casi todo me traía sin cuidado desde que me dijiste que nunca podrías quererme, Ana. No había otra: nunca habría podido haber otra que no fueras tú. Te quiero desde ese día que me diste con la pizarra en la cabeza cuando estábamos en clase.

—No sé cómo has podido seguir queriendo a una tonta como yo —dijo Ana.

—Bueno, intenté no quererte —contestó Gilbert con franqueza—, no porque pensara que eres lo que acabas de decir sino porque desde que Gardner entró en escena estaba seguro de que no tenía la más mínima posibilidad. Pero no pude, y no puedo decirte lo mucho que he sufrido estos dos años, convencido de que ibas a casarte con él; y todas las semanas algún entrometido me decía que estabas a punto de anunciar tu compromiso. Lo creí hasta el día feliz en que pude levantarme, después de la fiebre. Ese día recibí una carta de Phil Gordon, mejor dicho, Phil Blake, en la que me decía que no había nada entre tú y Roy, y me aconsejaba que «volviera a intentarlo». El médico se quedó pasmado de lo deprisa que me recuperé.

Ana se echó a reír. Luego se estremeció.

—Nunca podré olvidar la noche que creí que te morías, Gilbert. Entonces me di cuenta, me di cuenta y creí que era demasiado tarde.

—Pero no lo era, cariño. Ay, Ana, ¿verdad que esto lo compensa todo? Vamos a consagrar este día y a recordarlo para toda la vida como un día de belleza perfecta, por el regalo que nos ha hecho.

—Hoy es el nacimiento de nuestra felicidad —contestó Ana en voz baja—. Siempre me ha encantado este jardín de Hester Gray, y desde hoy le tendré mucho más cariño.

—Pero tengo que pedirte que esperes mucho tiempo, Ana —añadió Gilbert con tristeza—. Me quedan tres años para terminar la carrera de Medicina. Y tampoco entonces habrá diamantes ni salones de mármol.

Ana volvió a reírse.

—No quiero diamantes ni salones de mármol. Solo te quiero a ti. Ya ves que soy tan descarada como Phil. Los diamantes y los salones de mármol están muy bien, pero sin ellos hay más «espacio para la imaginación». Y no me importa esperar. Seremos felices esperando y trabajando el uno para el otro... y soñando. ¡Ah, qué dulces serán los sueños ahora!

Gilbert la acercó hacia él y la besó. Después volvieron a casa en el crepúsculo, como un rey y una reina coronados en el reino nupcial del amor, por sinuosos senderos bordeados de las flores más dulces que jamás se hayan visto, y por mágicos prados visitados por los vientos del recuerdo y la esperanza.

TÍTULOS DE LA COLECCIÓN:

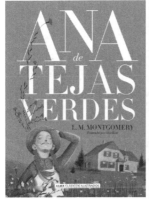  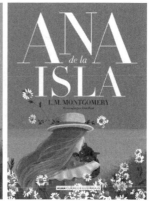

DE PRÓXIMA APARICIÓN:

Ana de los Álamos ventosos

Ana y la casa de sus sueños